흐린 날엔 바로크 그리고 사이폰 커피

흐린 날엔 바로크 그리고 사이폰 커피

발행일	2023년 5월 2일		
지은이	박순봉		
펴낸이	손형국		
펴낸곳	(주)북랩		
편집인	선일영	편집	정두철, 배진용, 윤용민, 김부경, 김다빈
디자인	이현수, 김민하, 김영주, 안유경, 최성경	제작	박기성, 황동현, 구성우, 배상진
마케팅	김회란, 박진관		
출판등록	2004. 12. 1(제2012-000051호)		
주소	서울특별시 금천구 가산디지털 1로 168, 우림라이온스밸리 B동 B113~114호, C동 B101호		
홈페이지	www.book.co.kr		
전화번호	(02)2026-5777	팩스	(02)3159-9637

ISBN   979-11-6836-862-0 03810 (종이책)   979-11-6836-863-7 05810 (전자책)

(주)북랩 성공출판의 파트너

북랩 홈페이지와 패밀리 사이트에서 다양한 출판 솔루션을 만나 보세요!

홈페이지 book.co.kr   •   **블로그** blog.naver.com/essaybook   •   **출판문의** book@book.co.kr

작가 연락처 문의 ▸ ask.book.co.kr

작가 연락처는 개인정보이므로 북랩에서 알려드릴 수 없습니다.

박순봉
소설집

흐린 날엔
바로크
그리고
사이폰 커피

북랩

여덟 편의 이야기 속에 동시대를 살아가는 다양한 우리 인간군상들의 몸부림을 담아내고자 했다. 그 몸부림은 삶 속에서 겪게 되는 갖은 저항이자 살아내기 위해 애쓰는 과정이다. 이야기 속에서 시도하고 싶었던 것은 어느 특정인을 비하하거나 도덕과 윤리의 잣대를 들이대는 것이 아니었다. 그리고 사회규범을 벗어나서 무례하게 살아가는 자들의 어둡고도 난폭한 삶을 조망하며 정죄하려던 것은 더더욱 아니었다. 단지 불편한 관계를 애써 외면하는 우리들의 또 다른 불편한 마음을 보이고 싶었다. 그것은 어쩌면 감추어진 자아를 찾는 갈급한 몸부림이었는지도 모르겠다. 누구나 삶 가운데 꽃길을 걷는 맑은 날만 원하지, 가시밭길 걷는 흐린 날을 원하지 않는다. 맑은 날에는 몸부림칠 일이 없다. 삶의 몸부림은 항상 흐린 날에 이루어진다. 그런데 우리 삶의 대부분은 몸부림 많은 흐린 날로 점철된다. 그것은 대인관계 속에서 다양한 형태로 먹구름을 몰고 와서는 우리 마음속에서 천둥을 치며 비를 퍼붓는다.

어린 시절부터 우리는 누군가에게 의지하는 걸 죄악시해왔다. 부모에게서 독립해 살아가는 걸 당연시하듯, 삶은 죽음을 향해 홀로 고독히 걷는 여정이라 믿어왔다. 그래서 이런 삶 가운데에서 자수성가는 성공의 모범적 아이콘이 되어버렸다. 그런 맑은 날의 연속성을 한껏 기대하지만, 우리가 정작 접하는 건 흐린 날의 실망감이다. 사람과 사람이 서로 관계를 맺고 사는 동안 부지불식간에 갈등을 겪으며 상처 주거나 상처받고, 또한 배신하거나 배신당한다.

우리는 태어나자마자 디폴트(default)로 철저하게 이기적인, 내 중심의 삶을 살아가도록 세팅이 되었다. 이걸 바꾸지 않는 이상 대인관계로 인한 갈등 속에서 내 삶의 몸부림을 제어하는 일은 더욱 쉽지 않다. 우리는 관계를 떠나 살 수 없는 사회적 존재이기에 어떤 형태로든 삶의 처절한 몸부림의 흔적을 지울 수가 없는 것이다. 어쩌다 태어나 살다 가는 인생인데, 그래서 더욱 모든 죽음이 그저 허망하고 덧없어 보이기까지 하는 것일 거다.

표제작이 된 「흐린 날엔 바로크 그리고 사이폰 커피」는 여덟 편 가운데 관계의 일변(一邊)을 들추어 보는 데 핵심적인 이야기 축이 되어주었다. 그것은 욕망의 경계를 넘어 더 많은 욕심을 끝없이 채우려는 자의 몸부림이고, 또 한편으론 그 적정선을 지키려고 안간힘을 쓰는 자의 또 다른 처절한 몸부림이다. 더 넓게 본다면 세상의 중심을 나로 보는 자와 그렇지 못한 자의 극한 대결이기도 하다. 이 둘이 팽팽한 긴장감으로 줄다리기한다. 경계를 넘는 자들에겐 긴장감이 있을 수 없다. 늘 그래왔고 또 앞으로도 관심사는 현재가 될 뿐이다. 문제가 되는 건 그 경계선상에서 자아를 찾아 계속해서 몸부림의 전쟁을 벌이는 자들이다. 그리고 이들은 자칫하면 스스로 무너져 경계를 넘게 되는, 인간적 나약함에 봉착되어 있기도 하다. 이 모든 것이 안타깝게도 항상 관계의 실패에서 시작된다.

'흐린 날엔 바로크'에 가보자. 그곳에서 바흐와 헨델, 그리고 비발디와 텔레만 등이 만들어낸 선율에 잠시라도 내 몸을 맡기며 관계에 지친 삶을 달래보면 좋겠다. 그리고 내가 모든 걸 스스로 감당하고 해결해야 한다는 강박증을 사이폰 커피의 향과 함께 날려버리는 것이다. 그러다 보면 흐린 날이 오히려 감사로 다가올지도 모르겠다. 또 지금까지 보이지 않던 나를 벗어나려 하지 않던 몸부림이 무엇이었는지 알 수도 있지 않을까?

2023년 봄, 어느 흐린 날에

박순봉

차례

관타나메라로 불린 여인

❖

조금 이상하게 들릴지 모르겠지만 이 시대에 자기 벗은 몸을 남들에게 보여주며 살아가는 어떤 여자의 이야기를 하려고 한다. 남자든 여자든 그들은 패션모델을 표방하는 자들이며 주로 온라인 공간에서 활동한다. 그들에겐 확연히 다른 무언가 있다. 전문 모델들이 패션쇼를 할 때 무대 뒤 피팅룸에서 옷을 갈아입는 모습까지 관객들에게 보여주진 않는다. 하지만 온라인 공간 속의 그들은 이러한 경계를 허물고 있다. 그 피팅룸을 과감히 거부하는 것이다. 그것은 상품의 가치를 높이려는 일종의 상술이며 또한 경쟁에서 우위를 차지하기 위한 차별화 전략이기도 하다. 그리고 그 상품은 곧 자기 몸이다. 그런데 아무런 반사이익도 없으면서 괜스레 그런 일을 해야 할 이유는 없을 거다. 거기에 대해서 사람들 사이에 설왕설래가 오고 간다. 하지만 그녀는 변칙적인 모델 일로 엄청난 고수익을 창출하고 있다는 세간의 입방아를 부정했다.

그녀는 소위 말해 온라인상의 인플루언서(influencer)다. 룩북(look book) 영상을 주로 촬영한다. 그리고 온라인에서 그녀를 따르는 팬들과 소통을 즐긴다. 전 세계 많은 사람이 그녀의 코디네이션 감각을 칭찬하며 아름다운 몸매를 부러워한다. 그녀가 이런 룩북 영상을 콘텐츠로 삼는 경쟁에서 우위를 점할 수 있었던 데엔 그녀의 미모가 분명 한몫했을 것이다. 물론 그녀가 허물어낸 경계에 아무나 들어오지 못했다는 것도 무시할 수 없을 거다. 어느 날부턴가 사람들은 그녀를 '관타나메라(Guantanamera)'로 부르기 시작했다. 룩북 영상을 시청한 전 세계 시청자들 가운데 누군가가 붙인 그녀의 애칭이었다. 관타나메라는 중남미 쿠바의 국민가요다. 스페인어로 관타나모에서 온 여인이라는 뜻이다. 아무 생각 없이 언뜻 듣다 보면 '완 딸라 내라!(Give me one dollar!)' 하는 식으로 우습게 들리기도 한다. 그러나 이 노래가 만들어진 배경을 알고 나면 꽤 숙연해진다. 스페인 침략에 맞서 독립운동을 한 쿠바 시인 호세 마르티는 민요 가사 일부를 인용하여 대략 19세기 말에 「관타나메라」 시를 썼다. 이는 노래의 가사가 되었고, 스페인 식민 통치 아래 고단한 삶을 영위하던 쿠바인들이 사랑하는 노래가 되었다. 관타나메라는 그래서 저항성이 매우 짙게 깔린 노래다. 그녀를 관타나메라라고 부른 최초의 누군가는 기존의 속박된 틀을 벗어나 자유롭게 행동하는 그녀를 주목했을 것이다. 관타나메라에 열광하던 젊은이들은 기성세대의 꼰대 문화와 남성 중심 사회구조의 낡은 틀을 자기 몸으로 깨는 듯한 그녀의 모습에 그 애칭이 너무나도 적합하다고 생각하였다. 그녀는 자기의 애칭만큼이나 시대에 저항하며 보수 세력 및 유교적인 고루한 사람들과 맞서 싸우는 당당한 여인, 그렇게 여자들이 보아도 반해버릴 만한 '걸크러시(girl crush)' 이미지로 굳어졌다. 많은 이들이 그녀에게 응원을 보냈고 환호했다. 그녀의 영상에 달린 수많은 긍정적인 댓글이 그것을 증명한다. 그녀에게 욕을 던지는 비난 댓글은 찾아보기 힘들었다.

그런 그녀에게 최근 당황스러운 사건 하나가 발생했다.

콘텐츠의 차별화에 목숨 걸었던 그녀로서 그 사건 이후로 좀 더 안전하면서도 이슈를 끌어모을 만한 어떤 참신한 아이템을 생각했으나 쉽게 떠오르질 않았다. 어쩌면 이제 이 일을 그만두어야 할지 말지를 놓고 제법 심각한 갈림길에 서 있게 된 것이다. 그런데 고민의 핵심은 역시 돈이었다. 그녀가 진정으로 원했던 파이어(fire) 족이 되기 위해선 통장의 잔고를 좀 더 늘려야만 했다. 그리고 모은 돈을 가지고 불리는 지혜가 필요했다. 낮은 금리 시대에 많은 돈을 은행에 넣어봤자 은행 좋은 일만 될 뿐이라는 걸 그녀도 잘 안다. 생산적인 돈벌이를 거부하면 결국 도둑질을 제외하고 합법적인 돈줄은 주식이나 가상자산 또는 부동산 투자 정도일 것이었다. 하지만 점잖게 투자라고 말하는 이것들도 결국은 돈 넣고 돈 먹기 식의 투기성 일에 지나지 않는다. 평생 쓸 돈을 긁어모을 수 있을

흐린 날엔 바로크 그리고 사이폰 커피

지 어떨지 이에 대해 그녀는 자신이 없었다. 따라서 그녀의 고민은 여기에서 실마리를 풀지 못하고 정체된 상황이다. 그런데 사실 그 사건이 아니었으면 이렇게까지 자기 삶을 뒤돌아볼 여유마저 없었을 것이었다. 관타나메라가 겪은 그날 밤의 당황스러운 사건을 꺼내기 전에 그녀가 왜 룩북 영상 촬영에 빠지게 되었는지부터 우선 말해보는 게 순서일 듯싶다.

*   *   *

촬영을 막 끝낸 두 여자가 음식점에 들어오자마자 다시 굵은 장대비가 쏟아지기 시작했다. 오늘 새벽부터 벌써 몇 번째 그쳤다 내리기를 반복하면서 장맛비가 이어지고 있었다. 관타나메라는 열 시간 넘게 여러 벌의 옷을 갈아입으며 촬영하면서도 온종일 물 한 모금 제대로 마실 시간이 없을 정도였다. 가을에 선보일 의류 촬영을 해야 했다. 그녀가 입은 의상들은 한 국내 의류업체에서 만든 신상품들이었고 온라인 쇼핑몰에서 판매하게 될 것들이었다. 비가 내리면 실내에서 촬영했고 잠시라도 비가 그치면 실외에서 빠르게 촬영해야 했다.

"촬영 감독님이 너 엄청 많이 칭찬하더라. 내가 봐도 오늘 핏(fit)이 장난 아니었어."

"내가 소화 못 시키는 옷이 뭐가 있겠니?"

그녀는 친구 K의 칭찬에 약간은 과장 섞인 몸짓을 하며 대구했다. 허기진 배를 채우며 관타나메라가 친구 K에게 피팅 모델 관두고 시작한 메이크업 아티스트 일이 더 나은지를 물었다.

"어느 면에서? 돈? 시간? 만족도?"

친구 K의 역질문에 그녀가 잠시 머뭇거리다가 돈이라고 콕 집어 말했다.

"야! 돈은 나보다 네가 더 잘 벌잖아. 최저 시급의 몇 배는 더 받으면서."

"난 이제 막 시작이고. 이 바닥에선 네가 선배잖아."

"그것도 다 옛날얘기지. 몸 관리나 잘해, 이년아. 나처럼 망해서 그만두는 일 없게."

"그래도 너는 이런 촬영 현장 아니어도 일할 곳은 많을 거잖아. 나야 한정돼 있고…."

관타나메라의 시무룩한 말에 친구 K는 자기처럼 평생 일할 생각 말고 젊을 때 많이 벌어 평생 놀라고 말하였다. 그러면서 무언가 생각난 듯 룩북 영상을 촬영해서 인터넷에 올려보라는 말을 불쑥 꺼냈다. 동영상 플랫폼의 수익구조는 활동하면서 인기를 많이 끌수록 발생한다는 거였다. 어지간한 월급쟁이들보다 배 이상을 더 벌 수 있는 수익구조를 가진 곳에 자신을 투자해보라는 조언이었다.

"이 언니가 볼 땐 말이야, 넌 키가 작아서 애당초 패션모델은 글러 먹었어. 그런데 피팅 모델은 달라. 너에겐 최상의 직업이야. 하지만 모델 일도 다 한때야. 돈은 벌 수 있을 때 최대한 막 벌어야 하는 거란다."

어느새 친구 K가 태블릿 PC를 꺼내더니 몇 번의 검색 끝에 룩북 영상을 관타나메라에게 보여주었다. 영상 속에 한 여인이 나타났다. 스트립 바의 쇼걸처럼 흐느적거리는 음악에 온몸을 비비 꼬며 겉옷을 하나씩 벗고 있었다. 그리고 입고 있던 치마를 내릴락 말락 내릴락 말락 하며 보는 이들의 약을 올리기라도 하려는 듯 그렇게 뜸을 들이다가 마침내 서서히 아래로 내렸다. 그녀가 진작에 벗어 던진 블라우스에 숨어 있던 브래지어는 이미 노출이 된 상태였고 그녀의 은밀한 속옷인 팬티마저 서서히 보이기 시작했다. 그 순간 식당의 남자 종업원이 방금 들어온 손님의 주문을 받기 위해 그녀들의 테이블 곁을 빠르게 지나쳐갔다. 깜짝 놀란 관타나메라는 마치 못 볼 걸 보기라도 한 듯 얼른 태블릿 PC를 감추라고 친구에게 눈짓을 주었다.

"뭐 어때!"

친구 K는 전혀 개의치 않는다는 듯 이번에는 영상 속 아래에 걸린 링크를 클릭했다. 그러자 순간 성인들만이 접속할 수 있는 화면으로 전환이 되어버렸다.

"이게… 뭐야?"

관타나메라의 조심스러운 질문에 친구 K는 이것이 바로 돈을 왕창 벌 수 있는 비결이라고 말해주었다.

"여기서부터는 유료 영상이야. 돈을 지급해야지만 이 안에 숨겨진 영상들을 볼 수 있는 거야."

"유료 영상은 뭐가 다른데?"

관타나메라의 질문에 왜 이리 순진한 척하냐며 친구 K가 핀잔을 주었다.

"몰라서 묻니? 조금 전의 영상에선 애가 속옷까지만 보여줬잖아. 그래야 이런 영상이 제재받지 않잖아. 그런데 이 스트리밍(streaming) 서비스에선 돈만 내면 애가 팬티와 브래지어까지 다 벗은 걸 보여준다니깐."

"미친 거 아냐?"

관타나메라가 어이없다는 듯 얼굴을 찌푸렸다.

"넌 세상에서 돈이 젤 좋다며? 그래서 이 언니가 지금 단기간에 돈 잘 버는 방법을 알려주잖니!"

"암만 그래도 그렇지. 이건 좀. 너무….'"

관타나메라는 인상을 찌푸렸다. 친구 K가 어차피 돈 버는 일은 결국 남의 지갑에서 돈 빼 오는 일이라며 남에게 피해만 안 주면 뭐든 상관없다고 했다.

"난 하고 싶어도 못한다. 내 몸맨 봐. 그런데 넌 다르잖아. 꼭 이 정도까진 아니더라도 룩북 영상은 한번 고민해봐. 널 좋게 봐줄 사람이 전 세계에 널려 있을 거야. 영상 잘 나가서 협찬 광고라도 받아봐. 그건 백 퍼센트 오로지 네 수입이야. 애처럼 적당히 선만 지키면 돼. 속옷만 걸치고 있으면 누구도 너에게 뭐라 할 수 없어."

관타나메라의 마음이 조금 흔들렸다. 하지만 룩북 영상에 굳이

　　　　　흐린 날엔 바로크 그리고 사이폰 커피

은밀한 자기 속옷까지 노출해야 할 필요가 있겠냐고 친구 K에게 말하였다.

"답답하긴! 다 그래서 돈이 되는 거야."

그녀의 답변은 아주 간단명료했다. 많은 시청자가 영상을 자주 그리고 끝까지 전부 보는 게 중요하다는 거였다. 옷을 벗을락 말락 감질나게 하면서 마지막에 벗어젖혀야 사람들이 흥미를 갖고 영상을 끝까지 다 볼 거 아니냐는 논리였다.

"앤 얼굴도 가리지 않았는데 이러다 누가 알아보기라도 하면…."

관타나메라의 염려에 친구 K는 그게 뭐가 대수냐고 반문했다.

"아니, 내 말은 애처럼 이렇게 다 벗다가 얘를 알아보는 사람이 없겠냐는 것이지."

"그게 뭐 걱정이야. 평생 할 일도 아닌데. 알아본다는 건 그런 걸 즐겨 본다는 거야. 어쩌다가 우연히 보게 됐다는 둥 뭐 이런 식으로 대충 둘러댈 수 있어. 그럼 나 같으면 '알고리즘(algorism)이 우연이야?'라고 말해줄 거 같은데!"

친구 K의 말은 거침이 없었다. 평상시 자주 즐겨보던 대로 유사한 영상이 자동 추천된다고 했다. 그래서 야한 동영상을 보고 나서 그 영상 속 주인공을 우연히 만난다고 하더라도 먼저 아는 체하지 못할 거라는 거다. 은밀히 보는 일이기에 본 사람은 실제로는 보았어도 못 본 것처럼 행동하게 돼 있다는 거였다. 전 세계 수많은 여자가 합법적이든 비합법적이든 성 관련 산업에 종사하는데 그녀들이 당당히 그런 일을 할 수 있는 이유가 바로 그런 이유 때문이라는 논리를 펼쳤다. 자기의 은밀한 행동을 남에게 들키기 싫어 스스로 모르는 체한다는 친구 K의 말이 관타나메라에게 은근히 설득력 있게 들렸다.

"그래도 끝까지 계속 아는 체하는 게 불편하다면 '어? 나 아닌데!' 해버린 후 무슨 말 하는지 모르겠다고 끝까지 오리발 내밀든지, 아니면 '어! 맞아. 그거 난데!' 하고 당당히 말해버려. 그럼 자기가 뭘 어쩔 건데?"

친구 K는 이것저것 다 따지면 어느 세월에 돈을 벌겠냐고 반문했다.

"내가 말하는 건 단숨에 떼돈을 버는 방법을 말해준 것뿐이야. 평생 일하려면 지금처럼 회사 다니면서 간혹가다 피팅 모델 알바로 투잡(two job)이나 뛰며 깨작깨작 돈 버는 거고, 그렇지 않으면 단기간 화끈하게 일해서 평생 벌 돈 한 번에 버는 거지. 내가 너 정도 외모라면 후자를 선택하겠다."

관타나메라는 중소기업에서 업무 보조를 하는 계약직 사원이었다. 회사의 상사들은 말단 사원을 그야말로 잡아먹지 못해 안달이라도 난 듯 괴롭히기 일쑤였다. 물론 직장 내 괴롭힘과는 차원이 달랐다. 스트레스를 받지 않으려면 퇴사하는 것 외엔 달리 방도가 없어 보였다. 그렇다고 간혹가다 일이 생기는 피팅 모델 일만으로는 돈을 벌기도 수월하지 못했다. 회사가 주는 월급은 조직 생활의 스트레스 속에서 받는 것이지만 그래도 비교적 안정적인 수입이 보장됐다. 그런데 월급날 오전 돈이 들어오면 통장 잔고가 살짝 두둑해지지만 그날 저녁 은행이 지난달 카드 값으로 빼가고 나면 다시 홀쭉해졌다. 반면에 피팅 모델 일은 수입이 일정치 않았으나 대인관계 스트레스 없이 목돈을 벌 수 있어 좋았다. 그녀는 어차피 예전부터 평생 일할 마음은 조금도 없었다. 단기간에 돈 많이 벌 수만 있다면 시도 한번 해보자는 생각이 조금은 들었다.

지친 몸으로 집에 온 관타나메라가 전신거울 앞에 섰다. 열 시간 넘게 종일토록 촬영을 진행했지만, 거울 앞에 서니 어느새 다시 활력이 생겼다. 카메라와 조명이 자신을 비추는 것 같았다. 전신거울 앞에서 이렇게 저렇게 여러 자세를 취해보았다. 카메라가 얼굴을 클로즈업하기라도 하는 듯 그녀는 거울 가까이 얼굴을 갖다 댔다. 어릴 적부터 남 앞에 서는 일에는 자신이 있었다. 대부분 사람은 멍석 깔아주면 안 한다고 한다지만, 그녀는 달랐다. 멍석이 있건 없건 그녀는 자신을 봐줄 사람들만 있다면 그 자리가 그대로 자신의 독무대가 되었다. 외향적인 성격은 아니었으나 의외로 숫기가 많은 아이였다. 그것에 얽힌 한 일화가 있다.

초등학교 때부터 시작한 그녀의 태권도 실력은 유단자였기에 보통 이상이었다. 태권도가 격한 운동이 맞긴 하지만 여자가 하기에도 꽤 좋은 운동이었다. 지금까지 날씬한 몸매를 유지할 수 있었던 것도 그 운동 덕분이라고 그녀는 믿었다. 한때는 태권도 사범까지 꿈꾸기도 했던 만큼 태권도에 대한 열정이 컸다. 그녀가 중학교 때의 일이었다. 어느 날 태권도장에서 부분적으로 내부 공사를 해야만 했다. 이때 탈의실 하나를 사용할 수 없게 되었다. 어쩔 수 없이 남녀로 나뉘었던 탈의실을 며칠간 남녀공용으로 사용해야 했다. 관장은 환복하러 먼저 들어간 사람이 반드시 안에서 문을 걸어 잠그는 것을 잊지 말라고 하였다. 그런데 그녀가 친구와 함께 도복을 갈아입던 도중에 탈의실 문이 벌컥 열린 것이다. 그녀들은 문을 걸어 잠갔다고 생각했지만, 어찌 된 일인지 문이 쉽게 열리고 만 것이다. 그녀들은 갑자기 열린 문과 침입자를 보고 소리를 질렀다. 하필이면 둘 다 속옷만 걸치고 있던 상황에 문이 열렸기 때문이었다. 그 침입자는 태권도장에서도 가장 장난기가 많던 녀석이었다. 녀석은 전혀 놀라는 기색 없이 오히려 두 눈을 반짝이며 하던 일이나 계속 마저 하라면서 능글맞게 웃기까지 하였다. 그녀의 친구는 황급히 옷으로 몸을 가리며 주저앉았다. 관타나메라도 빨리 나가라고 소리 질렀지만, 녀석은 계속 히죽거리면서 '그림 좋네…!' 하며 킬킬거렸다. 그 순간이었다. 아직도 팬티와 브래지어만 걸치고 서 있던 그녀가 돌려차기로 녀석의 면상을 후려쳤다. 그냥 돌려차기였기에 그나마 다행이었다. 만약 그녀가 회전하여 뒤돌려차서 발뒤축으로 가격했다면 얼굴 뼈가 최소 함몰됐을지도 모를 일이었다. 하지만 그녀의 돌려차기도 발등으로 찬 게 아니었다. 발가락 다섯 개를 곧추세운 뒤 발바닥 끝으로 가격하는, 제대로 된 태권 발차기를 하였기에 가해진 충격은 상상 초월이었을 것이다. 무방비 상태에서 일격에 넘어진 녀석이 비명과 함께 코를 움켜쥐었다. 붉은 피가 주르륵 흘렀다. 그녀는 그제야 태연하게 옷을 갈아입었다. 하지만 그녀의 친구는 여전히 벗은 몸을 옷가지로 대충 가리고 웅크린 채로 앉아서는 계속 울상이었다. 어린 시절부터 자신 만만했던 자신의 옛 모습이 그렇게 거울 속에서 선명하게 보였다 가 사라졌다. 벗은 몸을 남자에게 들켰다는 민망함에 몸을 사리기 보단 천연덕스럽게 희롱을 일삼은 녀석의 콧대를 걷어차버린 그녀 였다. 벗은 몸을 들켰을 때 살짝 놀라긴 했으나 그로 인해 정신적 충격을 크게 받은 건 아니었다. 그것보다는 자신을 눈요깃감으로 여기는 녀석이 그냥 짜증 났을 뿐이었다.

그녀는 전신거울 앞에서 옆모습을 비추어 보았다. 음악을 크게 틀었다. 한껏 요염한 표정과 몸짓으로 음악에 몸을 맡기며 가슴과 허리를 거쳐 골반에 이르기까지 여러 차례 반복적으로 출렁거려보 았다. 전 세계 모든 사람이 자신의 몸매에 매료되어 환호하며 열광 하는 모습이 눈앞에 보이는 듯했다.

다음 날 그녀는 회사에 사직서를 제출했다. 아직 계약 기간이 꽤 남았음에도 그녀가 반년도 안 되어 퇴사하려 하자 그녀의 상사 들은 난감해했다. 하지만 그녀는 조금도 개의치 않았다. 처음부터 계약직으로 들어왔고 이 조그만 회사에서 경력 쌓아 더 큰 회사로 갈 마음도 없었다. 업무 보조나 하면서 특별히 쌓을 경력도 없었 을뿐더러 더구나 평생직장이 될 수도 없었다. 계약 기간을 다 채우 나 지금 그만두나 그녀에겐 아무런 의미가 없었다. 그리고 무엇보 다도 평생 일하면서 찔끔찔끔 돈 버는 것보다는 한 번에 크게 벌 어보자는 마음이 압도적이었다. 그런 그녀의 목표를 달성하기엔 회사라는 조직은 그 규모와 상관없이 적합한 데가 아니었다. 조막만 한 회사에서 십 년 넘게 장기근속하는 상사를 그녀는 도무지 이해할 수 없었다. 사람이 얼마나 능력이 없으면 한자리에만 머무를까도 싶었고, 또 한편으론 몸에 맞지 않는 옷일지라도 살기 위해 억지로 걸쳐야만 하는 그들의 현실이 측은해 보이기까지 했다. 그리고 자기는 절대 그렇게 살고 싶지 않았다. 그녀가 다니던 회사 인근에 대기업이 있었다. 한때 그녀도 그곳에 입사하는 꿈을 꾸어보기도 했다. 하지만 대기업을 다닌다고 하더라도 남이 가져다주는 일만 해주고 받는 월급이 자기 스스로 일해서 취하는 돈보다 적거나 같다면 굳이 대기업 다니는 사람들을 부러워할 이유가 없다고 생각했다. 그리고 그런 그녀의 생각이 옳았다는 게 증명되기까지 그리 오랜 세월은 필요 없었다. 온라인 비디오 플랫폼에 자신의 채널을 개설했다. 피팅 모델 일을 하며 촬영해두었던 영상들을 짧게 편집하여 올렸다. 그녀의 영상을 보는 사람들이 많아지기 시작했다. 시작은 절대 미미하지 않았다. 가히 기하급수적이라 할 만큼 매일매일 시청자가 폭발적으로 증가하였다. 신체 노출이 전혀 없어도 영상 조회 수가 가파르게 증가했다. 댓글 창에는 외모가 너무나도 예쁘고 아름답다는 반응이 그 끝을 알 수 없을 정도로 끝없이 이어졌다. 자신감이 붙자 그녀는 본격적으로 자신의 자취 방에서 룩북 영상을 촬영하였다. 도매시장에서 떼온 의류와 인터넷 쇼핑몰에서 사들인 옷들을 번갈아 입으면서 리뷰 영상을 제작했다. 입어보는 옷들은 유명 브랜드 의상은 아니었지만, 그녀의 몸에 걸치는 옷마다 명품 이상의 옷으로 마법처럼 탈바꿈되었다. 여자 시청자들은 그녀가 입어보는 옷을 어디에서 구매했냐면서 구매처와 가격을 알려달라고 아우성쳤다. 그녀의 영상은 당연히 남자들에게 더욱 인기가 많았다. 그녀가 채널을 개설하자마자 올린 짤막한 영상들은 노출이 거의 없다시피 하였음에도 남자 시청자들이 몰려들었다. 그녀의 얼굴과 몸매만으로도 남자 시청자들을 끌어들이기에 충분했다. 여자 시청자들로부터는 얼굴 화장법을 어떻게 하길래 그렇게 예쁘냐며 칭찬 일색이었다. 그녀는 시청자들을 향해 자신만의 화장법을 공유하는 영상을 따로 올리겠다고 약속했으며 란제리와 비키니 그리고 속옷 영상들도 조만간 촬영하여 올리겠다고 예고를 했다. 그렇게 그녀는 기대심리까지 이용하며 영상 속 노출 수위를 서서히 끌어올리려 했다. 이때부터 회사 조직 생활과는 비교조차도 안 될 정도의 자유로움을 만끽했다. 스트레스를 주거나 또 받을 일도 전혀 없었다. 영상 속 자신의 아름답고 예쁜 모습에 반한 전 세계 사람들의 가슴앓이를 어느 순간부터 그녀는 즐기고 있었다. 회사 생활에서 단 한 번도 느껴보지 못했던, 묘하지만 행복한 기분이었다. 많은 것에 얽매인 직장인으로 살아갈 때는 자기 자신이 소모품이 되어 무언가 겉돌면서 자꾸만 맴도는 하루하루였다. 그러나 그녀가 온라인에서 자신을 쫓는 사람들과 소통하면서부터 모든 것이 자기를 중심으로 돌아가는 듯해 보였다. 또 그래야 할 것만 같았다.

드디어 그녀가 계획대로 과감한 노출을 시도했다. 이렇게까지 할 마음은 처음부터 없었다. 하지만 무엇보다 예상 외의 수입이 생기자 그녀 자신도 놀랐다. 잘만 하면 돈이 될 것 같았다. 남의 시선을 즐기는 데 일부러 과감할 필요는 없었다. 그냥 자연스러웠다. 의상을 갈아입으면서 삼각대 앞에 놓인 카메라 앞에서 입고 있던 옷을 차례대로 벗어 던지고 새 옷으로 천천히 갈아입었다. 그리고 편집을 거쳐 자신의 채널에 올렸다. 이러한 영상은 남자들의 관음증을 충족시키기에 충분했다. 그녀의 영상 조회 수가 그 영상을 계기로 다시 한번 폭발적으로 증가했다. 그러자 그녀는 좀 더 차별화를 두어야겠다고 생각했다. 시청자들과 생방송으로 소통하면서 조만간 실시간으로 룩북 영상 촬영 과정을 보여주겠다고 약속하였다. 그것도 다름 아닌 브래지어와 팬티를 생방송 중에 갈아입어보겠다는, 다소 황당한 공언이었다. 행여나 실수하여 절대로 보이지 말아야 할 부분이 보이게 된다면 제재받게 될 것이고 채널 운영은 영구적으로 정지될 것이었다. 하지만 그녀는 철두철미했다. 생방송 카메라에 서기 전까지 여러 차례 예행연습을 반복했다. 그렇게 촬영한 영상을 되돌려보면서 자세를 스스로 바로잡아나갔다. 가장 완벽한 자세는 역시 몸의 측면이었다. 팬티스타킹을 입고 겉옷으로는 원피스를 골랐다. 자신의 매끈한 다리가 부각될 수 있도록 화면을 조정했다. 그녀의 키가 그리 크지 않은 편이라 일부러 카메라 삼각대를 낮게 설치하여 시선을 위로 올려다보게 했다. 그러자 매끈한 몸매와 다리맵시가 더욱 부각됐다. 원피스를 허리까지 살며시 걷어 올리며 팬티스타킹을 요염하게 내리기 시작했다. 동시에 입고 있던 팬티마저 천천히 벗었다. 그리고 다시 새 속옷으로 천천히 갈아입었다. 모든 움직임은 자신이 짜놓은 대로 진행됐다. 그녀가 카메라 앞에서 어떤 각도와 어떤 자세로 있어야 할지가 철저하게 계산된 상태였다. 남자친구와 남편에게 사랑받을 수 있는 란제리라는 주제로 위장한 사실상의 생방송 스트립쇼가 되어야만 했다. 그날 생방송 접속자 수가 놀라울 정도였다. 쉴새 없이 달리는 실시간 댓글 창엔 그녀를 향한 환호로 도배됐다. 방송이 종료된 이후에도 다시 한번 그런 식으로 생방송을 해달라는 시청자들의 요청이 쇄도하였다. 그즈음 각종 여성 의류업체로부터 그녀에게 협찬이 들어오기 시작했다. 그와 함께 제품 간접 광고 요청 또한 쇄도하기 시작했다. 더구나 비록 유명하지는 않았지만, 신생 화장품 회사로부터 광고 모델 제안이 오기도 하였다. 그렇게 그녀는 점차 온라인 공간의 인플루언서로 손색이 없는 위치에 올라서고 있었다. 하지만 아직도 무언가 채워지지 않은 욕구가 자신에게 있다고 여겼다. 그것은 알 수 없는 불안감으로 이어졌다. 그녀는 인터넷 방송에서 여캠(女CAM)이라 말하는 여성 스트리머들과 확연한 차별을 두고 싶어 했다. 특히 자기 몸을 주요 콘텐츠로 삼는 여성 스트리머들보다 무언가 더 신선하고 색다른 콘텐츠를 원했다. 하지만 아무리 돈을 많이 준다고 하여도 성인 영상물 제작 에이전시와 계약해서 좀 더 과감한 동영상을 제작해보라는 친구 K의 말은 따르고 싶지 않았다. 그러던 어느 날 그녀의 머리에 불현듯 기발한 콘텐츠 하나가 떠올랐다. 그건 바로 브이로그(Vlog) 형식을 가미한 영상 촬영이었다. 여태껏 자신의 방 안에서만 옷을 갈아입으며 워

킹도 제대로 못 해본 채 그야말로 약 5분간 옷맵시만 보여주기에 급급했다. 하지만 이제부터 갈아입은 의상을 착용하고 거리를 활보하는 영상을 좀 더 긴 시간으로 제작해보기로 한 것이다. 실내에서 편안하게 입고 있던 옷을 벗어 던지고 비즈니스 여성 정장으로 갈아입는 장면을 촬영했다. 굴곡진 그녀의 상체와 하체가 꼭 끼는 블라우스와 바지 속에서 한껏 도드라져 보였다. 그리고 곧바로 360도 고화질 액션캠을 가지고 거리로 나섰다. 야외 촬영이다 보니 장비와 갈아입을 옷가지들로 인해 생긴 짐으로 못내 불편했다. 일부러 번잡한 퇴근 시간을 피하려고 이른 오후 시간 거리에 나왔지만 오가는 사람들이 많았다. 주택가를 벗어나 사무실과 상점이 운집한 곳을 걸어 다니면서 촬영하다가 인적이 뜸한 골목으로 들어갔다. 카메라를 삼각대 위에 고정하고는 집에서 갖고 나온 정장 치마를 꺼내 들었다. 잠시 오가는 사람이 없나 주변을 살폈다. 그리고 재빨리 카메라 앞에 서서는 입고 있던 정장 바지 위에 정장 치마를 걸쳐 입었다. 조금씩 바지를 내렸다. 오가는 사람이 없는지 연신 주의하며 그렇게 정장 치마로 갈아입고는 스타킹을 마저 신었다. 옷을 새롭게 갈아입은 그녀가 다시 대로변으로 나와 자신이 자연스럽게 걷는 모습을 촬영했다. 그 후 집에 들어와 영상을 다시 십여 분 정도로 편집하였다.

그리고 며칠 뒤, 스튜어디스 제복을 입고 촬영하는 날이었다. 특정 항공사의 제복은 아니었다. 하지만 가슴에 가짜 명찰까지 달고 기내용 캐리어를 잡고 있으니 누가 봐도 영락없는 항공사 승무원처럼 보였다. 그대로 거리로 나섰다. 그녀가 선택한 장소는 공항이 었다. 공항 리무진에 몸을 실으면서도 촬영을 빼먹지 않았다. 버스에 오르는 그녀의 타이트한 치마에 잘록한 허리와 골반, 그리고 팬티의 라인이 여과 없이 드러났고 그녀의 뒤를 따르는 한 청년의 눈이 휘둥그레지는 게 그녀의 카메라에 여과 없이 잡혔다. 하지만 재미난 그 영상을 초상권 때문에 사용할 수는 없었기에 그녀는 편집 과정 중 청년의 얼굴을 모자이크 처리했다. 그러면서 웃는 이모티콘과 함께 '뒤에서 약간 당황'이라는 자막을 달았다. 공항에 도착해서는 승객과 여러 항공사 승무원들이 뒤엉켜 오가는 곳을 피해 조금 한적한 곳에 카메라를 세워두고 모델처럼 걷는 장면을 촬영했다. 그리고 아마도 그 시점이었을 것이다. 그녀가 '관타나메라'라고 불리기 시작한 것이. 그녀의 영상을 본 시청자들 가운데 누군가가 댓글로 그녀를 보통 여자들과 분명히 다르다고 평가했다. 그녀는 분명 누군가로부터 관심받기 좋아하는 관종(關種) 스타일이지만 방구석에서 카메라하고만 대화하는 여타의 소심한 룩북 영상 크리에이터들과 확연히 다르다는 것이었다. 그녀가 과감히 어디에서나 옷을 갈아입는 영상은 단순한 룩북 영상이 아니라고 했다. 여자는 그저 조신(操身)해야 한다는 구시대적 관념을 벗어던지는 대단한 퍼포먼스라고까지 평가했다. 그렇다고 해서 남에게 피해를 주는 것도 아니라는 거다. 자신의 끼를 마음껏 발산하면서 내면의 자유를 부르짖고 기존 남성 중심 사회에 반기를 드는 저항의 상징이라는 거였다. 관타나메라가 자유와 독립을 외치고 갈망했던 쿠바인들의 가슴에 저항의 상징으로 남아 있는 것처럼 우리에게 있어서 그녀가 그렇다는 것이었다. 하지만 반론도 만만치 않았다. 그녀를 관타나메라라고 부르는 건 온당치 못하다는 견해를 어느 누가 댓글로 남긴 것이다. 내면의 자유 어쩌고 하면서 아는 척 좀 하지 말라고 충고했다. 내면의 자유라는 건 프랑스 작가 프레데릭 르누아르가 그의 저서에서 말했듯이 의식의 각성을 통해 영(靈)의 목소리에 귀를 기울이는 가운데 자신을 탐구하는 과정에서 서서히 얻게 되는 것이라며 그가 오히려 더 아는 체를 했다. 그러면서 그녀는 단순히 관심에 목말라하는 관종일 뿐이지 그런 여자를 두고 저항의 상징처럼 치켜세우는 건 도가 지나치다고 말했다. 또한 내키는 대로 하는 짓을 내면의 자유로 고상하게 포장하는 건 어불성설이라고도 덧붙였다. 그러나 이런 반론은 다른 시청자들로부터 다수의 동감을 얻어내지 못하였다. 오히려 뭇매를 맞아야만 했다. 너야말로 볼 것 다 봐놓고는 마치 고상한 척, 아는 척하지 말라면서 이 글을 쓴 자는 분명히 볼품없는 외모를 가진 별 볼 일 없는 여자라고까지 단정 지었다. 못생기고 몸매에 자신 없는 것들이 괜히 질투심만 많다는 그런 인신공격성 말까지 여기저기서 서슴없이 튀어나왔다.

그녀를 관타나메라라고 말했던 최초의 시청자는 누군지 아무도 모른다. 중요한 건 그녀의 영상을 시청하는 대다수 시청자가 그녀를 관타나메라라고 부르는 걸 주저하지 않았다는 것이다.

그런 논란 속에서 어느 초여름날 국내 수영복 의류업체로부터 연락이 왔다. 자신들의 신상품을 착용하고 리뷰하면서 영상을 찍어달라는 요청이었다. 그러면서 바닷가에 있는 최고급 휴양지 호텔 무료 사용권을 선물로 주었다. 그녀는 여러 벌의 원피스와 비키니 수영복을 받은 뒤 휴양지 호텔로 룩북 영상을 촬영하러 갔다. 그리고 푸른 바다가 보이는 호텔 방 안에서 쉴 새 없이 수영복을 갈아입으며 영상 촬영을 했다. 곧이어 해변에 나가 야외 녹화 촬영도 할 계획이었다. 하지만 수영복을 꼭 해변이나 수영장에서만 입으란 법은 없는 것 아니겠냐는 생각이 들면서 이벤트가 하고 싶어졌다. 관타나메라는 얼른 생방송을 시작했다. 삽시간에 많은 수의 시청자들이 그녀의 채널에 접속했다. 그녀가 생방송을 하는 가운데 언젠가 공공장소에서 비키니 수영복을 입었던 한 여자의 이야기를 꺼냈다. 비키니를 입은 그녀는 남자가 모는 오토바이를 타고 시내를 질주하며 라이딩을 즐긴 적이 있었다. 그 뒤 이 여자는 경범죄로 입건이 됐다. 공공장소에서 과다노출로 불편함과 부끄러움을 유발했다는 이유였다. 관타나메라는 이런 일이 경범죄가 된다는 것도 웃기지만 문제는 과다노출이 아니라고 말했다. 쩨쩨하게 남자 뒤에 숨어서 겨우 비키니 입은 자기 등짝과 엉덩이만 보여준 게 오히려 더 큰 잘못이라는 거였다. 남들 앞에서 호기(豪氣)를 부리는 듯하지만 그마저도 자신 있게 충분히 보여주질 못하고 오토바이 뒷자리에 탄 채 남들의 시선만 즐기려는 비겁자일 뿐이라 했다. 사회적 공분을 사고 비난이 일자 그들은 자신들의 행위를 두고 퍼포먼스니, 내면의 자유니, 꾸밈없는 자신을 보여주고 싶었다느니 하며 자기방어에 급급했다. 관타나메라는 그것에 대해 전부 자기합리화에 말장난일 뿐이라고 일축했다. 그녀는 누구 뒤에 숨어 단순히 등짝과 엉덩이만 보여주지 않고 비키니를 입은 상태로 홀로 거리를 활보하겠다고 선언했다. 어차피 남들에게 보여주려고 하는 행동이니 자신의 몸매 보정 따위는 전혀 하지 않겠다고 공언했다. 자기에게 자극받아 누구든지 자신처럼 해볼 용기가 있다면 얼마든지 해보라며 한없는 자신감을 내보였다. 그러면서 몸매에 절대 자신 없으면 아무나 나서지 말라는 다소 도발적인 말까지 했다. 물론 어느 여자든지 용기를 가지고 누구나 다 자신처럼 행동할 수는 있겠지만 남에게 보여줄 몸매가 볼품없으면 그 자체가 시각적 폭력으로 다가올 수밖에 없다는 거였다. 그것이야말로 정녕 남들에게 불쾌감을 주는 행위이고 정말 경범죄로 처벌받아야 할 일이라고 그녀는 당돌하게 말했다. 그리고는 진정한 퍼포먼스가 뭔지, 진정한 내면의 자유가 뭔지, 또 진정으로 꾸밈없는 모습이 뭔지를 지금 바로 보여주겠다고 했다. 관타나메라는 시청자들에게 자신이 약속한 대로 정말 비키니에 얇은 비치가운만 걸치고 호텔 방을 나와 복도를 걷기 시작했다. 수많은 시청자가 그녀의 실시간 방송을 매우 흥미롭게 지켜보고 있었다. 그녀가 카메라를 보며 시청자들에게 말하였다.

"누구처럼 방구석에서만 셀카 촬영하면서 사진과 영상 보정으로 사기 치고 장난치진 않겠어요. 지금이라도 이런 나를 보는 게 불편하다면 말씀해주세요. 그럼 이 정도만 하고 끝낼게요."

시청자들은 절대로 불편하지 않으니 계속 진행해달라고 댓글로 아우성쳤다.

그녀는 호텔 로비로 내려가며 계속 말하였다.

"공공장소에선 비키니를 입으면 안 된다는 게 핵심이 아니에요. 아무나 비키니를 입어선 안 된다는 게 핵심인 거죠. 이유요? 아무리 비싼 명품 옷이라도 사람에 따라 맵시가 전혀 안 날 수 있어요. 그럼 입지 말아야 해요. 보는 사람 불편하니까. 비키니 의상도 똑같은 이치예요. 지금 절 볼 때 불편한가요? 심지어 부끄러워요? 누가? 왜? 도대체 뭔 생각들을 하고 있길래? 통념은 실체 없는 올가미예요. 거기에 갇혀 있는다는 게 얼마나 어리석고 불행한 건가요? 난 이런 부조리에 당당히 저항하겠어요!"

실시간 댓글 창엔 제대로 읽지 못할 정도로 무수한 댓글들이 쏟아지기 시작했다. 모두 그녀가 단지 아름답고 예쁘기만 한 줄 알았는데 말도 똑 부러지게 잘한다며 칭찬 일색이었다. 누군가는 비키니나 수영복 차림이 잘 어울리는 사람들이 모여 거리에서 플래시몹을 하자고도 제안했다. 관타나메라가 드디어 호텔 로비에 들어섰다. 그러자 모여 있던 투숙객들과 호텔 직원들이 그녀를 보고는 약간 놀란 눈으로 힐끗힐끗 쳐다보기 시작했다. 그녀는 호텔을 빠져나와 해변이 아닌 거리로 이동했다.

"누군가 그러더라고요. 옷은 때와 장소에 따라 격식 갖춰 입어야 한다고. 틀린 말은 아니지요. 장례식장엔 웨딩드레스가 어울리지 않을 거예요. 물론 결혼식장에도 검은 상복은 어울리지 않겠죠.

하지만 지금 여기에선 내가 어떤 격식을 차려야 할까요?"

그녀의 질문에 지금 그대로가 좋다거나, 다 벗은 것도 아닌데 죄가 될 만한 게 없다거나, 지금 욕하는 것들은 당장 이슬람 국가로 이민 가라는 말이 댓글로 올라왔다. 그녀가 비치가운을 살짝 벗는 동작을 몇 번 취했다. 사람들 몇 명이 발걸음을 멈추고 그녀를 주목하기 시작했다. 하지만 아무도 그녀에게 뭐라고 시비 거는 사람은 없었다.

"만약 이런 저의 모습이 불편하고 불쾌하다고 느끼신다면 자신이 왜 그렇게 느끼는지를 먼저 생각해보시면 좋겠어요!"

그녀는 카메라를 보며 시청자들과 대화하고 있었지만, 지나가는 사람들 들으라고 하는 소리였다. 그러던 중 팬이라면서 그녀를 알아본 한 무리의 여학생들이 우르르 몰려왔다. 그녀가 같이 사진을 찍어주었다. 또 어느 남자도 엄청나게 쑥스러워하며 그녀에게 다가와서는 같이 사진 찍기를 요청했다. 이후 그녀는 가운을 벗어 던지고 카메라 앞에서 여러 자세를 취하면서 패션모델처럼 런웨이(runway)를 걷는 시늉을 했다. 몇몇 젊은 무리가 그녀를 보며 환호했지만, 행인들 대부분은 조용히 서로 눈치만 볼 뿐이었다. 그러면서 그들은 그녀의 방송 진행에 방해가 안 되게 자신의 스마트폰으로 조용히 카메라 셔터를 누르고 있었다. 그때 한 할머니가 그녀를 힐끗 보고는 "세상이 어찌 되려고…" 하며 혀를 끌끌 차고 휙 지나갔다. 이 장면이 생방송 중인 카메라에 그대로 잡혔다. 그녀는 해맑게 웃었다. 그리고 이제 거리를 벗어나 카메라를 들고 해변으로 천천히 이동했다.

"조금 전에 어느 할머니께 한 소리 들었네요. 어르신들은 나이만 많았지, 그에 비해 속이 참 좁죠. 자기 맘에 안 들면 다 틀린 거고 잘못된 거라죠? 마치 어린애와 같아요. 나이 들면 다시 어린애가 된다는데 우린 제발 그러지 말아요. 그런데 예상외로 사람들이 저에게 아무런 반응을 안 해주시네요. 이런 우리나라가 저는 참 좋아요. 아마 외국에서 내가 이랬다간 캣콜링(catcalling) 당하느라 짜증 제대로 났을 거예요."

댓글 창엔 이구동성으로 그럴 거라 했다. 서양인이 꽤 개방적인 듯하지만, 정말로 개방적인 사회라면 여성을 상대로 휘파람 불고 희롱하는 것처럼 미개한 행동을 하지 않을 거라 했다. 서양 남자들에게는 여성을 단순히 성적인 대상으로만 보는 인식이 아직도 남아 있어서 그렇게 천박하게 행동하는 게 아니겠냐는 말도 나왔다.

그녀가 해변으로 가는 도중 갑자기 한두 방울 비가 떨어지더니 이내 소나기가 쏟아지기 시작했다. 해변에 있던 사람들이 모두 비를 피할 장소로 달려가는 와중에도 그녀는 당황하지 않고 여전히 한 손에 카메라를 들고 비치가운을 벗어 던진 채 바다로 뛰어들었다. 파도가 바닷물에 반쯤 잠긴 그녀를 집어삼킬 듯 거칠게 출렁였다.

시청자들은 그렇게 빗속에서 혼자 위태위태한 물놀이에 여념이 없는 자유로운 그녀를 한참 동안 걱정스러움과 희열이 교차하는 가운데 지켜보고 있었다.

이후 관타나메라에게 위기가 찾아온 것은 그녀가 하필 그 제복을 입고 한밤중에 야외 촬영을 할 때였다. 그녀가 입었던 건 경찰관 유사 제복이었다. 그녀는 제복을 입고 야외 촬영을 할 때마다 항상 조심하였다. 룩북 영상 촬영이 주된 목표였지 제복을 입고 남들 앞에서 제복에 맞는 행세를 하는 게 아니었기 때문이다. 그런 것이 분명히 죄가 된다는 사실을 그녀는 명확히 알고 있었다. 더군다나 경찰 제복은 유사한 복장을 착용해도 안 된다는 법 규정이 엄연히 있다는 사실도 이미 알고 있었다. 그렇지만 그녀는 다른 룩북 영상 크리에이터와의 차별을 위해 야외 촬영을 강행하였다. 행여라도 오해의 소지가 있을까 봐 지난번 스튜어디스 제복을 입었을 때와는 달리 더 조심스럽게 행동하려 했다. 검은색 여자 경찰 제복을 입었다. 바지는 짧은 반바지였다. 경찰모도 썼다. 하지만 이건 누가 봐도 우리나라 경찰 제복이 아니었다. 그러나 언뜻 보면 실제 경찰관으로 보일 정도였다.

깊은 밤이었다. 야간 순찰하는 여순경처럼 그녀가 경찰 3단 호신봉 대신 360도 고화질 액션캠을 들고 거리로 나섰다. 이날은 생방송이 아니었다. 그녀는 카메라로 녹화하며 인적이 없는 조용한 밤거리를 돌아다녔다. 주택가를 벗어나 좀 더 대담히 상가 밀집 지역으로 이동했다. 그녀는 불 꺼진 어느 상점 모퉁이에서 멈췄다. 가로등만이 그녀의 주변을 밝히고 있었다. 그녀가 상의 단추 하나를 풀자 그녀의 풍만한 가슴이 갑갑한 제복 속에 갇혀 있다가 해방이라도 된 듯 긴 날숨을 쉬면서 터질 듯 튀어나오려 했다. 그런데 갑자기 그녀의 등 뒤에서 누군가 빠르게 다가오며 그녀를 부르는 다급한 목소리가 들려왔다.

"도와주세요! 좀 도와주세요!"

알코올 냄새가 코를 찔렀다. 웬 중년 여인이 어느새 달려와 관타나메라의 팔목을 강하게 움켜잡았다. 그녀는 너무 놀라 몸이 굳어버릴 지경이었다. 그 순간 저 어둠 속에서 이번엔 어느 중년 남자가 쫓아오며 고래고래 소리를 지르고 있었다.

"야! 이리 안 와! 넌 달아나 봤자 내 손바닥이야!"

그의 혀가 잔뜩 꼬여 있었다. 풀어헤친 넥타이와 바지춤에서 반이상 삐져나온 와이셔츠를 걸친 중년 남자는 걸을 때마다 휘청이고 있었다.

"경찰 언니! 제발, 저 양반 좀 잡아가줘요!"

그녀가 말할 때마다 알코올 냄새가 진동했다. 동공도 반쯤 풀려있었다. 그때 비틀거리며 쫓아오던 그 남자가 관타나메라를 보더니 멈칫했다. 경찰관 제복을 입은 모습에 순간 놀란 모양이다. 반쯤 풀어헤친 그녀의 제복 상의에서 터질 듯이 튀어나오려는 깊게 팬 가슴골에 놀랐고, 하이힐을 신고 스타킹에 반바지를 입은 모습에 또 한 번 놀란 표정이었다.

"뭐, 뭐, 뭐야? 경, 경찰이요?"

잔뜩 긴장한 채로 그가 말을 걸었다. 어찌할 줄 모르고 있던 관타나메라는 여전히 팔을 붙잡고 놓아주지 않던 중년 여인을 세차게 뿌리쳤다. 그러자 그 여인이 중심을 잃고 휘청이다가 땅바닥으로 나동그라졌다. 그리고 뒤집힌 거북이마냥 스스로 일어나지 못한 채 저 인간을 잡아가달라는, 알 수 없는 말만 계속 지껄이며 술주정이었다.

관타나메라는 몸을 돌려 있는 힘껏 내달리기 시작했다. 그런데 발이 불편했는지 신고 있던 하이힐을 벗어서 맨발로 달렸다. 그런 그녀의 우스꽝스러운 뒷모습을 중년 남자가 한참을 멍하니 바라보았다. 그리고는 여전히 바닥에 나동그라져 있는 아내인지 애인인지 모를 중년 여인을 발로 툭툭 건드리며 혀 꼬부라진 말투로 말했다.

"어이! 이봐! 우리가 방금 뭘 본 거지?"

관타나메라는 자신도 모를 신경질에 그만 쌍욕이 나와버렸다. 비키니만 입고 대낮에 거리를 활보했던 자기였다. 그렇게 당당했던 자신이 왜 하필 주정뱅이들을 만나 자기가 먼저 도망치듯 그곳을 벗어나야만 했는지, 그 상황이 그냥 짜증 났을 뿐이다. 앞으로도 계속해서 이 짓을 해야만 하는지 머리가 복잡해졌다. 이걸 안 하면 그다음으로 자신이 잘할 수 있는 게 뭔지, 또 뭘 해서 평생 먹고살아야 하는지 잘 몰랐다. 촬영이 없는 날엔 파이프라인이라 할 수 있는 주식 투자에 집중하지만, 심리적 압박이 매번 장난이 아니었다. 매도와 매수를 오고 가는 줄타기 속에 시시각각 변하는 시세를 관망하려 온종일 모바일 트레이딩 시스템에 접속해 있는 게 보통 일이 아니었다. 단지 평생 일하긴 싫고 돈은 최대한 쉽게, 빨리, 그리고 많이 벌고 싶었다. 이를 충족하는 데 있어서 주식만큼 적당한 게 없었다. 그러나 사돈에 팔촌들은 하나같이 주식으로 돈

모았다고 야단법석들인데 정작 자신은 생각만큼 수익이 잘 나질 않았다. 더욱이 주식 투자에만 인생을 맡길 수도 없는 노릇이어서 괜찮은 수익 창출을 기대하고 시작한 것이 룩북 영상 촬영이었다. 그런데 횟수가 거듭될수록 이 일도 전혀 쉽지 않았다. 평범함을 거부해야 했기 때문이었다. 엇비슷한 콘텐츠에서 우위를 점하려면 무조건 좀 더 자극적이고 차별화될 만한 영상 콘텐츠 제작이 필요했다. 거기에 온 신경을 쓰다 보니 결국엔 사람을 피할 수 없었다. 직장을 관두면 대인관계로 인한 스트레스를 피할 수 있을 것만 같았다. 하지만 차별화된 콘텐츠 제작을 하려니 사람들이 사는 세상으로 다시 나와야만 했다. 상처 주고 상처받는 그런 인간관계를 벗어나 나만의 일을 하면서 돈을 많이 벌고 싶어 시작한 일이었는데 또다시 사람 때문에 방해받는 꼴이 돼버렸다. 더구나 아무리 생각해보아도 이날 밤에 자신이 딱히 뭘 잘못한 것도 없는 것 같다. 이번 영상은 오히려 남에게 피해를 주기 싫어서 벌건 대낮이 아닌 야밤에 몰래 촬영했다. 그리고 하필 그때 그런 이상한 자들이 나타나 자기 일을 방해한 것에 화가 났고, 자신이 먼저 도망치듯 달아나야 했던 것도 화가 났다. 그녀는 자신의 미래에 대해 진지하면서도 구체적으로 무언가를 생각해본 적은 없었지만 때때로 지금 자기 삶에 대해 자신도 도대체 뭘 하는 건지 혼란스럽다는 고민을 생방송 중에 시청자들과 나눈 적은 있었다. 그때 시청자들은 그녀가 회의를 느껴 영상을 그만 올리거나 아예 채널을 폐쇄하지나 않을까 염려했다. 그들은 그녀에게 아름다운 외모는 평생 단 한순간 뿐이라면서 남이 갖지 못한 아름다운 외모를 보여주는 것에 좀 더 집중하며 지금 하는 일에 자부심을 느꼈으면 좋겠다는 격려의 말을 해주었다. 구속받거나 종속되는 삶은 그녀가 결코 원하는 삶이 아니었다. 하지만 시청자들 없이 그녀 혼자만은 의미가 없음을 그녀도 잘 안다. 그래서 그들이 원하는 욕구를 충족시켜주며 서로 공생관계를 이어나가야만 했다. 컴퓨터 매개 환경이 만들어내는 가상공간에서 저항하겠다던 그녀가 하던 행동은 현실 공간으로 빠져들면서 다시 한번 그녀를 각성시켰지만, 여전히 자신을 스스로 구해내질 못하고 지칠 대로 지쳐서 허우적거릴 뿐이었다.

가상과 실상의 어딘가에서 그녀는 맨발로 달리는 와중에 왠지 모르게 그만 울음이 터져버리고 말았다. 그녀가 흘리는 눈물의 의미를 아는지 모르는지 그렇게 한없이 깊은 밤은 도망가는 그녀를 붙잡으려고 한참을 쫓고 또 쫓아갔다.

손해 볼 일

❖

　"종의 자식 귀애하면 생원님 나룻에 꼬꼬마를 단다는 옛말이 하나도 안 틀려."

　생활교육부장 백 선생이 1학년 학급에서 발생한 폭력 사건에 대한 자문을 구하던 선우 선생에게 답답한 듯 내뱉었다. 하지만 선우 선생은 오늘날에도 무리 없이 받아들이기엔 괴리감이 느껴지는 속담이라고 반론하였다.

　"그렇지 않아요. 우리 옛 선조들이 교육의 기회가 전혀 없었던 종의 자식을 지칭했던 것에 주목해야 해요."

　백 선생 말의 요지는 가정교육의 중요성이었다. 선우 선생은 문제 아이의 학부모와 면담했을 때를 떠올려보면 그 부모도 자녀 교육에 나름 신경을 썼다는 것이 느껴졌기에 백 선생의 말에 전적으로 공감하기가 쉽지 않았다.

그가 공립 중학교 교사로 발령받아 교사 생활을 시작한 지 삼 년째로 접어들었다. 그러면서 느끼기에 교사 대부분이 자기네들 자녀 교육도 힘든 마당에 남의 자녀 교육에까지 목숨 걸 일 있냐는 분위기를 직감했다. 그것은 각 교과목의 지식 교육을 말하는 게 아니라 바로 인성 교육 부분에서다. 교장과 교감은 인성 교육을 특히 강조하고 있었지만, 항상 말뿐인 표어에 그쳤다. 하긴 자신의 학창 시절만 생각해보아도 다르지 않았다. 그 역시 구체적으로 뭘 어떻게 인성 교육을 받았는지 기억이 전혀 없다. 일반적으로 학교 자랑은 인성 교육 잘하는 것에 있는 게 아니라 특수목적 고교 진학률과 일류대학 진학한 졸업생들 숫자가 기준이 되었다. 더구나 요샌 학생들이 오히려 선생들을 향해 '인성 보소!'라고 버릇없이 말하는 세대인데 이런 교육 현장에서 무얼 더 기대할 수 있을지 선우 선생도 난감했다. 학교 체벌이 금지된 이후로 가정교육이 형편없는 녀석들은 선생 앞에서 더 기고만장인 편이었다. 그러나 윽박지르고 매질하지 못하는 상황에서 무엇으로 어떻게 인성 교육이 되어야 할지 고민하는 선생도 별로 없어 보였다. 아무튼 백 선생 말대로 그렇게 가정에서부터 버릇없이 자란 썽꾼이로 인해 학교는 다시 시끄러워질 판이었다. 썽꾼이는 선우 선생이 담임을 맡은 학급의 아이다. 그런데 이 아이는 초등학교를 갓 졸업하고 지금의 중학교로 배정받아 온 게 아니었다. 배정받은 중학교에서 첫 학기만 마치고 거주지 이전을 이유로 2학기에 새로 전학을 왔다. 등교 첫 날부터 이 아이는 학급에서 유난히 소란스러웠다. 선생님들에게 수업 태도를 두고 하루가 멀다고 지적을 받는 건 예사였고 아이들에게 갖가지 장난을 거는 게 취미일까 싶었다. 성적인 농담도 거침없이 하여 여자아이들이 당황해하는 것을 보며 즐기던 아이였다. 그야말로 학급의 문제아였고 말썽꾸러기였다. 반 아이들은 그 아이를 지칭할 때 이름 대신 말썽꾼을 줄여서 항상 '썽꾼'이라고 불렀다. 전학해 온 첫날부터 수업 시간마다 썽꾼이를 대해본 교과목 선생님들이 선우 선생을 불쌍한 눈으로 쳐다보았다. 일부는 담임으로서 걱정이 많겠다며 위로까지 해주었다. 선우 선생은 그 아이를 지도하는 데 있어서 자신이 교사로서 할 수 있는 건 별로 없어 보였고 그저 그 아이가 큰 말썽 없이 지내주길 바랄 따름이었다. 하지만 그 바람은 얼마 못 가고 말았다. 그 사건은 점심을 먹고 교실로 돌아온 아이들이 쉬는 시간에 발생했다. 썽꾼이는 이미 집에서부터 비장의 그것을 갖고 와 장난질할 때를 기다렸다. 그리고 점심 급식을 먹고 돌아온 직후 썽꾼이는 비닐봉지에 꽁꽁 싸맨 무언가를 드디어 꺼내어 아이들이 모여 있는 곳에서 그 봉지를 아이들 코에 일일이 갖다 대었다. 그러자 아이들이 비명을 내지르며 웩웩거렸다. 심지어 어느 여자아이는 비위가 너무 상했는지 썽꾼이가 그 이상한 봉지를 코에 갖다 대자마자 구역질하며 구토하였다. 썽꾼이를 피해 달아나는 아이들과 그 아이들을 끝까지 쫓아가서 결국 냄새를 맡게 만들어버리는 녀석 때문에 교실은 그야말로 난장

흐린 날엔 바로크 그리고 사이폰 커피

판이 따로 없었다. 그 상황에서 교무실로 한 무리의 학생들이 다급히 뛰어 들어와 담임선생을 찾았다. 썽꾼이가 봉지에 똥을 담아서 장난치고 뿌려대니 아이들이 점심 먹은 걸 전부 토해내고 난리 났다는 말에 선우 선생은 드디어 올 것이 왔구나 싶었다. 그렇게 예사롭지 않은 예감에 부리나케 자리를 박차고 교실로 달려갔다. 선우 선생이 교실에 도착했을 때 정말 아이들 말대로 역한 냄새가 진동했다. 그리고 그의 눈에 두 아이가 엉켜 싸우는 모습이 보였다. 두 녀석은 각각 코와 입이 터져 피를 흘리고 있었다. 어찌나 험악하게 싸우는지 반 아이들은 그 두 녀석을 감히 말리지도 못한 채 두려움에 떨고들 있었다.

"이 녀석들아! 당장 그만두지 못해!"

선우 선생의 호통에 한 녀석이 주먹질을 멈추었으나 그 틈을 놓치지 않고 썽꾼이가 그 아이의 가슴팍을 주먹으로 한 대 쳤다. 선우 선생이 그런 썽꾼이의 등짝을 세게 치며 싸움을 말리려 했다. 그러자 썽꾼이가 억울한 듯 괴성에 가까운 소리를 질렀다.

"저 새끼가 먼저 주먹 날렸다고! 내가 피해자야!"

그리 길지 않은 교사 생활을 하며 몇몇 문제아를 대해봤지만 썽꾼이처럼 성질 사나운 아이는 처음이었다. 선우 선생은 뺨이라도 한 대 갈기고 싶었으나 꾹 참았다. 그러자 그 참는 에너지가 썽꾼이를 잡은 팔뚝에 가해지기 시작했다. 썽꾼이는 자기 팔이 선우 선생에 의해 제압되자 미친 듯이 소리 지르며 벗어나려 몸을 비틀었다. 그럴수록 선우 선생은 더욱 녀석의 팔을 옥죄었다. 썽꾼이는 자신의 힘으로 더는 안 되겠던지 자신을 잡고 있던 선우 선생의 오른쪽 팔목을 잽싸게 콱 물어버렸다. 선우 선생이 악 하는 외마디 비명을 내지르며 잡고 있던 녀석의 팔을 놓아버렸다. 썽꾼이는 그래도 분이 안 풀렸는지 씩씩거리고 있었다. 그때였다. '딱' 하는 소리가 교실에 울려 퍼졌고 이를 본 반 아이들은 순간 얼굴이 굳어버렸다. 선우 선생이 썽꾼이의 머리통을 손바닥으로 세차게 한 대 내리친 것이었다. 녀석이 자기머리를 감싸 안은 채 소리 질렀다.

"왜 자꾸 나한테만 지랄인데!"

썽꾼이가 교실을 뛰쳐나갔다. 선우 선생을 비롯하여 아무도 그 아이를 잡을 수 없었다. 정말 순식간이었다.

"선생님! 썽꾼이가 지금 교문 쪽으로 달려가고 있어요!"

한 아이의 다급한 외침에 선우 선생이 창문을 내다보았다. 하지만 녀석은 어느새 교문 밖으로 사라진 뒤였다. 선우 선생이 아이들에게 주변을 정리하라고 지시했다. 아이들은 봉지에 담긴 것이 똥이라 했지만 선우 선생은 그렇게 여겨지지 않았다. 그것은 취두부였다. 선우 선생이 긴 한숨을 내쉬었다. 그리고 썽꾼이와 싸웠던 아이가 터진 입술을 지혈하는 것을 보고는 왜 싸웠냐고 물었다. 그 아이는 냄새나는 그것을 진짜 똥으로 알았고 봉지를 억지로 코에 가져다 댔는데도 자신이 별 반응을 안 하자 썽꾼이가 이래도 참겠냐며 그것을 자기 코와 입에다가 뭉개더라는 거였다. 그러자 순간 화가 너무 나서 자신이 먼저 썽꾼이를 때렸고 그 이후 서로 주먹다짐했다는 거였다.

그 아이의 진술을 듣던 선우 선생은 순간 자신의 중학 시절 안 좋은 기억 하나가 떠올랐다. 당시 같은 반 아이 중에 짓궂은 녀석이 있었다. 어느 날 그 녀석이 얌전히 책상에 앉아 자습하고 있던 반 아이들에게 몰래 다가가더니 물파스를 코 주변에 바르면서 냅다 도망가는 놀이에 열중이었다. 순간 코로 물파스의 톡 쏘는 냄새를 흡입한 아이들이 기겁하며 몸부림쳤고 이것을 본 녀석은 얄미울 정도로 킥킥 웃어댔다. 그가 방심하며 자습에 열중하고 있던 찰나에 그 짓궂은 녀석이 뒤에서 슬며시 다가왔다. 그런데 코에 바른다는 것이 그만 그의 눈에 발라버린 거다. 그 순간 한쪽 눈이 따가워지면서 앞이 안 보일 지경이 돼버렸다. 지체할 틈 없이 튕기듯 반사적으로 몸을 일으키고는 "내 눈! 내 눈!" 하며 화장실로 냅다 뛰었다. 장난친 녀석이 그런 모습을 보고는 우스꽝스러운지 낄낄대며 웃었다. 수돗물로 눈을 한참 헹구니 훨씬 나아졌다. 충혈된 눈으로 교실로 돌아오니 그 녀석은 능글맞게 웃으며 연신 미안하다고 했다.

"미안하다면 다야?"

장난쳤던 그 녀석은 약간 정색하며 "미안하다고 사과했으면 됐지 그럼 뭘 더 바라냐?"라며 깐죽댔다. 덩치 큰 그 녀석을 상대하기엔 자신의 왜소한 체격이 버거웠다. 물파스로 장난쳤던 녀석도 자기보다 덩치가 작거나 평상시 만만해 보였던 아이들 위주로만 골라서 장난을 했던 거다. 그렇지만 썽꾼이 녀석은 달라도 한참 달랐다. 자기보다 덩치가 크든 작든 그 누구도 가리지 않았다. 선우 선생이 아직도 지혈하고 있는 녀석을 보건실로 보냈다. 그리고 곧바로 아이 부모에게 사실을 전해주었다.

일반적으로 학교 폭력이 발생하면 이를 관리하는 학교 내 부서가 관여하여 처리한다. 그것은 대개 생활교육과다. 학년마다 전담 선생이 있고 백 선생은 생활교육과를 담당하는 총괄부장이었다. 학폭 사건을 전담하는 일을 도맡아 해야 하기에 대부분 학교에서 선생들이 그다지 달가워하지 않는 부서다. 선우 선생이 교사로 첫 근무를 했던 그해 교내에서 학생 사이에 괴롭힘 사고가 발생했다. 가해 학생은 장난이었다고 했다. 장난치다 생긴 사고라고 우겨대면 면죄부를 받을 것 같지만 전혀 그렇지 않다. 교육청의 지침에는 장난도 피해자가 폭력으로 여겼다면 엄연히 폭력에 해당하는 걸로 못 박고 있다. 하지만 학생도 부모도 이런 사실을 전혀 모르고 있다. 그 가해 학생 부모도 마찬가지였다. 더구나 학교 측이 규정에 따라 가해 학생을 즉각 분리 조치시키자 이를 두고 그 부모가 반발했다. 심의 절차 없이 사흘씩이나 학교 못 나오게 해서 자기 애를 죄인으로 낙인찍냐는 거센 항의가 있었다. 이러니 규정은 있으나 마나 한 거였다. 가해 학생과 피해 학생이 서로 원만하게 화해하지 못했거나 서로 피해를 주장하면 학교폭력위원회의 심의를 거쳐 가해자가 가려지고 징계가 내려진다. 이 결과에 불복하면 결국 행정소송의 길로 접어들 수밖에 없다. 그래서 급기야 이런 소송에 휘말리는 사례가 생활교육을 담당하는 선생들에게 종종 발생하곤 했다. 이러다 보니 학교 폭력 관련 업무를 반기는 선생은 아무도

흐린 날엔 바로크 그리고 사이폰 커피

없었다. 학교 내 각 부서가 그렇듯 교장과 교감이 정해주는 대로 부서를 일 년간 돌아가면서 떠맡다 보니 관련 부서에 대한 전문성이 없을뿐더러 책임감조차 없는 경우가 태반이다. 올해 처음 1학년 생활교육과를 담당하게 된 김 선생은 더욱이 기간제 교사다. 어느 부서보다도 책임이 요구되는 곳인데 한시적으로 맡은 업무인 데다가 내년에도 이 학교에 있으리란 보장이 없다. 선우 선생은 그런 김 선생에게 조언을 구하려 했지만 별 소득이 없었다. 그나마 경력 많은 생활교육부장 백 선생이 도움이 되었다. 선우 선생은 화를 참지 못해 순간적으로 썽꾼이의 머리를 세게 때린 게 마음에 심히 걸렸다. 학생들 간에 일어난 폭행을 말리려다가 자신도 결국 폭행에 가담한 셈이었다. 하지만 이런 우려는 썽꾼이 부모가 그날 학교에 찾아오면서 별문제 없게 되어버렸다. 글로벌 푸드 슈퍼마켓을 운영하는 썽꾼이 부모는 담임선생으로부터 소식을 전해 듣자마자 가게 문을 걸어 잠그고 수업이 모두 끝난 시간에 썽꾼이를 데리고 교무실로 찾아왔다. 부모는 죄송하다고 했다. 피해를 본 아이와 그 부모에게도 지금처럼 똑같이 사과하겠다는 말도 덧붙였다. 선우 선생은 자신도 썽꾼이에게 손찌검했다며 죄송하다 했지만 썽꾼이의 부모는 오히려 잘하셨다며 앞으로 아이가 잘못할 때마다 더 때려달라고 했다.

"전의 학교에서도 학교 폭력으로 물의를 일으켰습니다. 피해 학생 부모가 학폭 심의를 요청했고 진단서를 발급하면서 학교장 자체 해결 요건이 안 되어 교육청으로 학폭 심의가 넘어갈 공산이 컸습니다. 그래도 부모로서 도의적 책임을 지고자 아이를 퇴학에 준하는 전학을 시킨 겁니다."

말은 그렇게 했지만, 부모의 속셈은 자식을 보호하려는 목적이었을 것으로 선우 선생은 생각했다. 워낙 심각한 폭력 사건이었기에 심의 결과는 전학으로 내려질 게 뻔해 보였다. 그래서 생활기록부에 등재되면 여러모로 곤란해지니 그걸 피해 전학해 온 것으로 짐작했다. 썽꾼이 부모는 이젠 대안학교밖에 안 남았다며 전학시키기도 쉽지 않으니 담임선생님이 잘 좀 지도해달라는 당부를 덧붙였다. 선우 선생은 피해 학생 부모와 얘기를 해본 후 학교폭력위원회 심의에 넘길지 말지를 결정해보겠다고 하였다. 학부모 면담 이후 생활교육부장 백 선생을 찾았다. 선우 선생은 그에게 학교폭력위원회의 심의 절차를 물었다.

"그것 관련해서 피해 아이 학부모에게 먼저 말 꺼내지 마세요!"

"왜죠?"

"심의 한번 잘못 걸리면 우리 모두 소송에 걸릴 위험이 커요. 심의위원이 내린 징계에 불만족하거나. 심지어 생기부 등재 지연시키려고 일부러 법정 다툼으로 잔머리 쓰는 일도 있어요. 그러니 학폭 심의는 무조건 일단 피하고 보는 게 최선입니다."

"그게 되나요? 피해 학생 부모가 학폭 심의를 원하는데."

"그건 아직 모르는 일 아닌가요?"

그랬다. 선우 선생도 백 선생의 말에 답을 할 수 없었다. 그러자 이내 백 선생이 말을 이어갔다.

"학부모 대부분이 사실 그런 거 잘 몰라요."

"학폭 심의가 존재한다는 사실을 잘 모른단 말씀인가요?"

"그렇지! 잘 몰라요. 자기 자식을 학교에 보내놓고는 있지만, 막상 학교 시스템에 대해 잘 모르는 부모들이 태반입니다. 그러니 그쪽 부모가 먼저 말 꺼내기 전에는 절대 학폭 심의네 뭐네 하며 일절 말하지 말고 서로 화해시키는 선에서 선우 선생님이 잘 마무리해봐요."

"…."

백 선생의 말에 선우 선생은 무언가 찜찜한 감정을 떨쳐내기 쉽지 않았다. 학교 폭력 사건을 담당하는 부장 선생이 오히려 학교 폭력 사건을 덮으려는 듯한 말을 하자 혼란스러웠다. 그런 표정을 읽었는지 백 선생이 선우 선생에게 안심시켜주듯 말을 덧붙였다.

"학교 폭력 심의를 신청할 자격은 지침에 따르면 최초 목격자에게 있어요. 담임선생님에게 달려와 신고한 그 아이들이 첫 번째 자격자가 됩니다. 그런데 우리가 교육 안 시켰으니 아이들이 이걸 모르죠. 그렇다면 선우 선생님이나 그 부모들이 신고할 자격이 돼요. 하지만 학폭 관련 법이나 지침 같은 걸 제대로 숙지하고 있는 교사들이 몇 명이나 있겠어요? 부모들은 더하지!"

선우 선생은 백 선생의 조언이 내심 수긍은 됐다. 괜히 학폭 심의 신청하다가 결과를 받아들이지 못한 부모에 의해 소송이라도 걸리는 날엔 담임인 자신도 소송에 휘말려야 하는 상황이 될 수도 있는 노릇이었다.

"최고 징계인 퇴학 처분은 의무교육인 중학교에서 어지간해선 내려질 일 없어요. 피해 학부모를 만족시킬 만한 징계가 사실상 없다는 겁니다. 교육 현장이란 특수성 때문에 가해 학생이 아무리 악한 짓을 했어도 징계는 항상 교육적 차원에서 처리하려는 습성이 있기 때문입니다."

"그럼 결국 소송밖엔 달리 방도가…?"

"가장 이상적인 건 가해 학생이 피해 학생 손해 입힌 만큼 자신이 손해 보는 건데, 그럼 어떻게 해야 할까요?"

백 선생이 해준 말에 선우 선생은 아무런 말도 할 수 없었다. 조금은 찜찜하였지만, 그냥 모른 척 가만히 있어야겠다고 생각을 굳혔다.

그리고 그날 저녁 썽꾼이와 싸운 아이의 아버지가 보낸 문자 메시지 한 통이 왔다.

아이들이 서로 장난을 치다가 주먹다짐으로 변한 것 같은데 다 그러면서 크는 게 아니겠냐는 요지였다. 서로 입술 터지고 코피 터졌으니 누가 피해자고 가해자라 할 수 없을 것 같다고도 했다. 하지만 아이의 입장은 달라 보였다. 같이 공부하기 싫으니 내일이라도 당장 다른 반으로 보내달라며 생떼를 부린다고 했다. 그러면서 선생님이 내일 아이가 등교하면 잘 좀 타일러달라고 요청하였다.

다음 날 선우 선생은 썽꾼이에게 불만 많은 그 아이를 불러 면담했다. 이미 전날에 썽꾼이는 부모와 함께 왔을 때 자신이 한 행동을 깊이 반성한다며 선우 선생에게 사과하면서 용서를 빌었다. 포악스럽게 굴던 아이가 언제 그랬냐는 듯 얌전한 아이가 되어 있었다. 선우 선생은 썽꾼이에게 내일 등교하면 나쁜 장난을 먼저 걸었으므로 사과하고 화해하라고 지시했다. 그런데 썽꾼이를 다른 반으로 보내달라고 떼를 썼던 그 아이는 선우 선생을 무척 난처하게 만들었다.

"남한테 피해 주고 그냥 미안하다고 하면 다 끝나는 건가요? 그래서 전 걔가 싫어요. 반 아이들도 전부 걔를 싫어해요. 그러니 빨리 썽꾼이를 다른 반으로 보내주세요."

"너의 요구는 선생님이 들어줄 수 없어. 왜냐면 이미 배정된 학급은 선생님도 마음대로 못 바꿔."

"교장 선생님도요?"

아이의 갑작스러운 질문에 선우 선생은 순간 말문이 막혔다. 교장은 이 사건을 아직 모른다. 백 선생이 학폭 심의 접수를 하지 않았기에 교장에게 보고될 사안은 사실상 없는 거다. 그냥 담임선생 선에서 해결할 문제였다. 그런데 아이는 교장 선생을 언급하고 있었다. 학교장이라면 문제 많은 아이를 다른 반으로 전반시킬 수 있는 권한을 충분히 갖고 있지 않겠냐는 질문이었다. 하지만 한번 정해진 학급을 변경하는 권한은 그 누구에게도 주어지지 않았다. 학급 변경은 학교 내에서 문제를 일으킨 가해 학생에게 학폭 심의 결과로 내려질 수 있는, 상당히 고강도의 징계 수단이다. 더군다나 문제 많은 학생이 다른 반으로 옮겨가더라도 그 학생이 계속하여 문제를 일으킬 소지가 충분하다고 심의위원회에서 판단하면 이조

차도 징계 결정을 내리기가 쉽지 않다. 썽꾼이가 그러했다. 그 아이는 다른 어떤 반에 가더라도 문제를 일으킬 가능성이 많은 아이였다. 학기 초에 이미 다른 학교에서 문제 일으키고 자진해서 전학을 오게 됐지만 변한 게 하나도 없다는 것이 그걸 증명하고 있었다. 그 아이는 다른 학급에서도 결코 얌전하게 생활할 아이가 아닐 거라고 선우 선생은 확신했다. 그런데 아이의 질문에 어떻게든 답변해야 했던 선우 선생은 한참을 망설이다 무심결에 학교 폭력 심의가 이루어져야 하고, 심의위원회에서 결정을 내려야 한다고 말할 뻔했다.

"교장, 교감 선생님도 그건 못 해주셔. 여긴 학교잖니? 학교는 교육이 우선인 거야. 너희들이 이제 앞으로 커서 사회 나가면 싫은 사람 좋은 사람 다 같이 모여 살아야 해. 회사 생활이 그 좋은 예야."

"그건 그거고요."

아이는 좀처럼 선우 선생의 말에 수긍하려는 자세가 아니었다. 그 아이는 계속해서 썽꾼이를 다른 반으로 보내달라고 말할 뿐이었다.

"선생님이 그건 안 된다고 이미 말했지! 썽꾼이가 다른 반 가면 지금보다 얌전해질까? 아니겠지? 그럼 문제 생길 때마다 썽꾼이를 또다시 다른 반으로 보내야 할까?"

선우 선생의 질문에 아이는 그제야 입을 다물었다.

"선생님이 썽꾼이한테 너에게 진심으로 사과하라고 말을 해볼게.

그래도 썽꾼이의 사과가 부족하다면 그때 다시 선생님이랑 얘기하자."

선우 선생은 두 아이가 사과만으로 화해하고 없던 일로 넘어갔으면 했으나 그날 저녁 그 아이의 부모에게 연락을 받았다. 아이가 계속 분통을 터뜨린다는 거였다. 썽꾼이가 선생님이 안 계신 교실에서 여전히 장난이 심하여 자기반성이 없는 듯하고 사과 또한 자신의 아이에게 건성으로 하는 듯했다는 거다. 선우 선생은 그다음 날 썽꾼이를 불러 장난한 것에 대해 왜 제대로 사과하지 않았는지를 캐물었다. 썽꾼이는 자신이 사과했지만, 그 아이가 자기 사과를 받아주지 않았다며 자신은 할 만큼 했다고 말했다. 선우 선생은 자신도 모르게 깊은 한숨을 쉬었다.

"정말 진심으로 사과했는데 걔가 거부한 거예요!"

썽꾼이는 여전히 억울함을 내비쳤다.

"걔가 눈에는 눈, 이에는 이라며 똑같이 똥을 먹어보라 했어요. 사람이 어떻게 똥을 먹어요! 그건 취두부였어요. 저희 부모님 가게에서 파는 중국 음식이었다고요."

"그래, 너 말대로 음식인데 그런 걸 갖고 와서 장난을 친 자체가 잘못이잖아. 너 다시 취두부 갖고 와서 아이들 보는 앞에서 그거다 먹을 수 있겠어?"

썽꾼이는 한참 동안 대답이 없었다. 자신 없는 표정이 역력했다. 선우 선생이 재차 질문했다.

"그것… 만은…"

썽꾼이가 자신 없는 말투로 대답을 한 후 멋쩍게 헤헤거리며 웃었다.

선우 선생은 썽꾼이가 참으로 얄미워 보였다. 자신도 원치 않는 피해를 남에게 죄다 주고 나서 정작 본인만은 그 피해를 보지 않겠다는 심보가 고약했다. 선우 선생은 썽꾼이의 사과를 받아들이지 않은 아이를 불러내었다.

"네 마음 선생님이 잘 알아. 썽꾼이의 사과가 흡족하지 않지? 썽꾼이가 정말 맘에 안 들지? 하지만 우리 모두 그런 썽꾼이를 더욱 사랑으로 감싸주고 용서해주어야 해. 그 애는 마음이 참 아픈 친구잖아. 그렇게 생각하지 않니?"

피해자가 가해자를 용서하란 말에 아이는 고개를 푹 숙인 채 아무 말도 하질 않았다. 길어지는 침묵 속에서 선우 선생은 고개 숙인 아이에게 직접적으로 할 수 없는, 자신의 직설적인 속의 말을 눈빛으로 내뱉었다.

'너 지금 썽꾼이 그놈 때문에 짜증 엄청 나지? 남한테 손해만 주고 정작 자기는 하나도 손해 안 입으려는 그 자식이 쥐어패고 싶을 정도로 얄밉지? 그래도 어쩌겠니. 갠 그냥 또라이야. 정신이 이상한 놈이니 정상인 네가 참으렴.'

풀이 죽어 있던 녀석이 그 눈빛의 말을 알아듣기라도 한 듯 한참 만에 아이가 힘겹게 "네" 하고 대답하였다. 그리고 자신이 죄인이 된 듯 여전히 고개를 푹 숙인 채 힘없이 앉아 있었다.

그렇게 두 녀석의 티격태격 사건이 구렁이 담 넘어가듯 잊히던 찰나에 또다시 한 무리의 아이들이 허겁지겁 교무실로 황급히 들어오며 선우 선생을 찾았다.

"선생님! 선생님! 큰일 났어요! 썽꾼이가 지금 피를 엄청 많이 흘려요!"

선우 선생은 앞장서 달리는 아이들의 뒤를 쫓아 다급하게 보건실로 뛰어갔다. 복도에 떨어진 핏방울들이 보건실까지 기다랗게 이어지고 있었다. 그 붉은 피는 마치 보건실을 안내하는 안내선처럼 느껴졌다. 예사롭지 않았다. 아니나 다를까 보건 선생은 선우 선생에게 썽꾼이 출혈이 매우 심하다고 말해주었다. 학교에서의 응급 처치가 더는 불가능했다. 이대로 더 방치했다간 과다출혈로 쇼크(shock)가 발생할지도 모를 긴급한 상황이었다. 구급차를 불러야만 했다. 반바지를 입고 있던 녀석의 다리 한쪽은 뼈가 살짝 드러나 보일 정도로 부상이 매우 심했다. 목격한 아이들 말에 의하면 액션 영화의 한 장면을 보여주겠다면서 2층 복도 창문 곁에 있는 나무를 타고 아래로 내려가려 했다는 거다. 그 뒤 아이들의 부축을 받으면서 앙감질하여 간신히 보건실까지 갔다고 했다. 선우 선생은 복도에 설치한 CCTV의 녹화된 영상을 살펴보았다. 사고 예방에 전혀 도움이 되지 않는 장비라며 그는 혼잣말로 투덜댔다. 정말 아이들의 진술대로 썽꾼이의 무모한 행동이 고스란히 찍혀 있었다. 학교 뒷마당에 교실 복도와 근접하여 고목(古木)나무 한 그루가 있다. 녀석이 복도 창문을 원숭이처럼 기어올라 그곳에서 점프하여 곁에 있던 나무를 타려 했다. 선우 선생의 한숨이 더욱

깊고 길어졌다.

 일주일 만에 썽꾼이가 깁스를 하고 목발을 짚으며 등교했다. 그렇게 썽꾼이는 한 달 넘게 깁스를 풀지 못하였다. 썽꾼이는 몸이 성치 못하여 학급 내에서 장난을 치는 일이 훨씬 줄었다. 그로 인해 학급이 조용했다. 아이와 그 부모에겐 안된 말이지만 썽꾼이가 많이 다쳐서 참 다행이다 싶은 정도였다. 하지만 그런 학급의 평화는 그리 오래 가지 않았다. 쉬는 시간 무렵 갑자기 한 무리의 아이들이 또다시 선우 선생을 다급히 찾았다. 썽꾼이가 눈을 다쳤는지 지금 고래고래 소리치며 데굴데굴 구르고 있다는 거였다. 선우 선생은 다시금 가슴이 철렁 내려앉았다. 그는 아이들에게 썽꾼이가 무슨 장난을 쳤는지 물었다. 아이들은 썽꾼이가 장난치다가 다친 게 아니라 했다. 아직은 깁스를 풀지 않았으나 이제 어느 정도 목발 없이도 두 발로 천천히 걸을 수 있게 된 때였다. 그런 녀석이 학급 내에서 목발 없이 걷다가 한 아이의 발에 걸려 넘어졌던 거다. 선우 선생이 학급에 도착하니 아이들 말대로 썽꾼이는 여전히 자기 눈을 부여잡고 고통을 호소하고 있었다. 선우 선생은 즉시 썽꾼이의 상태를 살펴보았다. 녀석은 짐승처럼 울부짖고 있었다. 쉬는 시간에 목발 없이 책상 사이를 걸어가고 있었는데 옆의 아이가 발을 걸었다는 것이다. 그러면서 중심을 잃은 썽꾼이는 온몸의 체중을 그대로 싣고 앞으로 고꾸라졌다. 그런데 하필 고꾸라지며 책상 모서리에 눈을 찔린 것이다. 썽꾼이가 넘어질 때 곁에 있던 아이는 썽꾼이의 사과가 부족하다고 말했던 바로 그 아이였다.

흐린 날엔 바로크 그리고 사이폰 커피

"네가 썽꾼이 발을 걸었니?"

"아뇨! 자기 혼자 걷다가 그냥 넘어진 건데요."

"그게 아니잖아 새꺄! 너가 내 발을 걸었잖아!"

썽꾼이는 억울해했다. 그러면서 연신 눈을 감싼 채 "내 눈! 내 눈! 내 눈!" 하며 고통스러운 듯 울부짖고 있었다. 선우 선생이 녀석의 눈 상태를 보려고 손을 치워보라 했다. 썽꾼이가 손을 치우지 못했다. 선우 선생이 억지로 녀석의 손을 눈에서 떼고 감은 눈을 강제로 벌리자 녀석이 더욱 자지러지듯 소리를 질렀다. 드디어 녀석의 눈알이 보였다. 그러자 주변에 모여 있던 아이들이 일제히 비명을 지르며 튕겨져 나가듯 뒤로 물러섰다. 녀석의 찔린 눈알에는 어떻게 된 건지 모를 정도로 시뻘겋게 핏물이 고여 있었다. 그건 마치 악마의 눈알처럼 보였다. 썽꾼이는 앞이 하나도 안 보인다고 지랄 발광을 하면서 고통을 호소하며 울부짖었다. 그날 녀석은 다시 한번 구급차를 타고 큰 병원 응급실로 실려 가야만 했다.

의사는 썽꾼이의 예후(豫後)가 아주 좋지 않다고 했다. 이를 전해 들은 선우 선생은 학급 아이들에게 앞으로 썽꾼이가 한쪽 눈을 실명하게 될지도 모른다고 말해주었다. 한 아이가 그럼 영원히 볼 수 없냐고 되물었다. 선우 선생은 대답 대신 고개를 끄덕였다. 그리고 썽꾼이의 다리를 걸었던 아이를 슬쩍 보았다. 무표정이었다. 절대로 자신이 다리를 걸지 않았다고 계속해서 딱 잡아떼는 중이었다. 그리고 이 아이의 진술을 뒤집어줄 만한 증언은 며칠째 나오지 않고 있었다. 교실에는 CCTV가 없으니 확인해볼 방법이 전혀

없었다. '녀석이 원했던 대로 썽꾼이를 진작에 다른 학급으로 보내
버렸으면 이런 불상사가 일어나지 않았을까?' 선우 선생은 그 물음
에 답할 수 없었다. 그런데 그날 저녁 어느 학부모로부터 뜻밖의
문자 메시지를 받았다. 썽꾼이의 실명(失明) 사고는 학부모들 사이
에서 매우 민감하면서도 초미의 관심사였다. 자신의 아이가 위험
한 환경에 노출되어 학교 생활을 하는 게 아닌지 염려하는 학부모
가 많았기 때문이다. 그날 저녁 받은 그 문자도 그중의 한 학부모
가 보낸 문자라고 생각했으나 선우 선생은 그 내용에 마음이 철렁
했다.

'그날 우리 애가 발 거는 걸 보았다고 합니다. 더구나 넘어진 아
이를 보며 히죽거리기까지 했다고도 합니다. 얼마 전엔 그 두 아이
가 심하게 싸움도 하고 그랬다는데, 학교 폭력이 끊이지 않아 학부
모로서 매우 불안하네요. 발을 건 그 학생을 다른 반으로 보내주
시면 좋겠습니다. 아울러 우리 애가 목격했다고 학교에 절대 알려
지지 않았으면 좋겠습니다.'

선우 선생은 백 선생과 이 문제를 의논했다. 학교 폭력이 명확한
데 인지를 한 담임인 자기가 학폭 심의를 신청해야 하는 게 아니냐
는 거였다. 그러자 백 선생은 손해 볼 일 만들지 말고 그냥 모른 척
하고 조용히 있으라고 조언했다. 증거도, 증인도 없는 일이기 때문
이란 거다. 더구나 목격했다는 아이가 직접 나서길 원하지도 않는
상황인데다가 행여 나서더라도 심의든 소송이든 무조건 치열한 다
툼이 예상된다는 이유에서였다. 선우 선생 역시 백 선생 말이 합리

적이라고 생각했다. 그러니 밑지는 장사는 아예 안 하는 게 정답 아니겠나 싶었다. 그런데 백 선생은 한 가지 우려스러운 말을 하나 흘렸다. 이젠 피해 학생 부모가 된 썽꾼이 부모가 이 사건의 주도권을 쥐고 있다는 거였다. 그러면서 그들이 일을 키우면 절대로 사과부터 하지 말고 모르쇠로 나가라고 조언해주었다. 사과하는 순간 반드시 손해 볼 일이 생긴다는 것이 그 이유였다. 그리고 그날 저녁 선우 선생은 썽꾼이 부모로부터 문자 한 통을 받았다.

'아이 실수로 넘어진 거라고 학교 측은 말했지만, 이 사고는 학교 폭력입니다. 우리 애 발을 일부러 걸었다는 아이를 내일 경찰에 고소할 것입니다. 아울러 학교장과 담임선생님에게도 책임을 묻겠습니다.'

그는 백 선생이 왜 절대로 사과하지 말라고 했는지 그제야 알 것 같았다.

그녀는 풍각쟁이

❖

"그럼, 그날 건축사님의 사무실에서 뵙도록 하겠습니다."

"…."

TV 방송국에서 걸려 온 전화를 받고 있었다. 나의 즉답이 늦어지자 수화기 너머로 나를 부르는 소리가 들려왔다.

유명 연예인들의 과거 속 첫사랑이나 짝사랑을 재연드라마 형식으로 엮으면서 실제 대상을 찾아 나선다는, 시청률 높은 예능프로그램이 있다. 그 방송작가가 나에게 연락해 온 건 그녀가 다녀가고 난 뒤 몇 주가 지나서였다. 또다시 나는 그녀의 부탁을 거절하지 못하였다. 그녀를 보자마자 그놈의 호구(虎口)병이 다시 제대로 도진 것이다.

"얘! 나 그러면 그렇게 알고 간다."

"…."

"뭐야? 왜 대답이 없어?"

"네가 언제 내 대답 듣고 뭘 했니?"

심드렁한 나의 말에 그녀가 해맑게 웃었다. 그리고는 "역시, 넌 내 영원한 친구야"라고 했다. 그 말이 "역시, 넌 내 영원한 호구야"로 들렸다. 그때 나는 그녀의 부탁을 단호히 거절했어야만 했다. 그런데 그게 잘 안됐다. 곧 오십 줄에 들어설 나이였지만 어제오늘만 그런 게 아니란 걸 잘 안다. 이처럼 남의 부탁을 쉽사리 거절하지 못하는 것도 일종의 병이라면 병일 것이다. 누군가의 부탁을 잘 들어주면 마음씨 좋고 착한 사람이라는 인식이 있으나, 그로 인해 금전적으로나 시간상으로 손해를 겪게 된다면 이야기는 다르다. 부탁이 습관화된 사람에게 부탁을 받아 들어주었다면 이미 그가 놓은 덫에 걸린 거나 마찬가지다. 한두 번 부탁을 잘 들어주는 사람에게 그자는 집요하게 달려들기 시작할 것이다. 나는 그래서 부탁을 잘 거절하지 못하는 사람을 그냥 호구라고 부른다. 어수룩하여, 즉 순진하고 어설픈 데가 있어서 이용하기 좋은 사람을 비유하는 말이라는 것이 사전적 정의다. 내가 그렇다. 특히나 그녀에게 나는 더욱더 호구다. 호구는 대부분 자신이 호구인 줄 모른다. 그냥 자신을 착한 사람이라 여긴다. 단호하게 거절하면 나쁜 사람이 되는 줄로만 안다. 부탁하려고 접근하는 자들은 상대방이 자신의 부탁을 들어줄 여력이 충분히 있음을 잘 알고 접근한다. 이때 혈연과 지연, 그리고 학연을 들먹이고 이용하는 건 필수다. 서로 상부상조한다면 나쁘지 않겠지만 도움을 받기만 할 뿐 돌려주지 못할 때가 문제다. 그들은 상대방이 거절하면 그에 대한 심술이라도 부리듯 야박하고 인색하며 옹졸한 사람으로 몰아붙이는, 파렴치한 행위까지 서슴없이 하기도 한다. 이 또한 교묘한 가스라이팅 전략일 뿐인데 심약한 자들은 여기에 무너지고 만다. 그래서 차라리 호구 되기를 선택한다. 그런데 이 모든 것을 차치하고서라도, 받는 부탁이 싫어도 거절하지 못하는 건 대부분 친분이 있는 인간관계가 끊어질까 하는 막연한 두려움이 더 크기 때문이다. 바로 이것이 호구병을 고치지 못하는 주된 이유다. 다시 말해 이 병은 절대로 자연치유될 수 없다. 낫기 위해선 오로지 병이 나게 하는 그 상대방을 제거해야만 한다.

조금 전 내가 방송작가로부터 그녀의 이름 석 자를 들었을 때 나는 그녀가 나에게 왔던 몇 주 전으로 다시 되돌아갈 수밖에 없었다. 그녀의 이번 부탁은 유난히 나를 더욱 혼란스럽게 만들었다. 들어줄 수도, 그렇다고 안 들어줄 수도 없는 상황이다. 그래서인지 극도로 우유부단한 사람이 되어 애꿎은 입술만 연신 깨물고 있었다. 그날 그녀에게서 들었던 그 말 한마디가 여전히 큰 파도를 치며 내 심장을 울렁거리게 했다. 그녀와 나는 자주 만나진 않지만 오래된 사이로, 덜 친한 친구가 아닌 절친한 친구가 맞는 것 같긴 하다. 그리고 잊을 만하면 연락을 해오는데 그때마다 매번 부탁거리를 가져왔고 난 그걸 단 한 번도 거절한 적이 없었다. 절친이었기

흐린 날엔 바로크 그리고 사이폰 커피

에 부탁도 자주 할 수 있는 것이라고 그렇게 좋게 좋게만 생각했다. 그리고 다시 오랜만에 그녀가 나를 찾아왔다. 그녀가 그때 꺼내놓은 부탁은 날카로운 검이 되어 내 심장을 깊숙이 찔렀다. 그 찔림의 상처가 예전과는 다르게 깊었고 쉽사리 아물지 못했다.

"촬영 허락하시는 걸로 알고 있겠습니다."

나는 끝내 아무 말도 하지 않았다. 그런데도 나에게 전화를 걸어온 그 방송작가는 내 침묵이 곧 동의를 뜻하는 것으로 이해한 모양이다. 이런 점이 어찌 그리 그녀와 닮았는지 모르겠다. 얼떨결에 그만 알겠다고 하며 전화를 끊었다. 하지만 통화를 끝내고 곧바로 후회했다. 이미 그녀와의 만남에서 암묵적으로 긍정의 대답을 해놓고선 이제 와 거절하겠다는 부정의 말을 하기가 어려웠다. 그녀를 다시 만나고 나면 또다시 한동안 내 가슴에 숨어 있던 횃불이 내 심장을 주체할 수 없이 뜨겁게 달구지나 않을지 벌써 걱정이 됐다. 더구나 그녀의 이번 부탁은 도저히 내가 감내하기 힘들 것만 같다. 지금도 아직 그날 내 가슴에서 일어났던 강한 횃불이 여전히 내 목구멍을 뜨겁게 달구고 있었다. 이젠 더는 치유할 마음도 없고, 그러고 싶지도 않다. 그냥 이대로 타 죽어버렸으면 싶었다. 하지만 그러기엔 여전히 애증(愛憎)이 교차하여 어느 것 하나 제대로 실행하지 못하는 중이었다.

그 대상이 바로 그녀였기에….

30년 전 TV 단막 드라마 주인공으로 출연하면서 그녀는 그야말로 묘령(妙齡)의 나이에 당대 최고 스타 자리를 꿰찰 수 있었다. 그녀는 중학생이 되자마자 일찍이 광고 모델로 데뷔하여 학창 시절 내내 여러 편의 영화와 드라마에서 주연과 조연으로 활동했다. 그런 인기 가도 속의 그녀를 최고의 스타 자리로 올려놓은 건 희한하게도 고등학교를 졸업하면서 출연하였던 단 한 편의 짧은 드라마였고 그것이 그녀의 연기 인생의 정점을 찍게 했다. 그녀의 모습이 담긴 브로마이드 여러 장과 청소년 잡지 몇 권을 지금도 나는 집 안 어딘가에 얌전히 소장하고 있다.

같은 동네에 살았던 그녀와 친하게 된 건 초등학교 6학년 때 같은 반이 되고부터였다. 그녀가 중학교에 진학했을 무렵 사업을 하던 그녀의 아버지가 큰 빚을 지게 됐다. 그녀의 가족이 야반도주하듯 다른 지역으로 급하게 이사를 떠나고부터 오랫동안 그녀를 볼 수 없었다. 그러나 어머니는 이웃사촌이었던 그녀의 어머니와 종종 전화 통화를 하며 서로의 안부를 주고받으셨다. 그런 어느 날 나는 어머니로부터 그녀가 소위 길거리 캐스팅이란 걸 당하여 광고 모델로 활동하면서 연예계에 발을 디뎠다는 소식을 전해 들을 수 있었다.

내가 전에 알던 동네 여자아이를 TV에서 본다는 게 참말로 신기했다. 그녀가 그녀의 어머니와 함께 우리 집에 놀러 온 건 중학교 2학년 때였다. 유명 인사가 된 그녀는 어느새 키도 부쩍 컸고 어린 아이의 티를 완전히 벗어 던진 모습이었다. 동갑이었지만 누나라고 불러도 될 만큼 나보다 훨씬 조숙하고 어른스러워 보였다. 그녀가 당시 내 방에 앉아 들려주었던 갖가지 연예계 이야기는 무척이나 흥미로웠다. 우리가 오랜만에 다시 만났던 그때는 그녀가 브라운 관을 벗어나 은막(銀幕)으로까지 무대를 옮길 때였다. 그녀는 잔인 한 액션 영화의 조연을 맡았다고 했다. 과격한 폭력과 대사의 절반 이 쌍욕인 영화라는 거였다. 그래서 대본을 받아보고 나서 첫 영화 출연인데 내용이 너무 과격하여 출연이 내키지 않았다고 했다. 더구나 자신이 불량배들에게 납치되면서 잔인하게 성폭행당한 뒤 그들의 아지트를 몰래 빠져나오다가 발각되어 죽도록 맞는 장면에 선 실제로 소름이 끼쳤다고 했다. 결국 만신창이가 된 상태에서 기 회를 엿보다가 또다시 탈출을 감행하는데 이번엔 성공한다는 거였 다. 하지만 도주하던 중에 불량배들의 차에 부딪혀 죽는다고 했다. 사실상 스포일러였다. 그걸 왜 미리 알려주냐고 그녀에게 투덜거렸 다. 그래도 액션스릴러 영화광인 나는 그녀의 첫 영화가 개봉하면 극장에 꼭 가겠다고 약속했다. 그런데 그녀는 애석하게도 자기가 조연으로 출연한 영화를 우리는 볼 수 없을 거라 말했다. 폭력이 과도하여 미성년자관람불가 영화였기 때문이었다. 하지만 그런 미 성년자관람불가 영화를 아직 어린 여중생이 찍었다고 하니 참으로 아이러니하다고 생각했다. 그녀는 불량배들에게 겁탈당하는 신

(scene)을 촬영할 때 가장 힘들었다고 말했다. 비록 영화였을지라도 상대 배우들이 어찌나 실감 나게 연기를 잘하는지 정말 실제와 똑같은 정도였기에 촬영이 모두 끝난 지금도 여전히 기분이 좋지 않다고 했다. 그런 배역이 마음에 들지 않았지만, 그녀의 엄마가 반강제로 출연계약서에 도장을 찍게 했다는 거였다. 그녀가 구체적인 말을 하진 않았어도 나는 충분히 그녀의 엄마를 이해할 수 있을 거 같았다. 기울어진 가세에 그녀가 벌어다 주는 수입이 분명 큰 도움이 되었을 것이었다. 그런데 그날의 대화는 그리 오래 지속되지 못하였다. 왜냐면 그녀와 대화를 나누던 도중 내가 어떤 이야기 끝에 궁금했던 질문을 하자 그녀가 눈을 흘기며 곧 토라져서는 내 방을 홱 나가버렸기 때문이다. 원래 하려던 질문은, 그동안 드라마나 영화를 찍으면서 너도 키스신이나 베드신을 찍어본 적 있냐는 거였다.

"그러니까, 아까 말한 강제적인 게 아니라 정말 사랑이 가득하고 애틋한 뭐, 그래, 그런 거 말이야, 그렇고 그런…."

"네가 뭘 말을 하는지 모르겠어. 질문이 구체적으로 뭐야?"

"아, 왜 있잖아, 영화 말고…. 야! 근데 너 실제로도 해봤냐?"

그녀에게 왜 그런 질문을 했는지 나도 잘 모르겠다. 뭐, 그냥 궁금했다.

그 후로 다시 오랫동안 그녀를 직접 볼 수 없었다. 종종 두 어머니만 서로의 안부를 주고받았을 뿐이었다. 그러다 그녀를 다시 직접 보게 되었는데, 그녀의 부친상을 치를 때였다. 검은 상복을 입은 그녀와 그녀의 어머니를 마주했다. 대학 입시를 일 년 앞둔 때였다. 우리 둘 다 곧 수험생이 될 신분이었으나 그녀의 어머니는 그녀가 도통 공부에 관심을 두지 않는다며 나를 붙잡고는 그녀에게 공부 좀 가르쳐달라고 부탁하셨다. 어머니들끼리 잠시 얘기하는 동안 나는 그녀를 데리고 밖으로 나왔다.

"난 대학 안 갈 거야. 그러니 아까 엄마가 한 얘기는 신경 안 써도 돼."

하긴 나도 내 코가 석 자인 마당에 누구의 공부를 봐줄 시간이 없긴 했다. 그녀의 말에 살짝 안도하면서도 왜 대학에 안 가려고 하는지 물었다.

"공부는 나한테 시간 낭비인 것 같아. 그냥 지금 이대로가 좋아."

그녀는 나와 달리 이미 적지 않은 소득세를 내는 상황이었다. 그녀가 벌어 오는 돈은 아버지의 빚을 갚아나가는 일에 쓰였다. 강제성 없이 그녀가 직접 원했던 일이라고 했다. 어느 정도 집안이 안정되어갈 무렵 이제 자기 공부에 열중하길 부모도 바랐을 것이지만 공부도 다 때가 있는 법이었다. 연예계 활동으로 정상적인 학업을 제대로 못 한 그녀였지만 애당초 연예계로 진출 안 했더라도 공부와는 거리가 멀었을 것이다. 그녀 자신도 이 점을 아주 잘 알고 있었다. 그런 그녀에 비해 나는 가업을 잇길 원했던 아버지 소원대로 건축가의 길을 가기 위해 대학에 반드시 진학해야만 했다. 그렇게 그녀의 학창 시절이 마무리되었고, 드디어 그녀를 일약 대스타로 만들어준 계기가 된 그 TV 단막극을 통해 그녀의 전성기가 시작되었다. 그런데 내가 대학을 휴학하고 군대에 가 있는 사이에 그만 놀라운 일이 벌어지고 말았다. 사실 입대 전부터 나는 종종 그녀와 전화 통화를 하는 사이였다. 그것도 내가 아닌 그녀가 먼저 나에게 연락하는 일이 많았다. 유명 여자 연예인의 집 전화번호를 알고 있는 유일한 일반인이 바로 나였다. 그녀는 학창 시절 왕성한 연예계 활동으로 인해 정상적인 학교 생활을 거의 못 했다. 그러다 보니 편하게 대화할 동성 친구조차 없었다. 연락이 가능한 친구라면 사실상 내가 거의 유일하다시피 했다. 입대하여 자대배치를 받고 얼마 지나지 않아 공중전화로 급하게 그녀와 통화를 해야만 했다. 최대한 빨리 잠깐이라도 면회를 와달라고 그녀에게 간절하게 부탁했다. 왜냐면 여자친구 있냐는 선임들의 질문에 그만 그녀의 이름을 말해버렸기 때문이었다. 그 뒤 온 부대 내에 삽시간에 소문이 퍼졌다. 선임들은 증명해보라 했고 만약 거짓말이면 군 생활 피곤해질 줄 알라는 협박이 이어졌다. 그녀는 시간 봐서 면회 와주겠다고 흔쾌히 약속했다. 그런 그녀가 그렇게 약속해놓고 얼마 뒤 결혼을 한 것이다.

나는 그녀의 충격적인 결혼 소식을 부대 안에서 접하였다. 군대 선임들은 나를 희대의 거짓말쟁이로 몰아세웠고 난 오랜 기간 그들로부터 갈굼을 당해야만 했다. 그 이후의 내 군 생활 얘기는 더는 말하고 싶지 않다. 그냥 한동안 끔찍했다.

그런데 그녀의 이른 결혼이 놀라울 수밖에 없었던 이유는, 그녀와 남편과의 나이 차이가 상당했기 때문이었다. 무려 스무 살이 넘는 나이 차이였다. 국내와 해외를 오가며 큰 사업을 하던 남편은 오랜 기간 노총각이었는데 늦장가를 간 셈이다. 어느 행사 모임의 식사 자리에서 우연히 만나 짧은 연애를 거쳐 결혼한 그녀를 두고 돈만 보고 결혼했다며 사람들은 설왕설래했다. 아닌 게 아니라 결혼과 동시에 그녀는 연예계에서 자취를 감추었다. 한창 인기가 급상승하였는데 갑자기 사라진 그녀에 대한 관심도 서서히 사라져갔다. 군대에서 휴가를 나올 때마다 그녀의 옛 전화번호로 전화를 걸어보고 싶었다. 그리고 따져 묻고 싶었다. 나에게 왜 거짓말을 했었는지를. 하지만 이젠 남의 여자가 되어버렸다는 현실 앞에 잊고자 했지만 그게 좀처럼 쉽지 않았다. 어머니에게 은근슬쩍 그녀에 대한 소식을 아는지 물어보았으나 어머니 또한 그녀의 어머니와 연락이 닿지 않은 지 오래되었다고만 할 뿐이었다. 그러면서 은근히 당신의 며느리가 되었으면 했다는 마음을 내비치셨다. 어머니는 그녀가 어린 나이에 가장 노릇을 하며 힘들게 자라서 남자의 재력을 우선시하는 결혼관을 갖게 되었을 거라 했지만, 나는 그녀 정도의 인지도라면 오히려 남자가 그녀의 명예와 부를 본 게 아닐까도 싶었다. 하지만 그렇게 결혼과 함께 묻혀버린 그녀의 재능이 너무 안타까울 따름이었다.

나는 제대 후 대학을 갓 졸업하고 부족한 학업을 마저 채우려 독일로 건축 유학을 떠났다. 아버지는 독일에서 학위 받기가 너무 힘들고 오래 걸린다는 이유로 반대하셨다. 차라리 미국으로 건너가 그곳에서 빨리 학업을 마친 후 아버지의 사무실을 넘겨받으라고 했지만 나는 내 고집대로 독일로 향했다. 독일에 온 지 3년째였다. 겨울학기가 시작되기 전이었던 9월 하순의 어느 초저녁, 뜻밖의 전화를 받았다. 말이 없길래 누구인지 되물었지만 번잡한 주변 소음만 들려왔다. 혹시나 하여 우리말로 물었다. 그제야 수화기 너머로 "여보세요"란 작은 음성이 들려왔다. 단번에 그녀임을 알 수 있었다.

그렇게 그녀를 다시 만난 건 독일 남부 도시 뮌헨에서였다.

"오래간만이다. 그치?"

수화기 너머로 들려오는, 약간 힘이 없어 보이는 그녀의 목소리에 나는 "야, 어쩐 일이냐?" 하며 목소리를 높였다. 사실 유부녀의 전화를 받는 기분은 그다지 좋지 못하였다. 내가 말을 이어가지 못하자 그녀는 오랜만에 나의 어머니와 통화하면서 내 전화번호를 알아냈다고 했다. 그러면서 지금 내가 있는 뮌헨에 와 있다는 거였다.

"남편이랑 같이 여행 온 거야?"

나의 말에 그녀는 말이 없었다. 그리고 약간 당황해하는 목소리로 되물었다.

"너… 모르고 있었어?"

한창 활용 빈도가 높아져가던 인터넷에 별 관심을 두지 않던 때었다. 그러니 해외에서 전해 들을 수 있는 고국의 소식은 한정되어 있을 수밖에 없었다. 더구나 한국 연예인들의 가십성 소식을 쉽게 접하기는 더욱 어려운 때였다. 그녀가 일단 만나서 얘기하자고 했다. 그녀는 뮌헨에서 가장 유명한 호프브로이하우스에서 맥주를

흐린 날엔 바로크 그리고 사이폰 커피

마셔보고 싶어 했다. 9월 하순에서 10월 초까지 뮌헨에선 옥토버 페스트(Oktoberfest)라는 전통 민속축제가 열리고 이 기간에만 수백만 명이 이 도시를 방문한다. 그러다 보니 저녁 시간 그 명소에 앉을 자리가 있을 리 만무했다. 행여 운 좋게 자리가 있을지라도 오랜만에 만난 그녀를 앞에 두고 생음악과 고함이 난무하는 시끌벅적한 그곳에서 대화를 나누고 싶지는 않았다. 중앙역 광장에서 나를 기다리고 있던 그녀를 데리고 내가 있는 동네의 현지인 펍(pub)으로 가기 전 그녀가 그토록 가보고 싶어 했던 호프브로이하우스를 구경시켜주었다. 역시 내 예상대로 자리는 만석이었고 오래 대기해야만 했다. 축제 기간에 맞추어 뮌헨을 일부러 찾아온 그녀였다. 호프브로이하우스에서 맥주를 못 마시게 됐다며 그녀의 입이 댓 발 나왔지만 처음 마셔본다는 흑맥주에 이내 그녀의 얼굴에 다시 미소가 번졌다. 나는 그때 비로소 알게 되었다. 그녀가 작년에 이혼했다는 사실을. 남편의 사업 실패로 인한 빚더미를 그녀가 끌어안게 되었다고 했다. 하지만 전부 다 갚기엔 역부족이었던 모양이다. 십 대 시절 그녀가 벌어들인 수입은 오랜 기간 아버지의 빚을 갚아주는 데 사용되었다. 그런 사실을 그녀의 남편도 잘 알고 있었다. 또다시 고통을 안고 살아야 할 그녀를 염려했는지 그녀의 남편은 먼저 이혼하자는 말을 꺼냈다. 둘 사이에 아이는 없었다. 그렇게 합의 이혼 후 얼마 뒤 그가 스스로 생을 마감했다고 했다. 한국에선 한때 큰 뉴스거리였는데 내가 이런 일을 알 턱이 없었다. 이후 나는 그녀에 대한 소식을 놓치지 않으려고 비싼 통신비 때문에 꺼렸던 인터넷 설치에 관심을 두게 됐다. 빠른 정보의 습득을 위해 나는 그녀가 떠난 후 곧바로 모뎀을 구매하여 숙소에 인터넷 환경을 구축했고 그때부터 손 편지 대신 이메일을 사용하기 시작했다. 그날 그녀에게 면회를 와준다는 약속을 왜 지키지 않았느냐고 따지지는 않았다. 시기상으로 보아 그녀가 한창 연애에 빠져 있으면서 결혼 준비하던 때였을 걸로 이미 그 당시 그렇게 생각하고 있었다. 그러니 굳이 그럴 필요는 없단 생각이 들었고 그녀역시 그에 대해선 아무런 말도 없었다. 애당초 면회 와줄 생각이전혀 없었을 건데 왜 와주겠다고 약속했냐고 이제 와 따져 묻는건 꽤 옹졸해 보이기까지 했다. 그날 관광지가 아닌 집 주변 선술집에서 밤늦도록 그녀와 신변잡기의 이야기를 나누었다. 그리고 선술집을 나올 즈음 그녀가 어디에 숙소를 잡았는지 물었는데 아직못 잡았다는 거다. 그녀는 호텔마다 빈방이 없다고 했다. 나는 한숨과 함께 이마를 감쌌다.

"답답하구나. 당연히 지금 큰 축제 기간인데 호텔마다 객실이 남아 있겠니? 미리미리 예약하고 왔어야지."

"누가 알았나?"

나와는 달리 그녀는 너무나도 천연덕스럽게도 여유가 넘쳐 보였다. 그녀는 이미 나의 숙소에서 하룻밤 신세 지겠다는 계산을 한것 같았다. 내 숙소는 아주 작은 원룸이다. 겨우 내 몸 하나 뉠 작은 침대 하나 있을 뿐이었다. 욕실과 부엌은 공용이었다. 그녀를재울 만한 공간이 전혀 없었다.

"난 그냥 바닥에서 잘게."

그런 그녀 앞에서 나는 그만 말문이 막혀버리고 말았다. 한국처럼 온돌 바닥을 생각하고 있는 건 아닌가 싶었다. 그녀는 내가 자신을 절대 바닥에서 그냥 재우지 않을 거라는 확신을 가진 것 같았다. 나의 숙소로 들어온 그녀는 피곤하다는 말과 함께 너무나도 자연스럽게 나의 침대로 몸을 던졌다. 나는 씻고 자라 했지만, 그녀는 눈을 감은 채 조금만 쉬었다가 씻겠다고 힘없이 말했다. 오랜 비행으로 피곤한 상태인데 많이 마신 맥주에 그녀는 꽤 취해 있었고 모든 게 전부 귀찮아 보이는 표정이었다. 긴 한숨이 나도 모르게 흘러나왔다. 잠시 화장실에 다녀와서 보니 어느새 그녀는 곯아 떨어져 있었다. 곤히 잠들어 누워 있는 그녀를 바라보았다. 여전히 예뻤다. 하지만 세월의 흐름을 거스를 수는 없었는지 아니면 단순히 삶의 고단함 때문인지 모를 무언가로 인해 깊은 상처의 그림자가 묻어나 보이는 듯했다. 전등불을 끄기 전 아침 일찍 다시 오겠다는 말을 책상 위에 메모로 남겨두었다. 그녀가 깰세라 지어진 지 100년이 훨씬 넘은 공동주택의 삐걱거리는 목재 바닥을 도둑처럼 조심히 걸어서 조용히 숙소를 빠져나왔다. 그리고 곧바로 인근에 거주하는 독일 친구 녀석의 집에 가서 하룻밤 신세를 지고자 초인종을 눌렀다. 당연히 녀석은 늦은 밤 연락도 없이 갑자기 찾아와 재워달라는 나를 보더니 놀랐다. 이유를 묻는 그에게 난 솔직하게 말해주었다. 지금 내 방 침대에서 내가 아는 어떤 예쁜 여자가 잠을 잔다고. 녀석은 내 입에서 풍기는 알코올 냄새를 감지했다. 그리고 벌겋게 달아오른 내 얼굴을 보고는 주정 그만 부리라면서 "웃긴 한국 놈"이라는 말과 함께 거실 소파 위로 이불을 확 던져주었다. 다음 날 아침 눈을 뜨자마자 하룻밤 재워준 친구에게 황급히 고맙다는 말을 남기고는 신선한 빵을 사러 부리나케 빵집으로 향했다. 그런데 아침 식사 빵을 사서 숙소에 와보니 그녀는 없었다. 어젯밤 내가 남긴 책상 위 메모지 뒷장에 재워줘서 고맙다는 말과 함께 다음 여행지인 스위스로 떠난다는 말이 남겨져 있었다.

그것이 다였다. 어디에도 그녀의 연락처는 없었다.

그녀의 두 번째 결혼 소식을 접한 건 아직 독일에 있을 때였다. 인터넷을 통해 그녀가 영화에 함께 출연했던 연하의 배우와 두 번째로 결혼했다는 사실을 알았다. 그리고 그 결혼은 꽤 오래 지속이 된 것 같다. 아이도 생겨 딸 하나를 낳았다는 사실을 알게 됐다. 첫 번째 결혼 때와는 달리 그녀는 연예계 생활을 활발히 하는 듯했다. 하지만 예전만큼의 명성을 얻진 못하였다. 그녀가 출연한 영화 몇 편은 흥행이 매우 저조했고 어떤 건 개봉되었는지도 모른 채 사람들 기억 속에서 사라졌다. 그녀는 이제 내 나이 또래들만 알고 있는, 그저 흘러간 왕년의 대스타일 뿐이었다. 그녀의 남편 또한 그리 인지도가 높은 유명 배우는 아니었다. 어느 인터뷰 기사를 보니 오랜 기간을 연극 무대에서 활동했다는데, 그래서 그런지 영화보다는 연극에 더 관심이 많은 것 같았다. 조만간 연극 무대에 올릴 극본을 쓰면서 직접 연출까지 할 것이라 했다. 기사 중간에 실린 사진 속 그녀는 그와 다정한 모습으로 행복해 보였다.

그걸 보는 순간 왠지 모르게 마음 한구석이 괜스레 아렸다. 그런데 그 기사를 보고 몇 달 뒤 그녀에 대한 아린 마음이 시간으로 자연치유되어 갈 무렵 그녀가 또다시 이혼했다는 소식을 접하였다. 이혼 사유는 알려진 바 없다. 연예 전문 기자들은 법정 분쟁이나 다툼 없이 이혼 전에 잠시 별거하다가 합의 이혼한 걸로 미루어 성격 차이 또는 경제적 어려움을 주된 원인으로 추측성 기사를 써 댈 뿐이었다. 이상하게도 그녀의 이혼 소식이 나는 하나도 안타깝지 않았다. 오히려 다행이란 생각마저 들었다.

그 후로 시간이 꽤 흘렀다. 나의 학업은 아버지의 우려대로 쉽게 끝나지 못하였다. 그래도 긴 세월 어렵사리 학위를 받고 건축사가 되어 독일의 건축설계 사무소에서 건축가로 활동하고 있었다. 아버지는 곧장 귀국하여 빨리 사무소를 넘겨받을 준비를 하라 하셨지만 나는 경영에는 별로 관심이 없었다. 독일에서는 남의 사무실에 고용된 상태로 일해도 나는 파트너로 불렸다. 한국의 조직 문화와는 다르게 독일은 수직적 관계가 아닌 수평적 관계였기에 이런 독일의 조직 문화가 너무나도 마음에 들었다. 그리고 무엇보다도 내가 사무실을 직접 운영하는 걸 꺼렸던 건, 디자인 능력과 경영 능력은 완전 별개였기 때문이다. 아버지처럼 사무실을 잘 운영할 자신이 없었다. 처음부터 나는 경영에는 그다지 관심이 없었던 거다. 독일에서의 삶에 만족했지만, 아버지의 성화와 설득에 못 이겨 결국 귀국하였다. 소장 직책을 가지고 아버지 사무실에서 디자인을 총괄하는 일을 시작했다. 그리고 아버지는 조만간 경영에만 몰두할 수 있는 또 다른 건축사를 소장으로 채용할 계획을 세우셨다. 한동안 정신없이 독일과 한국을 번갈아 오가며 설계 업무에 집중하던 어느 날이었다. 내 개인 전화번호를 몰랐던 그녀가 사무실로 전화를 걸어왔다. 전화를 받은 여직원이 내 방으로 전화를 연결해주었다. 독일의 건축가들과 협업으로 준공한 신축 건물이 건축상을 받았는데, 그 인터뷰 기사를 그녀가 우연히 보았던 거다. 그렇게 그녀가 전화를 걸어와 축하 인사를 해주었다.

"독일 있을 때 네 소식 접했어. 또다시 혼자된 기분이 어때?"

"나 절대 혼자 아니야. 딸이 있는데. 근데 아빠 없이 엄마 혼자 아이 키운다는 게 쉽진 않네. 근데 나보단 너나 걱정해라. 결혼은 아직…?"

그녀가 말끝을 흐렸다. 아무 말 없이 내가 입을 다물고 있자 이내 화제를 바꾸었다.

"얘! 오래간만에 갑자기 전화해서 이런 부탁 해서 미안한데, 나 돈 좀 빌려줄 수 있어?"

나는 주저 없이 이번엔 얼마가 필요하냐고 물었다. 그녀는 절대 적지 않은 금액을 말했다. 그동안 나에게 조금씩 꾸어간 푼돈 그 이상을 넘어서는 금액에 나는 적잖이 놀랐다.

"너 어디… 한 방에 당길 도박 자금 필요하니?"

수화기 너머로 "야!" 하는 성난 소리가 들려왔지만 그건 결코 그녀가 화내는 것이 아니란 걸 난 잘 알 수 있었다. 그러지 말고 은행 대출을 받으란 말을 하고 싶었으나 그녀에게 소용없는 말이란

흐린 날엔 바로크 그리고 사이폰 커피

것을 잘 아는 나는 "이번에도 이자 없이?"라고 물었다.

"우리 사이에…. 이번에 촬영 들어갈 영화 잘되면 그때 그동안 너에게 진 신세 다 갚을게."

난 '그 영화가 잘되겠니?'라고 속으로 말했다. 그녀는 이제 더 이상의 흥행보증수표가 아니었다. 손익분기점을 조금 넘어만 줘도 다행일 터였다. 그래도 지금까지 그녀를 찾는 영화사와 감독이 있다니 나는 그녀에게 다행이라 생각하면서도 한편으론 그것이 더 놀라울 따름이었다. 그런데 나중에 안 사실이지만 그녀가 영화에 출연한다는 건 다 거짓말이었다. 역시 내 예상이 맞았다. 그녀를 찾는 영화사와 감독은 없었다. 물론 처음부터 내가 예상 못 했던 건 아니었다. 그녀는 어린 시절부터 나를 스스럼없이 대했다. 그러면서 거짓말이 잦았기에 나는 언제나 그녀의 말을 반신반의한다. 초등학교 때의 일이다. 그녀와 같이 하교하는 길에 호떡 장사하는 아줌마가 보이자 그녀는 쪼르르 달려가더니 호떡 하나를 손에 쥐었다. 그리고 내 얼굴을 힐끗 보며 어서 돈 내지 않고 뭐 하냐는 눈빛을 보였다. 그녀의 당당함에 나는 당황할 틈도 없었다. 그리고 내가 사준 호떡이지만 난 한입도 얻어먹질 못했다. 그녀 또한 한입 먹어보란 말도 안 했다. 또 그 일이 있고 얼마 뒤 이번엔 핫도그 장사하는 아저씨를 보자마자 핫도그 하나만 사놓고 기다리라는 거였다. 그리고 화장실이 급하다는 말과 함께 그녀는 인근 상가 건물로 뛰어 들어갔다. 핫도그 위에 새빨간 케첩을 듬뿍 발라놓으란 말을 빼먹지 않았다. 핫도그 하나 값에 해당하는 비상금이 내 가방 안에 있다는 걸 그녀는 어쩌나 귀신같이 알았는지, 물론 우연의 일치였겠지만 마냥 신기할 따름이었다. 난 그녀가 상쾌한 얼굴로 돌아오자마자 빵가루를 잔뜩 묻혀 기름에 튀겨진 핫도그를 그녀 앞에 대령했다. 그녀는 너무도 자연스럽게 그 핫도그를 받아먹었다.

물론 그녀는 나에게 핫도그 한입 먹어보란 말은 하지 않았다. 내가 못 참고 조금만 먹어보자며 핫도그에 입을 대려 하자 그녀는 침 묻는다며 손가락으로 기름에 튀긴 밀가루빵만 조금 떼어주었을 뿐이었다. 핫도그의 생명은 빵 속 소시지 아니냐고 말했지만, 새끼손가락만 한 소시지가 눈에 보이려면 아직도 한참을 빵만 열심히 뜯어 먹어야 했다. 그렇게 한참을 먹던 그녀가 한입거리의 그 작은 소시지를 홀라당 입에 넣고는 "아, 미안. 너 소시지 준다는 걸 깜박했네" 하며 약을 올렸다. 언젠가는 국어책을 잃어버렸다면서 내 국어책을 잠깐 빌려 간 적이 있었다. 그리고 책뿐만이 아니었다. 그녀에게만 가면 뭐가 되었든 절대 돌려받지 못했다. 아마도 그녀가 그것들을 중고 서점이나 고물상에 팔아 이익을 취한 게 아닐지 여러 번 합리적 의심이 들었지만 증거는 없었다. 중학교 때에도 그녀는 나에게 돈을 빌린 적이 있었다. 그녀의 어머니와 우리 집에 놀러 온 그날도 그녀는 내 용돈 전부를 털어갔다. 그녀는 버는 돈 전부를 그녀의 어머니가 관리한다고 했다. 용돈을 받지만 많이 부족하다고 했다. 난 뭐에 홀리기라도 한 듯 그녀가 매번 스스럼없이 다가와 부탁할 때마다 단 한 번도 거절할 수가 없었다.

"난 너밖에 없잖아…."

"나 운다?"

내가 조금이라도 주저하고 거절할 듯이 보이기라도 하면 그녀가
매번 입버릇처럼 했던 이 말에 도대체 무슨 신비한 마법이라도 있
는 게 아닐까 싶었다. 그녀가 독일에 왔던 그때도 나에게 돈을 빌
려 갔었다. 뮌헨 중앙역 광장에서 나를 기다리는 동안 눈 깜짝할
사이 지갑을 소매치기당했다고 했다. 다행히 돈을 분산해놓아 큰
돈을 잃지는 않았지만, 한국 돌아가면 갚겠다는 말을 듣고 생활비
를 쪼개 쓰던 내가 보태주어야만 했다.

얼마 전 건축상 수상 소식을 빌미로 축하 인사를 전하려 그녀가
연락해 왔지만, 목적이 있었다. 또다시 돈을 빌려달라는 그녀의 말
에 내가 잠시 머뭇거리자 그녀의 음성이 들려왔다.

"얘! 너도 결혼해서 애 키워봐. 돈 들어가는 게 장난 아니야. 그
래도 넌 아직 혼자라서 나보단 경제적으로 더 여유롭잖아."

내 일거수일투족을 마치 꿰뚫어 보고 있는 것처럼 그녀가 수화
기 너머로 단정 지어 말하였다.

그날 그렇게 큰돈을 내게서 가져간 그녀와 다시 소식이 끊겼다.
그녀가 또다시 먼저 전화해 오길 기다렸다. 그녀의 연락처를 여전
히 모르고 있었지만 알고 있어도 빌려 간 돈 빨리 갚으라고 먼저
전화해서 말하지는 못했을 거다. 그녀와 채무관계를 유지해야 할
지 오래전부터 고민이 깊었다. 같이 살면 내 돈이 네 돈이고, 네 돈
또한 내 돈일 테지만 같이 안 살더라도 변제 없이 이런 금전의 공

그녀는 풍각쟁이

유가 가능할지가 내겐 고민이었다. 다행인지는 몰라도 그녀가 결혼 생활을 할 땐 나에게 연락해 온 적이 없었다. 그러니 당연히 아무런 부탁도 없었다. '만약'이라는 가정은 생각하기 싫지만, 만약 그녀가 결혼 생활 중에 나에게 연락해 와 돈을 빌려달라고 했었다면 결국엔 빌려주었을 테지만 그로 인해 아마도 말 못 할 정도로 너무 괴로웠을 것이다. 하지만 혼자가 된 그녀에게 받지 못할 돈을 또다시 빌려주었을 땐 괴로움만큼은 한결 덜 수 있었다.

그렇게 세월이 흘러가고 또다시 그녀가 세 번째로 결혼했다는 소식을 연예계 기사를 통해 접할 수 있었다. 불안정한 사업가와 같은 일 하는 연예인에게 지쳐서였는지 세 번째로 그녀가 선택한 남자는 안정적인 교수였다. 하지만 그녀의 이 결혼조차 겨우 일 년 반 만에 다시 파경을 맞았다. 그런데 앞선 두 번의 이혼은 모두 합의 이혼으로 큰 다툼없이 갈라서게 됐지만 세 번째는 법정 다툼을 벌여야 할 정도로 그녀에게 충격이 컸다. 그녀의 세 번째 남편이 자신이 지도하던 대학원생과 불륜을 저질렀다는 게 이유였다. 그러나 정작 불륜을 저질렀다는 혐의를 받고 있던 그 두 당사자는 절대 아니라며 서로 부인했다. 이 때문에 그녀는 법정 다툼을 벌이며 한동안 이리저리 세간의 입방아에 올라야만 했다. 그녀가 변호사 곁에서 울먹이는 모습이 찍힌 사진을 보았을 때 당장이라도 그녀 곁에 있어주고 싶었지만 그녀의 연락처를 알지 못했다. 누군가는 친구로 그리 오래 알고 지냈는데도 어찌 연락처 하나 모른다는 게 말이 되느냐 물을지 모르겠다. 그런데 남편이 있는 여자의 연락처를 뭣 때문에 알아내어 가지고 있어야 하는지 이해가 안 된다. 이에 대해 남녀 사이에 단순히 친구 사이로만 지낼 수 있다면 그럴 수도 있겠다 말할 수 있는 것도 결국엔 '있다면'이라는 그 가능성을 염두에 두고 말해야 한다는 게 함정이다. 그러니까 무조건 친구로 지낼 수 있어야만 연락처 교환이 가능하다. 물론 그녀의 남편도 이에 동의해야 함은 물론이다. 누군가는 이런 관계가 가능하다 할지 몰라도 난 절대 불가능하다.

그녀가 첫 번째로 이혼하고 독일로 나를 만나러 온 그날 밤, 잠든 건지 잠든 척을 하는 건지 모를 그녀 곁에서 난 잠시도 가만히 있을 수 없었다. 무서우리만치 뛰어대는 심장에서 뭔가 끓어오르는 시뻘건 불덩이가 내 폐부에서 솟구쳐 나와 목구멍으로 뜨겁게 넘어오려 했기 때문이었다. 내가 그녀 곁에 오래 있기 위해선 그날 밤 나는 그 방을 무조건 나와야만 했다. 다음 날 오전 일찍 그녀가 떠나고 난 뒤 그 침대에 그대로 몸을 뉘었다. 그리고 그녀가 남기고 간, 아직 살아 있는 체온을 단 0.1℃라도 빼앗기지 않으려 온종일 이불을 덮고 열병과 무서운 사투를 벌여야만 했다.

이십 대 초반에 이른 결혼을 했던 그녀가 이십여 년간의 세월 속에서 세 번의 결혼과 세 번의 이혼을 겪었다. 그리고 십여 년간 그녀는 줄곧 지금껏 혼자였다. 누군가는 그녀의 취미가 결혼과 이혼이냐는 말도 할 지경이었다.

마흔의 언저리에 거의 다다른 그녀가 그렇게 아무런 연락도 없이 몇 주 전 나의 사무실로 불쑥 찾아왔다. 늘 자주 만났던 친구처럼 말이다.

"우리 엄마 집 때문에 그러거든. 네가 좀 도와줬으면 좋겠어."

그녀의 말을 좀 더 구체적으로 들어보니, 건축설계 의뢰가 아니었다. 인테리어 공사의 요소가 더 많았기 때문이었다. 그렇다면 군이 나를 찾아올 필요 없이 동네 실내공사 업자를 찾는 편이 더 빠르고 나았을 것이었다.

"인테리어(interior)하고 익스테리어(exterior)는 구분 좀 하자!"

나의 장난기 섞인 핀잔에 그녀는 그게 그거지 뭘 대수냐 했다. 그러면서 인테리어 공사에 대해 아는 게 별로 없는데 잘 모르는 업자에게 덤터기 맞기 싫다고도 했다.

"그래도 넌 나에게 사기 치진 않을 거잖아?"

물음표 달린 말이었으나 그녀는 확신에 가까우리만치 느낌표로 말하였다. 그녀는 나를 신뢰했지만 내 심정은 복잡하기만 했다. 내가 인테리어 업자 선정 요령과 함께 여러 가지 주의사항을 그녀에게 차분히 설명해주었으나 머리 복잡하다면서 그러니까 나를 찾아온 게 아니냐고 했다. 이 건으로 그녀와의 긴말은 필요 없을 것 같았다. 그렇지만 이미 진행 중이던 프로젝트를 뒤로하고 그녀의 일을 적극적으로 돌보아주기가 애매한 시점이었다. 내가 그녀를 위해 해줄 수 있는 건 총괄관리자 역할을 해주는 거였다. 물론 그녀의 부탁이니 언제나 그랬듯이 대행료나 보수 같은 금전적 보상은 생각지 말아야 할 것이다. 나는 내가 잘 아는 인테리어 업자를 그녀의 어머니에게 소개해주기로 했다. 그리고 공사 중간중간 내가 점검을 나가서 직접 챙겨보겠다고 하니 그제야 그녀가 알았다고 했다. 그런데 정작 그녀가 나를 찾아온 이유는 그게 다가 아니었다. 어쩌면 그 인테리어 공사 건은 또다시 중요한 부탁을 위해 오랜만에 다시 만난 나와 물꼬를 트기 위한 작은 수단이었는지도 모른다.

그녀가 원래 하고자 했던 말을 곧장 꺼내질 못하고 주변의 얘기들로 한참 시간을 보내던 중이었다. 내 업무 공간 한쪽에 책장 벽이 있었는데 그것을 가득 채운 여러 권의 책들을 그녀가 호기심 있게 보고는 앉아 있던 자리에서 일어났다. 그리고는 책장의 책을 하나하나 손으로 스쳐가며 구경하였다. 하나같이 건축 관련 책들뿐이어서 그녀가 관심 가질 만한 것이 별로 없어 보였다. 혹시 그녀가 말했던 인테리어 공사 관련해서 볼 만한 책이 있을까 싶어 책장 아래쪽에 놓인 인테리어 관련 잡지를 원하면 몇 권 가져가라고 하였다. 자주 꺼내 보지 않는 책들은 그렇게 맨 아래 칸과 맨 위 칸에 놓아두었다. 그녀가 관심을 보이며 이내 무릎을 굽혀 쪼그려 앉았다. 그러자 치마 속에 감추어져 있던, 무릎 위 그녀의 새하얀 다리가 눈부시게 드러났다. 천생 배우는 배우인가 싶었다. 끊임없이 자기관리를 하는지 다리맵시만 놓고 보면 도무지 나이를 가늠할 수 없어 보였다. 쪼그린 자세로 열심히 책을 고르고 있는 그녀의 등에 시선이 꽂혔다. 허리의 곡선을 타고 내려온 그녀의 도드라진 볼기 부위에 자연스레 눈길이 멈추려 했다. 그런데 갑자기 그녀가 고개를 홱 돌렸다. 순간 그녀와 눈이 마주친 나는 깜짝 놀라 딴

청 부리려 했다. 하지만 책 한 권을 꺼내어 든 그녀가 목소리 높여 떠드는 호들갑에 그만 타이밍을 놓쳐버리고 말았다.

"어우, 야…! 너 이거 뭐니? 나도 이거 정말 오랜만에 본다."

그녀가 책장에서 발견한 건 세 번의 이혼 후 40대 초반에 촬영했던 그녀의 전신 누드 화보였다. 내가 어디다 시선을 두어야 할지 몰라 하고 있을 때 그녀가 장난기 어린 말투로 직접 샀냐고 물어왔다. 하지만 절대 그건 아니었다. 예전에 어떤 클라이언트와 담소를 나누던 중 그녀가 어릴 적부터 나와 친한 동네 친구라고 말했던 적이 있었다. 그 역시 오래전부터 그녀의 엄청난 팬이었다면서 그녀가 누드 화보를 냈다는 소식을 듣고는 그가 나에게 선물해준 것이었다.

하지만 그녀는 왠지 믿지 못하는 눈치였다. 당시 그녀의 파격적인 누드 화보가 출시되었을 때 당연히 성인들만 구매할 수 있었다. 더구나 소속사에 직접 연락해서 신분 증명을 반드시 한 뒤 구매해야 하는 복잡한 절차였다. 행여라도 그녀가 알까 봐서 마음과 달리 직접적인 구매는 엄두를 내지 못했다. 세 번째 이혼 후 방송과 영화 관련 일도 제대로 안되었고 그래서 경제적 어려움을 겪고 있던 그녀가 소속사 제안으로 어쩔 수 없이 찍은 화보라고 했다. 대중에게 선전하기론 누구나 관리만 잘하면 40대의 몸매도 얼마든지 그녀처럼 아름다울 수 있다는 걸 보여주기 위해 찍은 걸로 포장했다. 누드 화보는 그녀의 음모가 살짝 보일 만큼 노출이 심하였다. 이것이 그 당시 광고의 사실상 주요 포인트였다. 한때 잘나가던 여배우가 헤어누드 사진을 찍었다는 걸 예술로 포장하려 했다. 돈을 벌어야 하는 소속사 입장에선 그녀를 이용해 최대한 남자들의 성적 자극을 끌어올려야만 했을 것이었다.

"이걸로 사실 목돈을 좀 모으긴 했지만, 이거 찍고 나서 날 아껴주던 팬들한테 욕을 엄청나게 먹었어."

십 대 시절부터 순수한 역을 많이 맡아왔던 그녀였다. 그렇게 대중들에게 각인되고 나니 성인이 돼서도 농도 짙은 성인 영화의 제안이 들어와도 그것에 선뜻 응하기가 어려웠다고 말했다. 누드 화보 촬영 소식에 실망한 팬들로부터 그래서 항의도 많이 받았다고 했다. 그녀가 내 사무실을 나서며 나에게 은밀한 제안을 한 건 바로 그때였다. 이 말을 하려고 그녀가 나에게 온 것이었다. 그건 간곡한 부탁이었다. 여태껏 내가 거절하지 못했던 바로 그 부탁이 또다시 시작된 거였다.

"얘! 너, 나하고 같이 방송 출연 좀 해줄래? 너도 알 거야. 연예인들 과거를 드라마로 엮고 거기에 등장하는 추억의 주인공을 직접 찾아 나서는 거."

"지금도 이렇게 잘 만나고 있는데 뭘 더 찾으려 그래?"

"아이 정말! 지금 나 진지해. 사람들은 우릴 잘 몰라. 그러니 방송에서 우리 사이를 더 극적으로 만들어보잔 말이야."

"…"

"30년 만에 만난 첫사랑으로 네가 출연 좀 해줘. 방송 콘티는 내가 알아서 극적으로 짤 거고, 작가가 매끄럽게 만들 거야. 시청률

대박만 나면 큰돈 들어와. 부탁이야."

"…"

대꾸 없이 그녀의 말만 듣고 있었다. 그런데 이내 알 수 없는 화가 치밀어 올라왔다.

내가 계속 묵묵부답으로 있자 그녀가 빙긋이 웃으며 말했다.

"나 너 좋아해, 지금도. 그리고… 너도 나 좋아하잖아. 아니야?"

그녀가 한 말의 뜻을 파악하려고 내 두뇌 회로가 바삐 움직였다. '그게 무슨 말이야?'라고 묻는 건 바보 같은 질문일 것 같았다. 요란한 나의 심장 박동 소리가 조용한 공간에 울려 퍼지는 게 싫어서 얼른 그녀의 제안에 흥미를 느낀 척하고 싶었다.

"첫사랑이 아닌 다른 사람과 결혼한 걸 어떻게 짜 맞출 건데?"

나의 말에 그녀가 잠시 고개 숙인 채 생각에 잠기며 자신의 긴 손톱을 연신 매만지고 있었다. 주기적으로 네일 샵에서 관리를 받는지, 아니면 혼자서 관리를 잘한 건지 손톱이 가지런하고 예쁘게 잘 정리되어 있었다. 그녀가 한참 만에야 고개를 들더니 "아까 얘기했듯이 그건 나하고 방송작가에게 맡겨줘. 드라마로 재연하면 더 극적인 장면이 연출되게 할 거야"라고만 했다.

나는 방송을 굳이 그렇게 꾸며서까지 해야 할 필요성이 있겠냐고 물었다. 이런 나의 말에 그녀는 갑자기 자신의 예전 이야기를 꺼냈다.

"결혼 전에 술자리 불려 다니는 일이 제일 짜증 났어. 갑질하는 남자들에게 대응하는 일이 힘든 건 둘째 치고, 도대체 날 얼마나 가볍게 봤으면 저럴까 싶더라고."

"…"

어디 증권가 찌라시 같은 데에서나 굴러다닐 법한 얘기를 그녀는 스스럼없이 했다.

"연예계 떠날까도 싶었지만, 이 일 말고는 내가 하고 싶은 일이 하나도 없는 거야. 그즈음에 첫 번째 남편을 만났어."

이야기를 듣다 보니 그녀가 힘들어하던 시절 나는 군 복무 중이었다. 그녀 곁에 내가 있었지만, 내가 그녀를 지켜줄 수 없었던 나의 현실이 그냥 너무나도 싫어졌다. 그녀가 나에게 오고 싶어도 올 수 없었던 것은 어쩌면 그 현실의 장애물 때문이었을지도 모른다고 내 맘대로 생각했다. 그녀가 어떻게 이야기를 만들지 조금은 예상됐다.

"음식을 담백하게 하지 않고 더 맛깔나게 하려고 양념을 쓰잖아. 솔직하면 그건 다큐잖아. 그러니 부담가질 것 없어. 나, 도와줄 거지?"

"그럼 이번엔 잊지 않고 사례는 꼭 해줄 거니?"

나의 농담에 응접 테이블을 마주하고 앉아 있던 그녀가 대답 없이 자리에서 일어났다. 그리고 내 옆에 와서 앉으며 미소 지은 얼굴로 말하였다.

"내가 널 부려 먹기만 하는 그런 나쁜 여자인 것처럼 들린다, 얘."

지금껏 그녀의 부탁을 단 한 번도 거절해본 적이 없었다. 그녀뿐만 아니라 나는 누구의 부탁도 제대로 거절하지 못하는 나름 착한 남자다. 좋게 말해 그런 것이지 나쁘게 말해선 그냥 호구일 뿐이다. 심리학 또는 정신분석학을 전공한 자들이나 남들 고민을 잘 해결해준다고 하는, 자칭 고민 상담자를 자청하는 자들은 이런 나를 두고 흔히 내리는 솔루션이 관계 청산이다. 여러 번 부탁해오는 자들, 특히 돈을 잘 갚지도 못하면서 자주 빌리는 자들과의 관계를 무조건 끊으라 한다. 거저 줄 마음은 없고 받을 마음이 조금이라도 있다면 그런 자들과의 관계를 청산하라는 것이었다. 그렇지 못하면 내 마음이 피곤하고 상하기만 할 뿐이라는 거다. 그런데 그렇게 관계를 청산해야 할 자들은 대부분 나와 아주 가까운 자들이라는 게 큰 문제였다.

그녀와의 아주 가까워진 거리가 조금 부담스럽게 느껴지려 했다. 하지만 그대로 몸이 굳어버렸다. 그녀의 향수 냄새가 내 모든 감각을 마비시키고 있었다.

"내가… 어떻게 해줬으면 좋겠는데?"

그녀의 미소 띤 얼굴을 보는데 도저히 거절할 용기가 생기지 않았다. 내 시간을 투자하여 그녀가 돈 벌 기회를 마련해주면 어떤 사례도 없이 이번에도 내 곁을 홀연히 떠나가버릴 것이었다. 또 다른 부탁거리가 생길 때까지… 여태껏 그녀는 나의 부탁을 들어준 적이 단 한 번도 없었다. 물론 대놓고 절대 싫다고는 말 안 한다. 흔쾌히 수락하고 잊어버린 척하거나 아니면 지금은 아닌 것처럼 시간적 유예를 두어 답변을 은근슬쩍 피해버린다. 어쩌면 참 교묘하고 약삭빠르기까지 하다. 한마디로 영악스러운 거다. 그녀는 계속해서 내 얼굴을 빤히 보며 여전히 미소 지은 채 나의 답변을 기다렸다. 자기를 도와주는 조건으로 무엇을 원하냐는 눈빛이었다. 그러나 어차피 내 말은 듣지도 않을 것이 뻔할 것이었다. 아주 가까운 거리에 있는 그녀의 눈빛이 너무 부담스러웠다. 시선이 닿은 그녀의 빨간 입술을 보며 그냥 진하게 키스나 한번 하자고 했다. 그렇다. 그건 순전히 말장난이었을 뿐이었다.

"웃긴다, 애…, 친구 사이에…."

그녀의 반응은 즉각적이었다. 하지만 좋은 건지 싫은 건지 전혀 알 수 없었다.

"괜한 소리다. 언제 네가 내 말대로…."

말이 도중에 끊겼다. '언제 네가 내 말대로 부탁 들어준 적 있냐?'라는 말로 대화의 끝을 맺고 싶었을 뿐이었다. 그런데 말이 끊긴 건 따뜻하고도 부드러운 감촉이 내 입술을 건드렸기 때문이었다. 그 순간 나도 모르게 저절로 눈이 감겨버리고 말았다. 전혀 예상 못 한 일이었다. 그동안 나의 진지했던 부탁은 다 어디 가고, 장난으로 했던 내 부탁을 들어준 최초의 순간이었다. 뭐라 표현하기 힘든 찰나의 순간이었지만 결코 짧게 느껴지지 않았다. 어색해지기 싫어 내가 먼저 웃으며 농담했다.

"역시 연기자는 연기자네. 진정한 소울(soul)이 빠진 듯한 뭐 그런 느낌이랄까…."

"그래? 아닌데. 너무 좋은 나머지 너 영혼이 달아난 건 아니었고?"

나는 할 말을 잃고 그녀에게서 시선을 거두었다.

그녀는 별말 없이 조용히 핸드백을 챙긴 후 자리에서 일어났다. 내가 그녀를 마중하러 일어서려는데 그녀가 뒤돌아서며 조심스레 물었다.

"설마…. 너 내가 처음은 아니었지? 나 그러면 진짜 나쁜 년인데…."

그녀의 말에 난 아무 말 못 하고 그저 피식거렸다.

"얘! 나 그러면 그렇게 알고 간다."

"…."

"뭐야? 왜 대답이 없어?"

"네가 언제 내 대답 듣고 뭘 했니?"

"역시, 넌 내 영원한 친구야."

* * *

조금 전 나에게 전화를 걸어왔던 그 방송작가에게 다시 전화를 걸었다. 그리고 촬영팀이 오는 일정을 취소해달라고 하였다. 그 작가는 내 말을 오해하여 촬영 날짜를 바꿔달라는 것으로 알아들은 것 같았다.

"그게 아니라 방송 출연을 안 하겠습니다."

방송작가는 놀란 음성으로 그녀와 이미 이야기가 된 것이 아닌지 물었다. 나는 전혀 아니라고 말해주었다. 매우 당황해하는 방송작가의 모습이 수화기 너머로 또렷이 보이는 듯했다.

"제가 배우님께 뭐라고 전해드려야 할까요? 어떤 이유인지 그분도 아셔야…."

"그냥…."

"네? 뭐라고 하셨나요?"

"그냥, 나쁜 년이라서요. 그렇게만 전해주세요."

"…."

난 어떡하든 지난 30여 년 동안 끊일 듯 말 듯하며 이어진 이 지루하고도 답답한 가슴앓이를 절단하고 싶었다. 암 덩이 같은 그걸 그대로 간직한 채 살다 보니, 나아지는가 싶다 보면 어느덧 재발의 연속이었다. 그래서 그걸 막는 방법은 과감히 도려내버리는 것뿐이었다. 그렇게 하려면 어느 누가 됐든 먼저 결혼이라도 하든지, 그렇지 않으면 그녀가 나에게 연락해 오지 못하도록 내가 단호해져야만 한다. 여태껏 그녀의 결혼으로 그녀가 먼저 내 곁을 떠나가주었으면 했는지도 모르겠다. 그렇지 않으면 단호해져야 한다는 걸 알면서도 그게 좀처럼 쉽지 않았다. 더구나 그날 그녀와의 첫 키스는 단호함에 불을 지를 뻔한 상황에 오히려 소화기가 되어 작은 불씨조차 남기지 않고 말았다. 하지만 그녀의 키스가 그녀도 진정 원했던 거였는지, 아니면 그저 그런 최초의 대가성이었는지 그 속 마음은 전혀 알 길이 없다.

일제강점기 시절 박향림이라는, 한창 젊은 나이에 요절한 여자 가수가 있었다. 그녀가 1938년에 발매한 노래 가운데 '오빠는 풍각쟁이야'라는 곡이 있다. 나는 언제부턴가 간드러진 이 노래를 들을 때마다 신기하게도 그녀의 잔상이 겹치곤 했다. 그런데 이 노래를 처음 들었을 당시 가사 속 그녀 오빠의 직업이 정말 풍각쟁이인 줄로 알았다. 또한 노래를 다 듣기 전까진 당시의 연예인은 이렇게 여동생에게 못되게 굴 정도로 인성이 바닥이었나 하고 오해했다. 하지만 정작 가사 속 그녀 오빠의 직업은 샐러리맨, 그러니까 회사원이다. 가사 그대로 자기 월급만 안 오른다고 짜증 잘 내는, 그런 평범한 직장인 오빠다. 그때나 지금이나 다를 바 전혀 없는 우리네 삶 속의 그런 현실 오빠일 뿐이다. 그런데 가사 전반에 접미사 '쟁이'가 다수 등장한다. 가사에 등장하는 온갖 '쟁이' 가운데 가장 첫 번째로 거론된 게 풍각쟁이다. 심지어 아예 곡목으로까지 정했다. 그 시대의 풍각쟁이를 오늘날의 연예인으로 일반화하고 동격으로 이해하기엔 다소 무리가 있을 거다. 하지만 여동생이 오빠를 풍각쟁이라 한 건 정녕 욕이 아닐 것이다. 심술쟁이, 욕심쟁이, 트집쟁이, 깍쟁이, 핑계쟁이, 안달쟁이, 짜증쟁이, 모주쟁이, 대포쟁이 등등 노래 속에서 오빠를 지칭하는 여러 '쟁이' 가운데 그저 하나일 뿐인 거다. 한마디로 말하면 여동생이 느끼는 오빠에 대한 감정은 잔밉고 얄밉다. 그냥 그게 전부다. 나에겐 그녀가 바로 그랬다. 나는 그녀를 잃을까 두렵다. 하지만 내가 되돌려받을 마음이 있음

흐린 날엔 바로크 그리고 사이폰 커피

에도 불구하고 아무 대가 없이 무작정 그녀 곁에 있고 싶지도 않다. 우리의 상황을 잘 모르는 방송작가 앞에서 덮어놓고 그녀에 대해 나쁜 년이라 했으니 그 작가는 꽤 당황할 법도 하였을 것이다. 굳이 그렇게까지 말할 필요성이 있었나 싶기도 하지만 내가 아닌 누군가의 대언(代言)을 통해 그녀 자신이 했던 말을 상기해주었으면 싶었다. 나로서는 내가 할 수 있는 최선의 도박이다. 그 말이 그대로 그녀에게 전달이 될지 모르기 때문이다. 혹여 전달되더라도 그녀가 그 말을 상기해내고 또 그것으로 내 마음을 이해할 수 있을지도 의문이다. 오히려 그녀가 곡해하여 화를 낼지 어쩔지도 전혀 알 수 없다. 조금 전 방송작가와의 통화를 끝냈으니 이제 잠시 후 그녀가 어떤 식으로든 반드시 연락해 올 것으로 생각했다. 그런데 내 예상은 보기 좋게 빗나갔다.

아무리 기다려도 그녀로부터 연락은 오질 않았다. 괜히 안절부절못하고 있었다. 남은 하루의 업무를 어떻게 마감했는지도 모르겠다. 해가 진다. 그래도 이제는 그 초조함을 기다림의 미학으로 치장하고 덮어버리고 싶진 않다. 지금 당장 넘어서야 할 시기인 것만은 분명해 보인다.

흐린 날엔 바로크 그리고 사이폰 커피

❖

1

협력사 말단 직원이 회사 계단실에 쭈그리고 앉아 머리를 두 다리 사이에 푹 파묻고 쥐 죽은 듯이 있었다. 절망에 싸여 자포자기한 건지 아니면 소리 없이 울고 있는 건지 고개를 들지 못했다. 그저 한없이 좁아 보이는 등짝만 애처롭게 보일 뿐이었다. 그런 그가 안타까웠다. 하지만 동정이나 위로를 해줄 처지가 아니었다. 그의 업무 착오로 인하여 내가 몸담은 회사에 당장 막대한 피해를 주기 일보 직전이었다. 협력사 관리를 잘못한 나에게도 도의적 책임과 함께 문책이 뒤따를 수도 있는 상황이었기 때문이다.

　　　　　　　흐린 날엔 바로크 그리고 사이폰 커피

"언제까지 그러고 있을 거예요?"

나의 타박에 그가 놀란 듯 고개를 번쩍 들었다. 그리고는 이내 다시 죄송하다는 말만 연거푸 되뇌었다.

"이게 사과로 해결될 문젭니까?"

나의 볼멘소리에도 그는 여전히 죄송하단 말만 되풀이할 뿐이었다. 긴 한숨과 함께 빨리 문제를 해결해 갖고 오라고 한 뒤 그를 내 쫓듯이 그의 회사로 돌려보냈다. 나는 사무실로 곧장 들어갈 생각이 없었고 답답한 마음에 회사 앞 카페에 들어갔다. 얼음이 잔뜩 들어간 차갑고 쓴 커피로 타들어가는 속을 삭이고 멍해진 정신을 각성하고자 했다. 대형 통유리 창밖 오전의 하늘은 비를 잔뜩 머금은 듯 검은 구름으로 온통 뒤덮여 있었다. 지금 당장이라도 시원스레 퍼부어대는 빗줄기를 그려본다. 그러면 한결 마음이 정화될 수 있을 것만 같은 예감이 들었다. 그런 순간에 협력사 최 상무로부터 연락이 왔다. 휴대폰 벨 소리가 그날따라 유난히 신경에 거슬렸다. 이번 기회에 내가 협력사를 교체해버리면 그로서도 썩 좋은 일은 아닐 것이었다. 그런 심각성을 인지한 듯 그의 목소리만으로도 내 앞에서 연신 머리를 조아리고 굽신거리며 사과하는 모습이 역력히 느껴졌다. 나는 그 말단 직원의 사무적인 사과에 신물이 나 있던 상황이었는데 이번엔 최 상무가 입발림으로만 사태를 넘어가려는 듯 해오자 짜증이 단번에 밀려왔다. 그도 역시 죄송하다는 말을 빼먹지 않고 되풀이했다.

"죄송하단 말로 무마될 사안이 아니잖아요. 그런 사과는 가벼운 실수 정도였을 때나 상대방이 받아들일 수 있는 거 아닙니까?"

"맞습니다. 그렇고 말고요!"

"더 긴 얘기 마시고, 좀 전에 직원 돌려보냈으니 오늘 중으로 어떡하든 빨리 보완 조치해주세요!"

"당연히 그러겠습니다. 신입 직원을 투입하는 게 아니었는데…. 여하간 제가 끝까지 챙기지 못한 탓입니다. 최대한 빨리 보완하도록 하겠습니다."

나는 일부러 서둘러 전화를 끊었다. 그가 책임을 통감한다면서도 신입 직원을 운운하는 게 더 기분 나빴기 때문이다. 그렇게 그와 통화를 하긴 했어도 여간 미덥지 않았다. 발주처와 약속한 납품 기일은 오늘까지였다. 나에게도 더는 미룰 수 있는 명분이 없었다. 내가 조 실장에게 넘겨받은 J프로젝트는 우리 회사 처지에선 가뭄에 단비나 마찬가지였다. 영세한 사무소에서 직원들 급여가 밀리기 직전이었다. 이미 오래전 J프로젝트를 수주해오면서 거액의 용역비로 계약한 바 있다. 하지만 발주처가 자금난으로 J프로젝트를 잠시 중단시키는 바람에 우리 회사의 입장도 난처해졌다. 조 실장이 실무 책임자로 J프로젝트를 떠맡았다가 중단되면서 다른 프로젝트로 갈아탔다. 그리고 다시 시작된 프로젝트를 이번엔 내가 떠맡게 된 것이다. 나는 아까부터 휴대폰에 저장된 조 실장의 전화번호를 보다 말다 반복하고 있었다. 최 상무에게만 전적으로 문제 해결을 떠넘기기엔 위험부담이 커 보였다. 그렇다고 나 혼자 머리 싸매며 신선한 아이디어를 짜내기엔 내 머리가 너무나도 굳어 있는 느낌이었다. 조 실장에게 도움을 청한다면 뭔가 문제 해결의 실마리를 얻게 되지나 않을까 싶었다. 아무래도 초기에 프로젝트 전반을 맡아서 관리한 전력이 있었기에 그가 도움이 될 수도 있을 것 같았다. 더구나 그는 빠릿빠릿한 일 처리 능력 때문에 회사 내에서 직원들로부터 꽤 유능한 선배이자 상사로 인정받고 있던 터였다. 문제는 그의 오만한 성격이었다. 회사 내에서 자기보다 능력 있는 직원이 없다고 자만하는지 어떨 때 보면 나르시시즘에 빠진 것 같기도 했다. 어쩌면 회사 대표가 그에게 보내는 무한 신뢰가 그를 안하무인으로 만드는 데에 한몫하지 않았나 싶기도 하다. 현재 회사 대표의 건강이 그다지 좋지 못하다. 지금까지는 대표 혼자서 일감을 어찌어찌 잘도 수주해왔지만, 그가 정말 어느 날 갑자기 몸져 눕기라도 하면 회사의 운명은 그야말로 풍전등화에 놓이게 될 게 뻔하였다. 대표도 이 점을 너무나도 잘 알고 있었다. 하지만 이런 현실을 제대로 보지 못하는 자가 조 실장이었다. 언젠가 몇몇 직원끼리 회식을 겸한 술자리가 있었는데 그가 속엣말을 꺼냈다.

"내가 말이야, 확신이 가는 게 딱 하나 있지. 바로 이 회사가 내 것이 될 수도 있겠다는 뭐 그런 확신! 그래, 다들 알다시피 우리 대표님 건강이 별로 안 좋잖아. 후계자를 고른다면… 내가 되지 않을까?"

직원들의 눈빛은 그야말로 코웃음을 대신하고 있는 듯했다. 도대체 그가 무슨 근거로 그런 말을 서슴없이 하는지 잘 모르겠다는 그런 눈빛이었다. 나 역시 그를 향해 '취하고 나니 별 미친 소리를 다 하고 있군!' 하고 속으로 된통 쏘아댔다. 버젓이 내가 앞에 있었지만, 능력으로 보나 또 오랜 경력으로 보나 나보다 자신이 훨씬 낫다고 스스로 평가하는 그 거만함에 치가 떨려왔고 아무리 취중이라도 그의 말을 실언이라고 여기기엔 매우 무례해 보였다. 대표의 갑작스러운 유고(有故) 시에 이 조막만 한 회사를 어떻게 할지는 당연히 대표가 생각해두어야만 했다. 그런데 마치 기정사실인 것마냥 자신이 회사를 독차지할 수 있겠다고 생각하는 것 자체만으로도 이미 나는 그의 안중에도 없는 자가 된 것이나 마찬가지였다.

직원들이 아무 말이 없자 그가 겸연쩍었는지, 아니면 그냥 술에 취해 그런 건지 호탕하게 웃으며 맞장구 없는 어색한 분위기를 무마하려 했다. 그럴 때 내가 수주가 최대 관건인데 영업에는 자신 있냐고 정곡을 찔렀다.

"아이고, 그게 뭐 걱정거리나 됩니까? 지금 발주처하고도 관계 좋은데. 너희들 생각은 어때?"

조 실장이 아래 직원들을 향해 되물었지만, 직원들도 그게 그렇게 쉽게 대답할 거리가 아님을 직감했는지 다들 입을 굳게 다문 채 서로 눈치만 보고 있었다.

'인마야, 너는 그게 문제다. 떡 줄 사람은 생각도 안 하고 있는데, 뭐 그건 둘째치고서라도 지금 발주처가 계속해서 우리와 좋은 관계를 맺을 줄 알면 넌 참으로 순진한 바보다.'

내 속의 말을 무시하기라도 하는 듯 그는 너무나도 해맑게 웃으며 남아 있는 잔의 술을 목구멍에 후딱 부어댔다.

그가 그렇게 자신만만할 수 있던 건 당연히 그 스스로 회사 내에 경쟁자가 없다고 자신하고 있었기 때문일 것이다. 나를 경쟁자로 보고 있지 않다는 건 나를 자기 밑에 있는 사람으로 여기는 것이나 다름없다. 나이로 따진다면 내가 그보다 훨씬 연배다. 다만 그의 실무 경력이 나보다 조금 더 많기는 했다. 한마디로 그는 나의 사회 선배였다. 그는 조직 생활이 나이순이 아니라 경력순이며 직장에서 얼마나 능력을 더 인정받느냐에 따라 급이 나뉘고 대접하는 분위기가 달라진다고 여기는 듯싶었다. 사실 나 역시 그의 업무 역량을 과소평가하지 않는다. 분명 뛰어난 건 사실이지만 그것이 오히려 그에게 독이 된 듯하였다. 겸손함이 조금이라도 보였다면 좋겠다는 생각이 있지만 그걸 그에게 직설적으로 말하기가 쉽지 않았고, 행여 말한다고 해서 그가 자신의 단점을 고칠 거라 생각되지도 않았다.

고심 끝에 결국 조 실장에게 연락을 취했다. 그리고 그를 회사 앞 카페로 불러내었다. 아무래도 여러모로 아쉬운 건 나였다. 문제가 더 커지기 전에 최대한 빨리 번뜩이는 아이디어가 필요한 시점이었다. 나 혼자 전전긍긍하며 협력사가 자체적으로 문제를 해결하기만을 학수고대하기보다는 불편하더라도 그와 함께 머리를 맞대는 편이 더 나을 거라는 판단이 들었다. 그래서 치사하고 무례하고 시건방지기까지 한 그의 모습은 감내해야만 할 것이었다. 내가 사준 값비싼 음료수를 마시며 조 실장이 다리를 꼰 채 의자 깊숙이 몸을 파묻었다.

"박 실장님도 참 난감하게 됐네. 아무튼 이 문제에 대해선 내가 일단 입을 다물고 있어야겠죠?"

'당연한 걸 질문이랍시고 하고 지랄이냐!' 하는 말이 목구멍에서 올라와 입안에 맴도는 걸 간신히 억눌렀다. 자기 말 한마디에 내 운명이 걸렸다는 것을 나에게 인지시킴으로써 자신의 존재감을 나타내고 또 주도권을 가지려는 심산으로 보였다.

"대표님 건강도 많이 안 좋으신데, 이런 골치 아픈 일로 신경 쓰시게 하지는 맙시다."

내 말에 조 실장은 고개를 까닥까닥했다.

"그니깐 협력사에만 맡겨두지 말고 우리가 선제적으로 문제 해결 방법을 협력사에 제시해보잔 말씀이신데…. 뭐, 좋습니다. 어차피 이 건은 내가 처음부터 맡아서 진행했던 거였으니 나도 이 문제에 대해서 자유롭진 못해요. 같이 한번 고민해보죠!"

그의 시원스러운 답변만큼이나 문제 해결도 속전속결로 이루어지길 나는 바랐다. 그런데 그가 대뜸 하나님보다 자신을 먼저 찾은 건 아니냐고 물었다.

"집사님이 하나님부터 찾아야지. 왜 나부터 찾아요?"

비꼬는 듯한 말에도 내가 별 반응이 없자 그가 더욱 신이 났는지 말을 이어갔다.

"와이프랑 아이들은 여전히 교회 안 나가요? 어찌 거꾸로야, 그 집안은. 그런데 집안 식구 하나 제대로 전도 못 하면서 무슨 이웃을 전도한다고."

나는 속으로 '나이도 한참이나 어린 놈의 새끼가!'라는 욕지기가 입 밖으로 터져 나오려는 걸 또 한 번 간신히 참았다. 그는 내 아내를 칭할 때 단 한 번도 형수님이라 안 했다. 더구나 뜬금없이 종교 얘기를 먼저 꺼낸 것도 그다지 유쾌하지 않았다. 기독교라는 종교에 이상하리만치 피해의식을 가진 자였고 적개심이 대단하였다. 교회 다녀서 술을 멀리한다는 어느 신입 여직원에게 어디서 예수쟁이가 들어와 회식 분위기 잡치고 있냐는 폭언을 서슴없이 하는 그였다. 그나마 나는 분위기를 잡칠 정도로 술을 거절하는 편이 아니었기에 술 좋아하는 조 실장과의 관계가 그리 나쁘지 않았다. 하지만 지나칠 정도로 보이는 그의 자기중심적 편향은 나뿐만 아니라 다른 직원들 모두가 불편해하고 있었다.

조 실장이 자신의 왼쪽 무릎에 오른쪽 다리를 올려놓았다. 그리고 발목을 까딱거리는데 그의 낡은 구두가 눈에 아주 많이 거슬렸다. 그는 내게 아이디어를 짜보겠다고 담담히 말하였다. 그의 표정과 몸짓에서 너무도 적나라하게 자만심이 그대로 엿보였다. 한없는 오만함이 마치 고장 난 수도꼭지에서 녹물 흐르듯 줄줄 흘러내리고 있는 것처럼 보였지만 나는 그런 그의 오만함을 마냥 싫어할 수만은 없었다. 아쉬운 건 나였고, 또한 곧바로 그가 자신의 존재감을 증명했기 때문이었다. 그날 오후였다. 수화기 너머에서 들려오는 협력사 최 상무의 목소리가 꽤 상기되어 있었다.

"좀 전에 조 실장님으로부터 연락받았습니다. 아이디어 주신대로 최대한 빨리 보완하도록 하겠습니다."

인간적으로는 가까이하고 싶지 않은 조 실장이었지만 그의 탁월한 업무 능력만큼은 인정 안 할 수 없었다. 그런 현실 앞에서 괜스레 화가 치밀어 올랐다.

그렇게 J프로젝트가 무사히 종료되고 얼마 후의 일이었다.

"최 상무가 우리한테 저녁 한턱내겠답니다. 나도 그날 시간 비울테니 딴 약속 잡지 마세요."

조 실장이 나에게 은근슬쩍 다가와 귀띔하고 사라졌다. 최 상무가 순간 괘씸하게 여겨졌다. 그리고 곧장 그에게 연락하였다.

"저녁 약속 건은 어떻게 이뤄진 거예요? 조 실장이 먼저 요구하던가요?"

내 질문이 취조(取調)처럼 들렸는지 약간 당황해하는 최 상무의 음성이 수화기 너머로 들려왔다.

"아, 저, 그게 사실은 먼저 요청하신 건 맞긴 한데, 당연히 저희가 잘못한 게 많고 또 앞으로도 계속 잘 봐달라는 의미에서 저희 사장님께서 저에게 두 분 대접을 잘해드리라고 하는 지시가 진작에 있으셨습니다."

"그렇다고 해서 그걸 조 실장을 통해 내가 들어야 합니까? 나에게 직접 연락하셨어야죠. 내가 프로젝트 책임자인데."

"아, 그건 제가 실수한 것 같습니다. 근데 조 실장님께서 먼저 연락해 오신 바람에 제가 그만…. 여하간 순서가 잘못된 것 같군요."

"난 참석 안 하겠습니다. 어쨌건 일은 잘 끝났으니 그걸로 된 거잖아요."

조 실장처럼 속물이 되고 싶진 않았다. 남의 약점을 미끼로 을에게 갑질하는 듯한 모습을 보여주고 싶지 않았으나 조 실장 칭찬을 눈치 없이 했던 그가 이번엔 나에게 아첨하듯 말을 바꾸었다.

"아이고, 우리 박 실장님이 참석 안 하시면 의미가 전혀 없지요. 주인공이신데. 조 실장님과 단둘이 제가 식사를 해야 할 일이 없잖습니까."

최 상무의 거듭된 요청에 나는 약속 당일 퇴근 후 조 실장과 함께 번화한 강남의 한 복어 전문 요릿집을 방문했다. 대면해서 정식으로 잘못을 사과하겠다는 협력사 업무 책임자의 간곡한 요청을 매몰차게 거절하기도 어려웠다.

최 상무가 미리 방을 잡고 우리를 기다리고 있었다. 나와 조 실장이 방에 들어서자 그가 벌떡 일어나더니 허리를 90도로 꺾어 인사했다.

"지난번 일로 심려 끼치게 해드려서 정말 다시 한번 사과드립니다. 우리 사장님께서 두 분을 극진히 모시라고 여러 차례 말씀하셨습니다."

"뭐, 이렇게까지. 편하게 하세요, 편하게. 그리고 나보단 우리 박 실장님이 고생 많았는데…. 나야 뭐 하마터면 큰일 날 뻔한 막판에 도와준 것 말고 뭐 또 있나."

조 실장이 안절부절못하는 최 상무를 향해 겸연쩍은 듯 말했지만 내가 느끼기엔 최 상무의 극진한 대접을 즐길 준비를 하는 듯했다. 더구나 나에게 공을 돌리는 듯하면서도 자신 때문에 일이 잘 끝난 거 아니냐는 듯한, 공로 의식의 뉘앙스를 말끝에 풍기고 있었다. 아니나 다를까 최 상무가 조 실장의 말이 끝나기가 무섭게 그를 칭찬하기에 바빴다.

"아무튼 우리 조 실장님 아니었으면 정말 어찌 됐을지 상상이 안 갑니다. 저희도 그날 여럿이 머릴 싸매고 있었는데 뾰족한 수가 없어서 이래저래 애꿎은 시계만 쳐다보며 답답해하고 있었지요. 이거 정말 이대로 사표 써야 하나 싶었는데 그 순간 조 실장님의 전화를 받았지 뭡니까!"

결국은 처음부터 오랫동안 대화 내용의 중심은 조 실장이었다. 조연에 불과한 나는 거북한 자세로 그들의 오가는 대화를 들으며 쓴웃음만 지어야 했다. 그러는 순간 음식이 들어왔다. 방금 회를 뜬 싱싱한 복어회였다.

최 상무가 소주와 맥주를 말아서 우리에게 공손히 한가득 따라 주었다.

"지금 이거 한잔으로 저희 잘못이 없어지진 않겠지만 오늘 제가 최대한 노력해보겠습니다!"

우리 셋은 먼저 누구라도 할 것 없이 소맥을 목구멍으로 부었다. 기도(氣道)를 타고 넘어간 차가운 액체가 가슴 한가운데를 지나면서 뜨겁게 불태웠다. 나에겐 이날의 술이 유독 아주 쓰게 느껴졌다. 원래 잘 마시지 않는 술이었지만 왠지 이날만큼은 더 자제해야겠다고 생각하는 순간 최 상무가 앞에 놓인 회를 권했다. 그는 복어가 청산가리 수배에 달하는 맹독을 가진, 천적이 없는 무서운 놈이라 했다. 누구나 다 아는 상식을 혼자만 알고 있는 줄 알았느냐고 쏘아붙여주고 싶었지만 참았다. 유일한 천적이 바로 인간인데 오늘 제대로 잡아먹어보자며 최 상무가 우리들의 빈 잔을 채워주었다. 이제 그의 접대가 본격적으로 시작되는 듯했다. 나는 모든 프로젝트를 수행할 때마다 이해관계가 밀접한 협력사와 식사하는 것을 매우 꺼려왔고 또 의도적으로 피하곤 했다. 피치 못하게 함께 식사 자리를 하게 되면 반드시 내가 식사비를 계산했다. 협력사들은 자신들의 제품을 발주처에 납품하기 위해선 무조건 나를 통해야만 했다. 자신들이 직접 발주처를 상대할 수도 없었지만, 행여 어찌어찌 운 좋게 상대할지라도 발주처는 나에게 그 제품에 대한 신뢰성을 문의해 왔다. 한마디로 내가 납품할 수 있는 것으로 좋게 평가해주어야만 협력사들은 비로소 발주처의 선택을 받게 되는 것이었다. 그러다 보니 나는 그들에게 절대적인 갑의 위치에 있었다. 그래서 여러 협력사와의 공적인 만남에서 언제나 주의를 기울이곤 했다. 협력사의 접대는 절대로 공짜가 아니다. 그들이 천 원의 이익을 얻기 위해 접대 행위로 천 원을 선투자하는 듯하지만, 그들은 기회를 봐서 반드시 이천 원을 챙겨갈 것이었다. 사업을 하면서 누구도 밑지는 장사를 원하지 않는다는 건 당연하다. 자본주의 경제 체제에서 이익집단의 투자금은 반드시 회수되어야만 한다는 게 기본이다. 이것이 잘 안되면 투자한 놈은 물불 안 가리게 되어 있다. 그래서 아무리 작은 접대라도 세상엔 절대 공짜가 없다는 확신이 있던 나와 달리 조 실장은 그저 협력사로부터 접대를 못 받아먹어

환장한 사람 같아 보였다. 몇 안 되는 여직원이 회식 자리에서 빠지기라도 하면 조 실장은 그가 받은 접대 경험을 마치 무슨 대단한 무용담처럼 지껄이곤 했다. 강북 지역의 북창동 유흥주점을 비롯하여 강남의 화려한 룸살롱에 이르기까지, 말만 들어보면 오랜 세월 그가 섭렵하지 않은 곳이 없을 정도였다. 그리고 취기가 잔뜩 오르기라도 하면 그는 직원들 앞에서, 그런 곳에서 은밀히 벌어졌던, 말초신경을 자극하는 갖가지 변태적인 얘기를 늘어놓는 걸 매우 즐겼다. 접대받을 때 절대 빠지 말고 즐기라고 그는 언제나 부하직원들에게 충고하듯 말하곤 했다. 내 돈 내고 그런 델 가는 건 한심한 일이라 했다. 무엇보다도 자신이 받는 월급으로 갈 수 있는 유흥주점은 한정되어 있고 또 가성비 좋다는 그런 델 가 봐야 그곳에서 접대하는 여자들은 하나같이 별 볼 일 없다는 거였다. 어차피 여자랑 수다를 떨고 술 마시는 자리인데 얼굴과 몸매가 별로인 여자랑 그런 자리 갖는 건 절대 아니라면서 무슨 대단한 조언이라도 해주는 것마냥 부하직원들에게 밤 문화를 제대로 즐길 수 있는 강의 아닌 강의를 하곤 했다. 더구나 2차까지 가서 연예인급 여자와 몸을 섞으려면 그런 아가씨가 있는 최고급 유흥주점으로 갈 수밖에 없다고 했다. 그러니 괜히 피 같은 돈 서로 각출해서 변두리의 허접한 룸살롱 가지 말고 그렇게 공짜로 접대받을 기회 있을 때 연예인급 여자 접대부가 있는 그런 곳에서 제대로 즐기라고 서슴없이 말하였다. 이런 그의 말에 한창 피가 끓는 젊은 직원들은 접대라는 걸 잔뜩 기대하고 있기까지 했다. 공짜로 포장된 접대의 위험성은 유흥과 일탈이 가져다주는 심장 떨림의 경계를 허물지 못하고 그 안에 안주하며 쾌락에 빠질 기회를 엿보게 했다. 공짜 접대로 위장한 쾌락의 올가미는 언젠가 때가 되면 내 숨통을 조일지도 모른다. 그런데 대가 없는 공짜는 절대 있을 수 없다는 걸 너무나도 잘 알고 있던 내가 그날 그들이 쳐놓은 올가미에 걸리고 말았다. 그 올가미 덫은 너무나 교묘했다. 그 일은 식사 자리를 끝내기 전에 내가 화장실을 간 사이 벌어졌다. 아마도 조 실장이 최 상무와 작당하였을 테고 내가 그 마수에 걸려든 것 같았다.

"최 상무가 우리 박 실장님 노래 한 곡 듣고 싶다고 하네요. 오늘 최 상무 소원 한 번만 들어주셔야겠습니다!"

많이 취한 조 실장이 또다시 나를 걸고넘어졌다.

"다음에 합시다. 오늘 많이 늦었는데."

"아이고, 형님! 아직 아홉 시도 안 됐는데 뭘 많이 늦었다고 하십니까."

최 상무는 어느새 딱딱한 직급 대신 형님이라는 친근한 말로 나를 불렀다. 그는 조 실장과 동년배였고 나보다 어렸기에 당연한 호칭이었지만 나는 그리 달갑지 않았다. 순전히 계산적이라 느껴졌기 때문이었다. 그래도 친근한 호칭은 사람의 마음을 움직이기에 충분하긴 했다.

"최 상무가 노래 한 곡 꼭 듣고 싶다는데 소원 한 번 풀어주십쇼. 뭐 그게 어렵다고. 그러지 말고 우리 근처 노래방 가서 딱 한 곡씩만 부르고 가십시다!"

조 실장도 옆에서 채근하였다. 그때 나는 더 단호해져야 했다. 하지만 그러지 못했다. 그 형님이란 다정한 호칭 하나에 우습게도 동생 챙겨주어야 한다는 장남의 습성이 알딸딸한 알코올 기운과 함께 나도 모르게 순간적으로 발동한 게 아닌가 싶다.

밖으로 나오니 늘 보던 강남의 화려한 네온사인이 더 정신없이 내 머리를 때리고 있었다. 그런데 최 상무가 갑자기 차도를 향해 뛰어가는 게 보였다. 옆에선 자기 몸도 제대로 가누지 못하는 조 실장이 내 팔을 꼭 붙잡고 있었다. 그가 나를 놓치지 않으려는 건지 아니면 나를 지탱해서 자신이 중심을 잡고 서 있으려는 건지 분간하기 애매했다.

"최 상무! 거기 아냐! 여기 옆에 노래방 있잖아! 여기 옆에…"

내 외침이 채 끝나기도 전에 최 상무가 택시 한 대를 불러 세웠고 우리에게 빨리 오라 손짓했다. 이때를 놓칠세라 조 실장이 내 팔을 더욱더 세게 잡으며 내 등을 최 상무에게로 떠밀었다. 순간적으로 벌어진 상황이었다. 내가 버티는 듯한 모습이 최 상무에게 감지됐는지 그도 달려와서는 내 팔짱을 끼었다. 누가 보면 웬 중년 남자가 괴한에게 납치되는 듯해 보였을 거다. 나는 택시에 강제로 태워졌고 최 상무에게 거세게 항의했다. 그 옆에 노래방 많았는데 내 말이 안 들렸느냐고 하니 그가 더 좋은 곳으로 모시겠다고 했다.

"거긴 마이크가 구려요. 노래 부르려면 장비빨이 좋아야지! 안 그래, 최 상무님?"

내 옆에서 편하게 등을 기댄 채로 눈을 감고 있던 조 실장이 최 상무에게 말을 걸었는데 그 음성이 꽤 음흉스럽게 느껴졌다. 더구나 그는 어디로 가고 있는지 이미 다 알고 있다는 눈치였다. 택시가 조금 달리다가 어느 고급스러워 보이는 유흥주점 앞에서 멈췄다. 아직 강남 바닥을 벗어나진 않고 있었다. 최 상무가 내리자 그를 한눈에 알아본 건장한 남자 한 명이 저만치서 달려오는 게 보였다. 최 상무가 그를 잘 안다는 듯 서로 반갑게 인사했다.

"역시, 우리 최 상무! 후다(신분) 증명 한번 확실하네!"

나는 버티면서 들어가기를 주저했다. 접대는 아까 식사만으로도 충분했다. 더 이상의 접대는 나중에 어떤 형태로든 회수될 게 뻔했다. 그 적정선을 넘지 말아야 한다. 조 실장은 이런 나를 매우 잘 아는 자였다. 그래서 식당에서 화장실 간 사이 그가 최 상무에게 내가 자신과 같지 않다는 걸 말해준 듯싶었다. 그렇다고 나를 제외하고 자기만 협력사의 은밀한 공짜 접대를 받는 건 위험한 노릇이었다. 노련하고 여우 같은 그가 이것을 모를 리 없을 것이었다. 그는 자신의 욕구를 채우기 위해 물귀신처럼 그렇게 나를 끌고 들어가려 했다.

최 상무는 노래만 부르고 갈 거라면서 끝까지 나를 안심시켰다. 두 남자에 이끌려 유흥주점 보안 직원들이 있는 정문에 다다랐다. 입구에서 지하로 내려가기 전 휘황찬란한 입간판을 보았다. 업소명이 꽤 눈에 익었다. 하지만 와 본 곳은 아니었다. 철저한 회원제로 운영되어 사전에 신분 증명 없이는 방문 자체가 절대 불가한 곳이었다. 이곳에 오기 위해선 업소 사장이 됐든, 마담이 됐든, 또 흔히 구좌라 부르는 웨이터가 됐든 어느 한 사람이라도 반드시 알고 있어야만 했다. 그야말로 아무 뜨내기들이나 올 수 있는 곳이 아닌 곳으로, 강남 바닥에서도 제일 유명한 유흥주점 '살롱 메두사'였다. 이곳 접대 여성들의 미모는 타의 추종을 불허한다는 말이 넘쳐났다. 지하로 내려가는 벽면에도 살롱 메두사의 로고가 선명히 새겨져 있었다. 여러 마리의 뱀이 여자 머리 위에서 요염한 교태를 부리는 듯했다. 그녀를 보는 순간 돌처럼 굳어버린다는 그리스 신화 속 이야기에서 나는 베르사체를 떠올렸다. 이탈리아 명품 브랜드 베르사체의 로고도 메두사다. 베르사체의 제품을 보는 순간 눈을 뗄 수 없을 만큼의 강렬함으로 고객을 순간 돌처럼 굳게 만들어버리겠다는, 제품에 대한 넘치는 자신감을 담고 있다. 그런데 내가 메두사에서 베르사체를 떠올린 건 이탈리아의 명품 브랜드 때문이 아니었다. 그건 바로 오래전 내가 알고 있던 한 여자가 떠올랐기 때문이었다. 계단은 지하 깊숙한 곳까지 이어졌다. 그리고 드디어 카운터 로비에 다다랐고 그곳에서 마담이 우리를 기다리고 있었다. 웨이터가 우리를 예약된 방으로 안내하려 했다. 그런데 내가 사이폰 커피 플라스크를 본 건 바로 그때였다. 그것은 출입구 홀 한편에 스포트라이트를 받으며 소중하게 전시되어 있던 원목 수동 커피 그라인더와 함께 있었다. 매우 낯설지 않아 보였다. 마치 귀한 골동품처럼 고이 모셔져 있는 진공 커피포트(Vacuum coffee pot) 앞에서 나의 심장이 걷잡을 수 없을 만큼 빠르게 뛴다는 걸 느낄 수 있었다.

베르사체, 그녀가 더욱 선명하게 떠올랐기 때문이다. 그것은 이제 확신에 가까웠다.

2

재수까지 하고 들어간 대학을 졸업하고 늦은 나이에 현역으로 입대했었다. 제대하고 나니 어느새 나는 이십 대 끝자리에 가 있었다. 내 취업은 생각만큼 쉽게 이루어지지 못했다. 원하는 곳 몇 군데를 목표로 잡고 취업 준비를 진행하면서 대학 선배가 운영하는 카페에서 얼마간 시간제 일을 하고 있었다. 선배가 운영하는 카페에는 오직 클래식 음악만 흘러나왔다. 선배와 나의 음악적 취향은 매우 같았다. 지금도 변함없지만, 선배와 나는 클래식 음악 중에서도 바로크 시대의 음악을 매우 사랑하였다. 선배의 카페에 가면 온종일 바로크 음악을 품질 좋은 오디오 기기로 들을 수 있어서 귀가 호강하였다. 카페 이름이 '바로크'라 하길래 역시 선배답다고 생각했다. 그런데 가까이 가서 본 카페 간판엔 그냥 바로크가 아니라 '흐린 날엔 바로크'라고 돼 있었다. '바로크'가 큰 글씨로, '흐린 날엔'이 작은 글씨로 돼 있어서 오가는 손님들 대부분 그냥 바로크 카페로 부르고 있었다. 클래식 음악, 그것도 바로크 음악만을 전문으로 들을 수 있는 카페는 전국에서 선배가 운영하는 카페가 유일하다시피 했다. 대학들이 밀집한 번화가 상권에 있던 그곳은 늘 사람으로 붐볐다. 카페는 여대 앞 좁은 골목에 있는, 그리 높지 않은 건물 2층에 자리 잡고 있었다. 그 카페의 메뉴 가운데 가장 대표적인 것이 바로 사이폰 커피였다. 나는 카페인에 아주 민감한 체질이었기에 커피를 즐겨 마시진 않았다. 간혹 커피를 마셔도 인스턴트 커피였고, 그마저도 프림을 필요 이상으로 왕창 넣어 커피인지 커피 우유인지 분간이 안 될 정도로 마셨기에 이런 나는 정녕 커피 애호가라 할 수 없었다. 내가 아는 커피는 유리병에 갈색 알갱이들이 가득 담긴 인스턴트커피가 유일했다. 그래서 커피 냄새가 죄다 인스턴트커피 같은 줄로만 알았다. 그러다 선배의 카페에서 처음 마셔본 사이폰 커피에 새로운 세계를 경험해버린 것이었다. 선배는 종교음악 위주로 작곡한 바로크 시대 음악가 요한 제바스티안 바흐도 커피 애호가였고 그래서 세속적 음악인 커피 칸타타를 작곡했다는 일화도 알려주었다. 선배의 카페에서 바흐의 커피 칸타타를 들으며 마셨던 사이폰 커피는 나에게 커피 본연의 향을 처음으로 느끼게 해주었다. 사이폰 커피는 심지어 보는 즐거움까지 선사했다. 카페 '흐린 날엔 바로크'에서는 사이폰 커피를 주문한 손님에게 원두커피 추출 과정을 즉석에서 보여주었다. 과학실험 장비처럼 보이는 두 개의 유리 플라스크 중에 손잡이가 달린 하단 플라스크에다가 물을 반 이상 채우고 알코올램프로 가열한다. 이때 물 끓는 시간을 단축하기 위해 약간 미지근한 물을 사용하기도 한다. 그래서 물이 끓기 시작하면 원두커피 가루 거름망을 설치한, 기다란 수직 관이 달린 깔때기 모양의 상단 플라스크를 하단 플라스크와 결합한다. 상단 플라스크에 달린 유리관이 하단 플라스크에 잠기면 신기하게도 물이 중력을 거슬러 관을 따라 상부 플라스크로 올라가는 것을 볼 수 있다. 그때 원두커피 가루를 넣어준다. 물이 올라오기 전 미리 넣어두는 일도 있지만, 선배는 항상 상단 플라스크에 물이 차오르면 그때 원두커피 가루를 넣고 나무 막대로 일분가량 저어주면서 교반했다. 이러한 일련의 과정엔 과학적 원리가 있다. 보통 물이 끓으면서 수증기가 발생하고 그로 인해 부피가 팽창하여 하단 플라스크 안에 있는 물을 누르는 압이 발생한다. 이때 그 누르는 압력이 뜨거운 물을 상단 플라스크의 진공관을 따라 올라가게 한다. 중력을 거스르는 현상은 그렇게 발생하는 것이다. 그리고 알코올램프 가열을 멈추면 하단 플라스크의 기압이 내려가면서 추출된 상단 플라스크의 원두커피 액이 다시 진공관을 통해 하부 플라스크로 자연스레 떨어지게 된다. 19세기였던 1800년대 초중반 유럽에서 개발된 이 커피 추출 방식은 일본에서 꽤 유행하고 대중화되면서 우리나라에 들어왔다. 그리고 내가 시간제 일을 잠시 했을 당시에도 고작 커피 한 잔 마시겠다고 이런 기다림이 필요한, 레트로(retro) 감성의 불편함을 만끽하려는 커피 애호가들이 상당히 많았던 것도 사실이다. 그 진한 향과 맛이 커피 추출하는 동안 기다린 시간을 하나도 아깝지 않게 해주었다. 바리스타가 어떻게 추출하냐에 따라 맛과 향에 미세한 차이가 있을 수는 있다. 하지만 그렇게 공들여서 추출된 커피의 향과 풍미는 일반 인스턴트커피와는 차원과 품격이 현격히 다르게 느껴졌다.

어느 늦은 오후였다.

내가 일을 시작한 지 얼마 안 되었을 무렵 카페 '흐린 날엔 바로크'에 인근 여대의 대학생으로 보이는 한 무리의 어여쁜 아가씨들이 몰려 들어왔다. 통유리 창가 좌석에 자리 잡은 그녀들은 카페 사장인 나의 선배를 이미 알고 있다는 듯 인사했고 선배도 반갑게 맞이했다. 그녀들이 사이폰 커피를 주문했다. 선배가 주방에서 진공식 커피포트와 알코올램프를 갖고 나왔다. 그녀들 앞에서 직접 커피 추출 전 과정을 보여주며 가벼운 대화를 주고받고 있는 걸 나는 주방 쪽에서 부러운 듯 바라보고 있었다. 선배와 아주 친근하게 대화를 나누던 여자들 가운데 유독 예뻐 보이는 그녀가 눈에 들어왔다. 그야말로 독보적인 외모였다. 선배가 다시 주방으로 오자 나는 그녀들이 단골손님이냐고 물었다. 그러자 다는 아니고 자기와 애기 많이 나누었던 예쁘장한 그녀를 잘 알고 있다고 했다. 가끔 그녀가 이렇게 늦은 오후에 선배 카페에 와서 프림이나 우유를 넣지 않은 사이폰 커피를 한 잔 마시고 출근하는 경우가 많다고 말해주었다.

"이 근처 대학 다니는 여대생이 아닌가요? 다 늦은 시간에 출근은 또 뭐예요?"

"아, 쟤들은 바(bar)에 나가."

"바…라뇨? 그럼 술집? 콜걸이에요? 그 속칭 '나가요 걸'이라고 하는?"

　　　　흐린 날엔 바로크 그리고 사이폰 커피

"야, 야, 쟤들이 그런 말 들으면 화낼 거다. 몸 파는 여자애들이랑은 달라. 술집에서 일은 해도 그런 짓은 안 한다고."

번화한 대학가의 상권 밀집 지역에는 다양한 술집들이 꽤 많았다. 그런 술집들은 밤이 깊을수록 성황을 이루었다. 그리고 선배가 말하는, 바에서 일하는 아가씨들은 남자들의 술친구이자 말동무가 돼주었다.

"저기 예쁘장하게 생긴 애 이름이 베르사체야. 내가 지어줬어. 내 친구들과 그 바에 처음 갔을 때 저 애를 파트너로 만났는데 그곳에서 쓰는 이름이 너무 촌스러운 거야. 그래서 당장 바꾸라고 했고 즉석에서 내가 지어준 거야. 아주 맘에 들어 하더라고."

선배는 술집에서 몸을 팔지 않고 일하는 여자일수록 하나 남은 자존감으로 버틴다고 말해주었다. 술집 여자에 대한 편견 때문에 자신의 직업을 떳떳이 부모에게 말할 수도 없는 노릇이었다. 더구나 술집에서 남자 손님들에게 단순히 술을 따라주고 대화 상대가 돼줄 뿐인데도 그녀들은 가벼운 존재로 인식되었다. 자존감이 떨어지는 건 남이 나를 하찮게 여긴다고 느낄 때 받는 감정인데 그래서 선배는 그 자존감을 지키기 위해선 일단 불리는 이름부터 거창하고 화려할 필요가 있다고 그녀에게 조언해주었다. 자존감이 높아야지만 하는 일에 자신감도 붙고 그 바닥에서 오래 버틸 수 있는 게 아니냐는 게 선배의 생각이었다. 그게 싫으면 다른 일을 알아봐야 하는데 그녀로서는 그만한 벌이가 없었기에 선배의 조언이 싫지 않았던 모양이다. 선배는 명품 브랜드 베르사체처럼 어쩌면 그녀 자체도 상품이라 말할 수 있기에 자신을 명품처럼 보일 필요가 있다고 했다. 더구나 베르사체 로고가 메두사인데, 그녀도 어느 남자를 만나든 간에 한눈에 반하게 만들어서 남자를 돌처럼 굳어 버리게 하라는 의미에서 지어준 이름 베르사체를 좋아했다고 한다. 그리고 그녀는 자신이 나중에 돈을 모아 바를 하나 운영하면 그 가게 이름을 메두사라고 이름 짓고 싶어 한다고도 했다.

3

홀 한편에 전시되어 있던 사이폰 커피포트 앞에서 나는 한참 동안 눈을 떼지 못하고 있었다. 급기야 손잡이 부분을 잡아 들고 이리저리 살펴보며 생산지를 확인했다. 국내에서 흔하게 볼 수 있는 일본산 제품이 아니라 유럽의 영국에서 만들어졌다는 걸 분명히 알 수 있었다. 그렇다. 내가 알고 있던 바로 그 제품이었다.

"창고에 그냥 내버려져 있길래 내가 여기다 장식해둔 건데. 사장님도 이런 골동품에 관심이 많으신가 봐요."

마담이 어느새 곁에 와서는 사이폰 커피포트에 관심을 보이던 내게 말을 걸었다. 최 상무와 조 실장은 벌써 웨이터를 저만치 따라가며 나에게 얼른 오라 손짓했다.

"혹시 여기 사장님이 여자분이신가요?"

"아뇨."

내 질문에 마담은 조금의 망설임도 없이 간단명료하게 대답했다.

"아, 맞다. 내가 여기 오기 훨씬 전에는 여자 사장님이셨죠."

"그럼 전에 그 여사장 이름이…?"

말하는 사이 조 실장이 어느새 곁에 와서는 내 팔을 거칠게 낚아챘다.

"노래 한 곡조 뽑고 가시라니까. 이대로 도망가시려는 건 아니에요?"

조 실장이 억지로 나를 끌고 예약된 방으로 들어가려 했다. 마담도 뒤따라왔다. 그러면서 그녀가 내 뒤통수에 대고 큰 소리로 얘기했다.

"그분 베르사체예요. 예전에 와보시고 새 단장 된 후론 안 와보셨구나. 너무해요, 사장님! 우리 가게 얼마나 좋아졌는데. 이제 자주 좀 오세요."

그 순간 나를 연행하듯 끌고 가던 조 실장이 멈칫했다.

"뭐야? 여기 처음이 아니야? 좋은 덴 나도 좀 데리고 가줘요!"

말할 때마다 술 냄새 진동하는 조 실장을 뒤로하고 내가 먼저 예약된 방으로 들어갔다. 최 상무가 마담을 따로 불러 얘기하더니 지갑에서 팁을 꺼내 주었다. 잠시 후 웨이터가 안주와 술병을 한가득 갖고 들어왔다. 최 상무는 다시 지갑을 열어 그에게도 팁을 주었다. 최 상무는 자신이 할 일을 부지런히 하고 있었다. 어차피 본격적인 접대는 지금부터였기 때문이다. 대부분의 룸살롱이란 곳에서 남자들은 흔히 유흥의 끝을 볼 수 있었다. 유흥주점이 어떤 식으로 운영되느냐의 차이가 있긴 했지만, 남자의 성욕을 자극하며 더 많은 돈을 뜯어내기 위해 여자 접대부들이 알몸이 되어 벌이는 갖가지 성적 행위는 그 어느 책과 영상에서도 접할 수 없던 광경이었다. 내가 처음 직장이란 곳에 들어와 회식을 끝내고 상사들과 역시 처음으로 유흥주점을 방문했을 때였다. 그곳의 여자들이 보여주는 적나라한 성적 행위에 적잖이 놀라지 않을 수 없었다. 현대판 소돔과 고모라가 바로 이런 곳이라 여겨질 정도로 쾌락의 끝을 달리고 있었다. 부끄러움과 수치스러움은 그녀들에겐 전혀 문제될 게 없어 보였다. 자존감을 놓아버리고 오직 금전만을 택했기 때문에 가능했을 것이다. 그녀들에게 소중한 건 그녀들의 몸뚱이가 아닌, 오직 돈이었다. 그녀들은 돈만 주면 남자들이 원하는 모든 짓거리를 서슴없이 다 해주었다. 남자들은 그들의 여자친구나 아내에게 절대 요구할 수 없는 성적 자극을 밀폐된 방 안에서 그렇게 충당하고 있었다. 그런 그녀들과 성관계하는 것으로 마무리되는 시간이 될 즈음에 나는 슬그머니 그 자리를 벗어나려 했다. 그러다 상사에게 걸려 호되게 질책을 맞았다. 그따위로 조직 생활할 생각 집어치우라는 말에 할 말을 잊었던 적이 있다. 종교적 신념이든 아니면 어떤 개인적 신념이든 간에 자기 결정권을 당연히 존중하고 인정은 하겠는데 그걸 다 같이 모인 자리에서 대놓고 표현하지 말라는 이상한 충고가 이어졌다.

"인마! 네가 그러면 여기 있는 나머지 사람은 뭐가 되냐? 너만 결혼했어? 은밀히 행하는 일에 너만 도덕적이고 윤리적으로 행동하 겠다는 거냐? 탈무드에 이런 말이 있다. 남들이 옷 벗고 있을 땐 옷을 벗고, 남들이 옷 입고 있을 땐 옷을 입고 있으라! 그러니까 내 말은 인마! 이런 데 와선 너 혼자 튀는 행동 하지 말란 거야!"

나는 '개똥 같은 소리 하고 앉았네!'라며 한 귀로 흘려 넘겼지만, 사실상 그는 대한민국 땅에서 남자가 조직 생활을 어떻게 해야 하 는지를 제대로 알려준 자였다. 튀는 행동을 하지 말란 말에 이어 서 그가 이번엔 부드럽게 충고했다.

"너무 어렵게 생각할 거 없어. 네가 원치 않으면 파트너 혼자 놔 두고 그냥 방에서 조용히 나오면 간단한 거야. 하지만 단둘이 방에 들어가기 전까진 여기 있는 사람들과 같이 행동하는 거야. 조직은 말이야, 그렇게 다 함께 행동하는 거야! 그게 싫으면 나가서 혼자 자영업 해야지!"

"…"

최 상무와 이미 이야기가 다 끝났는지 자연스럽게 아가씨들 여럿 이 우르르 들어와 초이스를 기다렸다. 그 순간 조 실장이 잔뜩 술 에 취한 채 기다렸단 듯 "난 쟤!"라며 붉은색 원피스 입은 여자를 먼저 지목했다. 한눈에 봐도 가장 예뻐 보였다. 난 속으로 조 실장 을 향해 '개새끼!' 하고 욕을 던졌다. 교묘하게 나를 속여서 이곳까 지 끌고 온 것도 짜증이 났고, 또 나를 미끼로 제 욕심을 채우려 하는 것 같아서 여간 못마땅한 게 아니었다. 최 상무는 분위기를 띄운답시고 나에게 연신 굽신거리며 술을 권했다. 그러나 한편 이렇게 와서 오랜만에 베르사체의 흔적을 발견할 수 있게 된 건 어쩌면 필연일지도 모르겠다는 생각으로 불쾌한 마음을 위로했다.

그녀에 대한 소식은 오래전에 선배한테서 전해 들어 익히 알고는 있었다. 바에서 돈을 많이 모은 그녀가 외모가 출중한 여자들만 들어갈 수 있다는 강남의 어느 룸살롱으로 옮겨갔고, 그곳에서 미모와 언변 그리고 춤과 노래 실력으로 수많은 사내를 홀리며 돈을 그야말로 긁어모으고 있다는 소식이었다. 지명도가 꽤 높은, 가장 인기 많은 그녀였지만 여전히 절대로 남자들과 몸을 섞지는 않는다고 했다. 나는 그 말을 철석같이 믿을 수 있었다. 내가 기억하는 그녀는 충분히 그러고도 남을 여자였기 때문이었다. 선배가 여대 앞의 카페를 정리한 후 해외로 이민을 떠난 후로는 그에게서 간간이 들던 그녀의 소식도 더는 들을 수 없었다.

내 옆의 파트너가 은근슬쩍 내 손등에 자기 손을 조심스레 포갰다. 난 얼른 그 손을 빼고 양주잔 대신 과일 안주에 손을 댔다. 무안했던지 그녀가 양주 병으로 손을 가져가 따르려 하자 나는 더는 술을 안 마시겠다고 말했다. 조 실장은 자신이 원하던 여자를 옆에 앉혀두고 파트너와 연거푸 러브샷을 즐기며 그녀의 온몸을 밀가루 반죽하듯 주물럭거리고 있었다. 내가 알던 그 살롱 메두사와 달랐기에 나는 순간 혼란스러웠다. 최 상무는 조 실장과 달리 적극적이지 못하고 파트너와 거리를 두고 앉은 내 모습을 보았는지 조금은 좌불안석이었다. 어느새 그가 은근슬쩍 내 옆에 와서는 나를 자기 곁으로 끌어당겼다. 그리고 귀엣말을 건넸다.

흐린 날엔 바로크 그리고 사이폰 커피

"왜요? 파트너가 마음에 안 드세요? 아까 대충 초이스하시는 것 같던데. 마담에게 지금이라도 바꿔달라 해볼까요?"

조 실장이 마이크를 잡고 돼지 멱따는 소리로 노래를 부르는 통에 그의 귓속말이 제대로 들리진 않았으나 그가 무슨 말을 했는지는 대충 알아들을 수 있었다. 나는 대답 대신 그에게 도리어 큰 소리로 베르사체를 아느냐 물었다. 그러자 옆에 있던 그녀가 화색이 도는 얼굴로 최 상무보다 먼저 대답했다.

"오빠! 이 강남 바닥에서 그 언니 모르면 간첩이죠."

내가 같이 일해본 적 있냐고 물으니 그녀는 없다고 말하였다. 하지만 그녀에 대해 많이 들어보았다고 했다. 그러면서 그녀들에겐 우상이자 전설이라 했다.

"여기 원래 메두사 컨셉(concept)이 이런 건가?"

그녀를 보며 질문했지만 그녀는 질문의 의도를 잘 이해 못 했는지 눈만 껌벅이고 있었다. 그러자 최 상무가 얼른 대답했다.

"사장이 바뀐 후로 여기 물갈이 엄청나게 됐어요. 예전 베르사체 사장이 운영했을 땐 옆에 앉은 아가씨 터치하는 건 감히 상상도 못 했죠. 2차? 그런 건 아예 꿈도 못 꿨죠! 베르사체 사장이 절대 용납 안 했고 그건 이 가게 철칙이었어요. 그런데도 문전성시를 이뤄 밤마다 여기 예약 못 해 난리였죠."

최 상무가 잠시 술로 목을 축이고는 다시 말을 이어나갔다.

"도대체 어디서 그런 아가씨들만 영입해 왔는지 정말 물 관리 엄청나게 잘했고 영업 수완도 좋았어요. 나도 경험해보았지만, 당시

아가씨들은 옆에만 앉아 있어도 아우라가 보통이 아니었어요. 그
왜, 있잖아요. 절대 가볍게 볼 수 없는 여자! 엄청난 미모와 몸매
에 일단 첫 번째로 압도당하고, 그다음 유식함이 넘쳐나는 말솜씨
에 압도당하죠. 마지막으로 노래와 춤을 듣고 보는 순간 남자들은
그냥 까무러칠 수밖에 없었습니다. 그러니 괜히 메두사가 아니라
고 생각했죠."

"그럼 지금은? 여기 있는 나는 가벼워 보여, 오빠?"

내 옆의 그녀가 조금 뾰로통해진 얼굴로 최 상무를 보며 물었다.

"아니 이런, 어디서 베르사체에 비비려고 그래! 너 그럼 우리 박
실장님 빨리 까무러치시게 만들어봐, 어서!"

그녀는 말 대신 어이없다는 표정을 짓고는 나에게 물컵을 건넸
고 그녀는 양주잔을 한입에 들이켰다.

4

선배 카페에서의 마지막 시간제 일을 하던 날이었다.

그날 선배는 개인적인 일이 있어서 일찍 퇴근했다. 주방 아주머
니도 영업 시간이 끝나 퇴근했다. 나 홀로 남아 화장실 청소와 가
게 뒷정리를 하고 있을 때였다. 문이 열리는 소리가 들리더니 베르
사체, 그녀가 들어왔다. 그곳에서 일하는 동안 그녀를 거의 매일

보았던 것 같다. 늦은 오후 바에 출근하기 전 그녀는 항상 선배 카페에 와서 진한 사이폰 커피 한 잔을 마시고 가곤 했다. 좌석이 만석이라 매우 바쁜 날에도 그녀는 그냥 가지 않고 넉살 좋게 주방에 쓱 들어와 자신이 직접 사이폰 커피메이커를 조작해 커피를 내렸다. 그리고 자연스럽게 카운터에 앉아 마셨다. 그러면서 나가는 손님들 계산까지 도와주는, 카페의 비공식적인 반 직원이었다. 그렇게 카페인으로 각성하고 난 후 그녀는 자신의 일터로 출근하곤 했다. 하지만 그날은 내 마지막 근무일이었는데 저녁이 되도록 그녀가 나타나지 않아 궁금하던 참이었다.

"영업 시간 다 끝났는데."

내 말은 듣는 둥 마는 둥 그녀가 벌겋게 달아오른 얼굴을 나에게 한 번 비추고는 통유리 창가 좌석에 가 앉더니 이내 테이블에 자기 얼굴을 파묻었다. 무언가 그녀에게 안 좋은 일이 있다는 걸 직감했다. 내가 조심스레 다가가 그녀의 상태를 살피는데 그녀가 고개를 들더니 헝클어진 머리를 한 채 미안한데 지금 사이폰 커피 한 잔 마시고 싶다고 했다. 술 냄새가 심하게 났다. 술을 별로 안 좋아하는 그녀였다. 술도 좋아하지 않으면서 술집에서 일하는 게 아이러니하다는 생각은 오래전부터 했다.

"꼭, 사이폰 커피로…?"

자신 없는 내 목소리에 그녀가 당연한 걸 왜 묻냐는 표정이었다. 나는 단 한 번도 손님들 앞에서 사이폰 커피를 만들어본 적이 없었다. 선배가 그것만큼은 나에게 허락하지 않았다. 간단해 보이지만 바리스타에 따라 추출되는 커피 맛과 향이 다르기에 경험 많은 선배가 직접 해야 한다고 늘 말해왔다.

"나… 정말 처음인데…."

그녀가 당황한 나를 보며 귀엽다며 미소 지었다. 칭찬인지 욕인지 헷갈리는 마음으로 나는 주방에 들어가 사이폰 커피포트를 가지고 나와서 선배 어깨너머로 보고 배운 대로 사이폰 커피를 만들기 시작했다. 마침내 상단 플라스크를 분리하고 추출된 커피를 따르려는데 웬일인지 플라스크 분리가 쉽게 되지 않았다. 처음에 너무 세차게 결합했던 것 같다. 힘을 주며 억지로 비틀다간 유리가 깨질까 봐 강하게 힘을 가해 분리할 수도 없었다. 아무리 해도 상단 플라스크가 하단 플라스크에서 빠질 기미가 안 보였다. 그렇게 한참을 낑낑대고 있는데 그녀가 해보겠다고 나섰다.

유리병을 자연스럽게 다루는 모습이 예사롭지 않았다. 종종 주방에 들어와 직접 사이폰 커피를 만들어 마셨던 경험 때문인지 다루는 솜씨가 처음 해본 나와는 확연히 차이가 났다. 그녀는 별 어려움 없이 위아래 플라스크를 가볍게 분리해냈다.

"살짝 걸쳐만 놓았어도 되는 걸…."

그녀의 말에 무안했지만, 왠지 싫지는 않았다.

청소를 마저 하며 그녀가 느긋이 커피 마시기를 기다렸다. 말없이 그저 커피만 마시는 그녀에게 나는 아무 말도 걸지 않았다. 평상시와 다른 그녀의 어두운 표정에 눈치만 보게 됐다. 하지만 둘 사이 적막감이 조금 부담되었다. 침묵을 깨고 내가 지나가는 투로,

이제 취업이 되어서 오늘이 마지막 근무였다고 말해주었다. 그녀는 축하 인사를 건네면서 더는 볼 수 없게 되어 아쉽다고 말했다. 솔직히 내가 더 하고 싶은 말이었다. 진지하게 그녀에게로 좀 더 가까이 다가가고 싶었지만, 그녀는 어느 남자도 자기 곁에 있는 걸 원치 않았다. 그녀는 남자를 오직 바에서 손님과 직원의 관계로만 자신의 곁에 있게 했다. 그마저도 남자의 스킨십이 느껴진다면 그녀는 당장 매몰차게 거절하다 못해 쌍욕을 해댄다고 말했던 기억이 난다. 남자를 곁에 두는 데 주도권은 항상 그녀에게 있었다. 그녀는 자신을 지명하여 찾아오는 남자는 대개 외로운 남자라고 말했다. 내가 보기에도 그녀에게서는 외롭든 외롭지 않든 남자라면 누구나 다 마음이 쏠릴 만큼의 이상한 매력이 느껴졌다. 많은 남자가 여자친구가 있건 아내가 있건 간에 시간이 지나면 다 외로움을 느낀다고 그녀는 말했다. 처음 만났을 땐 간이고 쓸개고 자기 여자에게 전부 빼줄 것처럼 희생적으로 행동하는데 그렇게 잠깐하다가 결국엔 혼자 주는 사랑을 억울해하고 아까워하면서 오직 받을 사랑에만 목말라한다고 했다. 그리고 그녀는 그런 남자만을 상대한다고 했다. 자기 여자를 곁에 가까이 두고도 남자가 외로운 건, 더 이상의 자기희생을 하지 않으려 하기 때문이라고 그녀는 잘라 말했다. 자기 여자에게 더 이상 호구가 되고 싶지 않다는 남자이지만 그녀는 역으로 오히려 그런 자들이 돈 뜯어낼 호구이자 돈주머니일 뿐이라 했다.

"오빠! 내가 앞으로 결혼했을 때 내 남편이 다른 여자랑 술 마시고 심지어 그 여자와 잠까지 잔다면 엄청 실망스러울 거야. 배신감 느끼겠지. 아내 있는 남자들이 외롭지만 않으면 굳이 나하고 술 마실 이유는 없을 텐데. 근데 남자들 잘못만은 아닐 거야."

그녀가 입을 다물었다. 나 역시 별말 없이 입을 다물고 있자 그녀는 누군가 곁에 있어도 자신이 외로움을 느끼고 있다면 그 이유가 누구에게 있는지를 물어왔다.

"누구긴 누구겠어, 둘 다지."

그녀는 내 대답을 기다릴 새도 없이 혼자 질문하고 혼자 답하였다. 마치 한편의 모노드라마를 보고 있는 것 같았다. 그녀는 무대 위의 주인공이 되어 그렇게 나라는 관객을 혼자 두고 그녀 속의 이야기를 꺼내놓고 있었다.

"나는 외로운 남자들이 술 마시면서 외롭지 않게 해주는 역할, 딱 거기까지만 하고 싶어. 근데… 그런 내가 외로우면…?"

여운을 남겼지만, 그녀는 내 대답을 원하고 있는 것 같지는 않아 보였다. 어느새 커피를 다 마셨는지 그녀가 조용히 자리에서 일어서려 했다. 나는 서둘러 그녀를 잠깐 불러 세웠다. 그리고 그녀에게 선배로부터 취업 선물로 받은 사이폰 커피포트를 수줍게 건네주었다. 선배는 마지막으로 일하던 그날 나에게 자신이 매우 아끼던 그걸 선물로 주었다. 그것은 그 당시 우리나라에서 주로 보편화되었던 일본 제품이 아니었다. 선배가 유럽에서 가져온 영국 제품으로, 꽤 오래되고 희귀한 거였다. 그래서 사이폰 커피를 즐겨 마셨던 그녀가 그것을 가진다면 더 가치 있을 것 같았다.

"외로우면 이걸로 커피를 만들어 마시면 되지. 난 사실 커피 맛은 잘 몰라. 좋아하질 않아서. 그저 커피 향이 좋을 뿐…."

그녀는 선배가 나에게 준 선물임을 알고는 받기를 주저했으나 내가 계속 권하자 더는 거절하지 못했다. 진심으로 좋아하는 모습이 그대로 느껴졌다. 우울한 모습으로 들어왔던 그녀가 밝은 모습이 되어 손을 흔들어주고 나갔다. 늦은 밤 카페의 마지막 손님이 그렇게 떠났다. 그리고 그것이 내가 본 베르사체의 마지막 모습이었다. 가게를 나서며 간판의 불을 껐다.

그 이후로는 카페 '흐린 날엔 바로크'에 더는 가본 적이 없다.

5

파트너 아가씨들이 방을 나갔다.

이제 접대는 절정을 향해 질주하고 있었다. 그녀들이 옷을 갈아입고 오면 웨이터는 우리를 근처 어느 숙박업소로 안내해줄 것이었다. 나는 조용해진 방 안에서 최 상무에게 아까 듣지 못한, 베르사체에 대해 궁금한 것 한 가지를 더 물어봤다.

"여기 가게 주인 왜 바뀌게 된 건지 혹시 아세요?"

"어휴. 말도 마십쇼. 이 강남 바닥에서 2차 없이 떼돈을 긁어모으는 룸살롱이 여기가 유일하다시피 했죠. 그런데도 가게가 번창

하니 이곳 건물주가 눈독을 들인 거지요. 그래서 자기가 운영하겠다고 나선 겁니다. 처음엔 건물주가 위탁운영 형식으로 재계약서 작성하자는 제안을 했다는데, 전 가게 주인이 거절하자 권리금 한 푼 안 주고 강제로 내보낸 겁니다. 그 후 지금처럼 간판은 그대로 놔두고 컨셉만 바꿔서 운영하게 된 겁니다. 건물주 횡폰데…. 여하간 권리금 한 푼 못 챙기고 쫓겨난 전 주인만 불쌍하게 된 거죠."

"그 전 여주인, 베르사체라고 하는 여자는 어떻게 됐나요?"

"그건 저도 잘 모르겠습니다. 여기서 쫓겨나고 이 바닥에서 완전히 사라졌어요."

최 상무 얘기를 듣고 나니 오래전 그녀가 사이폰 커피에 관심을 두고부터 도서관에서 관련 자료를 찾다가 알아냈다며 들려준 이야기 하나가 불쑥 떠올랐다. 그녀는 나에게 동양에선 유좌지기(宥坐之器)란 말과 함께 유체역학에서 말하는 사이폰 원리를 이용한 계영배(戒盈杯)라는 술잔이 있다고 말해주었다. 그것은 처음 듣는 흥미로운 얘기였다. 주나라 환공(桓公)의 사당을 찾은 공자가 의식에 쓰는 이상한 기구를 보았다고 했다. 사당의 관계자는 그것을 유좌지기, 그러니까 항상 곁에 두고 보는 그릇이라고 말해주었다. 알맞게 물이 차 있으면 균형 있게 서 있지만 비어 있거나 혹은 넘치도록 물이 담겨져 있으면 그릇이 기울어진다고 했다. 이처럼 우리 삶도 욕심을 내면 반드시 기울어지게 되어 있으니 마음을 알맞게 적정선으로 유지하라는, 그런 교훈적인 그릇이라는 거였다. 마찬가지로 가득 참을 경계한다는 의미의 계영배라는 술잔이 사이폰 원리와 같다고 그녀가 말해주었다. 술이 가득 차면 압력 차로 가운데에 있는, 잔 높이의 7부쯤 되는 수직 관을 통해 술이 빠져나간다고 했다. 술잔에 술이 가득 차지 않고 적정선을 유지하면 술잔의 술은 아래 구멍으로 절대 새지 않는다는 거였다. 조선 후기 거상(巨商) 임상옥이 계영배를 늘 곁에 두고 자신의 과욕을 다스렸다고 그녀는 덧붙였다. 그러면서 자신도 사이폰 커피를 마실 때마다 돈 욕심을 없애려 한다고 했다. 그녀는 또래 여자들보다 자신의 벌이가 더 좋았음을 숨기지 않았다. 그래서 과욕을 다스리기 힘든 자신이 때로는 무섭다고 했다. 그런 그녀가 내게도 항상 술잔에 술을 가득 채우지 말라고 조언해주었다.

"난, 오빠! 우리 가게 오는 손님들에게 술 따라줄 때도 항상 잔을 가득 채우지 않아. 그걸 뭐라 하는 손님도 많은데, 그럴 때마다 '과유불급(過猶不及)'이라고 받아넘겨."

그녀는 취하지 않을 정도로 자기 조절을 잘해가며 술을 마시니 실수할 일도 만들지 않았다. 무방비 상태가 된 자신의 몸을 남자에게 보이지 않는 거다. 이런 행동이 그녀를 함부로 대할 수 없는 존재로 만들어놓았다. 방문 밖에서 빨리 나와달라는 노크 소리가 들려왔다. 최 상무가 이제 그만 일어나자고 했다. 하지만 나는 들은 체도 하지 않았다. 내 안에 무언가 깊게 쌓여 묵은 체증이 가시지 않는 기분이었다. 마냥 불편했다. 조직 생활할 땐, 특히 회식이든 접대 자리에서든 절대 혼자 튀려 하지 말고 끝까지 함께 행동하라고 했던 예전 직장 상사의 말은 개인주의 성향이 가득한 눈치 없는 직장인에겐 고언(苦言)이 될 수도 있다. 하지만 그걸 처세술이라 여기기엔 너무 엉성하다. 그것은 상하 수직관계에서 복종을 강요하며 자신만의 가치관을 따르라는 명령으로 들릴 뿐, 쉽게 인정하고 수긍하기가 어렵다. 그 대신 큰 마찰 없이 직장 생활 오래 하고 싶으면 꼰대 같은 상사의 눈 밖에 나지 말라는 말로 치부(置簿)할 수는 있을 거다. 접대 자리에서 나 홀로 행동하지 말라는 그런 가치관에 대해 비난과 함께 정죄 따윈 하고 싶진 않다. 나부터가 불완전한 인간인데 무슨 자격으로, 누군가가 대놓고 하지도 못할 행동을 숨어서 몰래 한다고 가타부타 뭐라 하는 건 옳지 못하다. 단지 나는 그녀가 그토록 싫어했던 계영배의 잔을 넘치게 한 자들 앞에서 그들의 비위를 굳이 맞춰주고 싶지는 않을 뿐이었다. 삶을 살아가는 데 있어서 눈치보다는 신념을 따르기로 이미 오래전부터 결론 내리고 있던 터였다. 조 실장은 반쯤 풀린 눈으로 빨리 일어나자며 입으로만 나불대면서 자기 상체를 주체 못 한 채 흐느적거리고 있었다. 그의 맞은편에 앉아 있던 최 상무가 잔뜩 불편해 보이는 나의 눈치를 보며 미소 띤 얼굴로 어서 일어나자는 손짓을 연신 해댔다. 살롱 메두사에서 베르사체, 그녀의 흔적을 발견해버린 순간부터 더는 그곳에 있기가 싫었다. 그러면서도 한편으론 그녀가 지우지 못하고 떠난 흔적을 내가 대신 지워줘야 할 것만 같았다. 방 안에서 우리들의 이야기가 길어진다고 여겼는지 웨이터가 다시 한번 노크했다. 파트너들이 아까부터 기다리고 있다며 우리를 재촉했다. 내가 먼저 자리에서 벌떡 일어났다. 조 실장을 밀치

고 황급히 나가려 하자 그가 나의 등 뒤에서 조롱하듯 한마디 던
졌다.

"아따, 우리 박 실장님 은근히 밝혀. 교회 집사도 어쩔 수 없네.
어지간히도 급하신가 봐. 같이 갑시다요."

복도에서 우리를 기다리던 여자들이 갑자기 문을 박차고 나온
나를 보자 깜짝 놀라며 어깨를 순간 들썩였다. 그녀들을 제치고
긴 복도를 지나 씩씩대며 카운터가 있는 로비에 들어섰다. 마담이
잔뜩 화가 나 있는 나를 보자 무슨 일인가 하며 놀라는 눈치였다.
나는 그대로 빠르게 걸어가 한쪽에 전시되어 있던 사이폰 커피 플
라스크 손잡이를 낚아채듯 거머쥐었다. 그리고 자동 현관문 앞에
멈춰 섰다. 문이 막 열리려는데 마담이 황급히 나를 부르는 소리
가 들려왔다.

"네? 뭐… 뭐라 하셨나요? 잔에 술이 가득 찼다고요?"

혼잣말로 한 나의 중얼거림을 그녀가 들은 모양이다.

당황해하는 마담의 목소리를 뒤로하고 나는 그대로 사이폰 플라
스크를 대리석 바닥에 내팽개쳤다. 갑작스러운 내 행동에 깜짝 놀
란 마담의 외마디 비명이 유리 파편과 함께 사방으로 튀었다. 계단
을 뛰어오르는데 메두사의 로고가 심히 눈에 거슬렸다. 여러 마리
의 뱀들이 긴 혀를 날름거리며 내 머리를 당장이라도 집어삼킬 듯
달려들고 있었다. 더욱 빨리 계단을 뛰어올랐다. 출입구에 있던 보
안 직원들이 갑자기 뛰어 올라오는 나를 보더니 하나같이 놀란 표
정들이었다. 온종일 흐렸던 하늘은 결국 추적추적 비를 뿌리고 있

었다. 그대로 비를 맞으며 빠르게 걸었다. 조 실장으로부터 연락이 오는지 휴대폰이 계속 울려댔다. 무시하려다가 계속 신경질적으로 울리는 전화를 받았다. 곧이어 어디 있냐는 조 실장의 목소리가 수화기 너머로 들려왔다.

"비도 오는데 조 실장도 얼른 빨리 집에 들어가요. 그리고 내가 아까 깬 건 거기 인테리어 소품으론 전혀 어울리지 않아. 그러니 청소비만 대신 변상해줘요. 내일 출근해서 줄 테니."

그와의 통화를 일방적으로 끊고는 목을 뒤로 한껏 젖혀 하늘을 보았다.

곱게 수직으로 내려오질 못하고 산란(散亂)하는, 실처럼 가는 빗줄기들은 강남의 화려한 불빛과 네온사인에 두들겨 맞은 게 분하기라도 한 듯 참으로 지랄 같게 흩뿌려지고 있었다.

아무도 없는 그 길 끝에 서다

❖

　주말 늦은 오전이었다.

　구름 한 점 없는 맑은 가을 하늘에서는 중천으로 이제 막 기울기 시작하는 태양이 강렬한 햇살을 집 안 깊숙이 퍼부어대고 있었다. 나는 아내와 딸아이를 데리고 새로 이사할 전셋집을 보러 왔다. 집 안 전체가 따스했다. 고층에서 바라보는 동남향과 북서향의 거침없는 전망 또한 나무랄 구석 없이 매우 훌륭했다. 집을 보러 오면서 공인중개사는 이 지역에서 가장 저렴하고 좋은 물건을 소개한다고 했다. 하지만 실제로 집을 보기 전까지는 입에 발린 말이라 여겼다. 더구나 너무 낮은 가격이었기에 분명히 어떤 하자가 있는 집일 것으로 생각했다.

"시세보다 50%나 낮아서 의심했는데, 집은 생각했던 것보다 깔끔하고 아무런 하자가 없어 보이긴 하네요."

긍정적인 말을 중개인 앞에서 하긴 하였지만 나는 여전히 의심의 눈초리를 거두지 않고 있었다. 그러면서 중개사에게 유독 이 집의 전세보증금이 시세보다 너무 싸게 나온 것이 아직도 이해 안 된다고 말을 했다. 그러자 그가 잠시 망설이더니 아내와 딸아이의 눈치를 살폈다. 그녀들이 집 안 곳곳을 둘러보는 데 정신이 팔린 걸 보자 중개인은 살며시 내 팔을 붙잡고 베란다로 조용히 이끌었다. 그리고는 속삭이듯 나지막이 말하였다.

"임대인께서 굳이 숨길 필요는 없다고 하셨지요. 그래서 드리는 말씀인데…."

나는 살짝 긴장하지 않을 수 없었다.

"임대인께서 이곳에 줄곧 사시다가 얼마 전 실버타운으로 입주하셨어요. 그분께서 급하게 여길 나가셨던 이유가 좀 있는데…."

중개사가 자꾸만 말끝을 흐리며 뜸을 들이자 긴장과 함께 짜증도 밀려왔다.

"그러니까, 그게 뭔데요?"

나의 재촉에 그가 어렵게 말문을 열었다.

"임대인께서 여기에서 밤마다 귀신을 목격했다고 합니다. 저도 요즘 같은 세상에 믿을 수 없긴 한데…."

나는 황당했다. 그리고 멀리 떨어져 있던 아내와 딸을 번갈아 바라보았다. 딸아이와 함께 집을 둘러본 아내도 이 집이 족히 마음에 들었는지 얼굴이 한결 밝아져 있었다. 내가 아무런 말이 없자 중개사가 솔깃한 제안을 했다.

"계약 갱신 때마다 임대인이 전세보증금 인상 요구를 하면 자금 마련도 참으로 골치 아픈 일일 겁니다. 그런데 여기만 들어오시면 전세 계약은 현 보증금으로 무기한 자동 갱신입니다. 이미 임대인이 저와 약속하신 거고, 계약서에도 명시하겠습니다."

중개사가 계약을 유도하려 했으나 왠지 모를 찜찜함이 계속해서 스멀스멀 내 머릿속을 휘감고 있었다. 더구나 귀신 출몰 얘기에 역시나 싼 건 다 이유가 있기 마련이라는 말이 진리로 다가왔다. 아내와 딸아이에게 이 말을 해야 하는지 말아야 하는지에 대한 갈등이 나의 온 신경을 긁기 시작했다.

"그분 연세가 꽤 되셨지요. 그런데 옆에 가족 하나 없이 혼자 살다 보니 의지할 사람도 별로 없고, 또 나이 때문에 몸이 허해지면 괜히 헛것이 보이는 게 아니겠습니까?"

아무래도 나의 불편한 시선을 느꼈는지 중개사가 내 불안을 잠재우려 했다.

귀신 나온다던 그 집을 나왔다.

"아까 베란다 쪽에서 그 중개사랑 무슨 얘길 한 거야?"

중개사와 헤어지고 나서 아내가 약간 근심스러운 듯 물어왔다.

"전세보증금 얘기. 임대인이 자금이 급히 필요한가 봐. 그래서 싸게 내놨다고…."

아내도 알고 있는 말을 했다. 집 보러 오기 전에 중개사에게 이미 들은 얘기였다. 그런데 조금 전에 들었던 말은 도무지 꺼낼 수가 없었다. 아내는 내 대답이 싱겁다는 듯 당장 집을 계약하자고 했다.

내가 안광 법사에게 연락한 건 중개인과 그 전셋집을 보고 온 바로 그날이었다.

안광 법사는 내 오랜 친구다. 그와 나는 한동네에서 자라면서 초등학교부터 고등학교 때까지 같은 학교에 다니며 어울렸던 절친한 죽마고우(竹馬故友)다. 물론 그는 법사(法師)가 아니다. 오히려 기독교 신앙을 가진 모태신앙인이었고 지금은 어느 장로교회에서 집사 직분을 가진, 꽤 신앙심이 깊은 친구다. 언젠가는 교회의 장로가 될지도 모를 그였지만 그것과는 무관하게 오랫동안 입에 익은 그의 별명 법사가 나에겐 지금도 친숙하고 익숙하다. 그래서 집사로 불리길 원하는 그 친구였지만 나는 그런 그를 안광 집사가 아닌 여전히 안광 법사로 불렀다. 사실 그의 이름도 외자가 아니다. 성은 안(安) 씨였지만 이름 마지막 자를 빼고 중학교 때 친구들은 그를 그냥 안광 법사로 불렀다. 우리의 안광 법사는 그에 호응이라도 하듯 항상 머리를 박박 밀고 다녔다. 그런데 그는 신통방통하게도 점괘에 매우 능했다. 이런 그에게 친구들은 법사라는 별명을 붙여주었던 거다. 쉬는 시간만 되면 소문을 듣고 그에게 점을 보려고 몰려오는 다른 학급 아이들 때문에 우리 반은 항상 소란스러웠다. 그런데 내가 딱 한 가지 정말 믿을 수 없던 게 있었다. 그건 바로 그가 귀신을 본다는 거였다.

그는 그것 때문에 언제나 괴로워했다. 보통 사람의 눈엔 보이지 않는 죽은 사람의 영혼이 죽었을 당시 그대로의 형상으로 자기 눈에 보인다고 했다. 어느 날 하교 시간이었다. 큰길을 따라 그 친구와 함께 집으로 가고 있었는데 그가 갑자기 가던 길을 멈추었다. 그러면서 어느 젊은 여자의 얼굴이 완전히 짓뭉개져 피를 흘리고 있는 게 안 보이냐고 나에게 물어왔다. 피범벅인 얼굴로 미루어 그녀가 도로에서 사고사한 것 같다는 끔찍한 말을 해주었다. 하지만 내 눈엔 아무것도 보이지 않았다. 그에게 그런 신기(神氣)가 생겨난 건 순전히 내 추측일 뿐이지만 나와 함께 무악산에 올랐던 그날의 그 일 때문이 아닌가도 싶다.

* * *

당시 국민학교에 다닐 무렵 부모님은 서울에서 공부 좀 한다는 학생들이 모여 있는 대학촌으로 나를 데리고 이사를 왔다. 그곳이 신촌이다. 나는 우리 앞집에 살던 안광 법사와 둘도 없는 친구가 되었다. 나의 부모님 역시 친구의 부모님과 금방 이웃사촌이 되었다. 그 친구의 집은 오래된 큰 한옥이었고 맞은편 우리 집은 몇 가구가 모인 3층짜리 양옥이었다. 친구와 나는 종종 번갈아 가며 서로의 집에서 같이 잠을 자곤 했다. 나의 아버지는 흔히 말하는 실향민이다. 6·25동란 그 시절 아버지는 고등학생이었다. 하지만 북한 지역에서 살다가 전쟁이 터지면서 공산주의 체제를 피해 남한으로 내려온 가족이 아니었다. 원래 남한에 살았으나 나의 조부모님만이 강제적으로 북에 납치되신 거였다. 이후 휴전되면서 송환이 제대로 이루어지지 못했다. 이산가족 상봉 신청도 기회 될 때마다 매번 했으나 아버지에게까지 빠른 기회가 오지 못했다. 그러다가 결국엔 두 분 모두 사망하셨다는 통보를 받아야 했다. 어머니 또한 부모님을 일찍 여의어 장녀로 커오면서 외삼촌과 이모의 엄마 노릇을 하시며 자라셨다. 그래서 오늘날 보편화된 핵가족 형태를 나는 좀 더 일찍 겪은 편이다. 하지만 내 친구 안광 법사의 가족은 달랐다. 한마디로 3대가 모여 사는 대가족이었다. 매일 명절날처럼 북적거리는 집안이었다. 그에겐 팔순이 넘으신 할아버지 할머니가 계셨고 시집을 못 간 건지, 아니면 아직 갈 마음이 없는 건지 조금 헷갈리는 나이 많은 고모도 한집에 살고 있었다. 그리고 그 친구는 3남매였다. 우리가 중학교에 막 진학할 그 무렵 그의 누나는 대학생이었고 그의 형은 고등학생이었는데 장난기가 심한 형이었다. 외동이었던 나는 그 친구가 부러웠다. 그런 마음을 알아주기라도 한 듯 내가 그 집에 갈 때마다 그의 형과 누나는 이런 나를 친동생처럼 살갑게 대해주곤 했다. 친구의 할아버지와 할머니 또한 친구와 마찬가지로 나를 귀여워해주셨다. 친조부모님과 외조부모님이 전혀 없던 나는 이런 환경 속에서 그분들이 나의 할아버지 할머니가 되어주시는 것 같아 싫지는 않았다. 항상 조용했던 우리 집과 달리 친구의 집은 언제나 소란스러웠다. 특히 연로하신 할머니 할아버지는 내가 그 집에 갈 때마다 약속이나 하신 듯 다투고 계셨다. 할아버지는 밖에만 나가시면 어디 가서 무언가를 주워 오시는 걸 참 좋아하셨다. 대부분 남이 버린 쓰레기였지만 나와 친구가 볼 땐 꽤 쓸 만한 것도 많았다. 하지만 할머니는 할아버지의 그런 행동을 너무나도 싫어하셨다.

"어이구, 허구한 날 어데서 쓸모도 없는 걸 이리 자주 주워 와선…"

할머니의 잔소리에 할아버지는 신경 쓰지 말라며 자신이 애써 주워 온 중고 물품들을 창고에 쌓아두거나 나하고 친구에게 나눠주곤 하셨다. 그럴 때마다 할머니는 애들에게 지저분한 걸 준다며 또 잔소리하셨다. 그의 할머니는 감리교회에 다니는 기독교인이었고 속회라는 소그룹 구역예배 모임의 속장을 오래 하셨다고 했다. 그래서 동네 사람들은 친구 할머니를 부를 때 항상 '속장님'이라 불렀다. 그러다 보니 우리 동네에서 친구 집은 자연스레 속장 댁으로 불렸다. 친구 집에 가서 친구와 잘 때마다 새벽녘에 잠을 깨곤 했는데 다름 아니라 옆방에서 친구 할머니가 중얼거리는 새벽기도 소리 때문이었다. 가족 모두의 이름을 불러가며 기도를 해주고 나서 놀랍게도 이웃이었던 우리 가족을 위해 기도를 해주시기도 했다. 그 덕이었을까? 원래 교인이 아니었던 나의 부모님은 친구 부모님과 매주 일요일 아침에 교회에 가시게 되었다. 그런데 나와 친구는 교회보단 절에 가는 걸 즐겼다. 그렇다고 법회에 참여한 건 아니었다. 단순히 절에 있는 약수터의 물맛이 너무 좋았기 때문이다. 그 시절에 약수는 돈 없이 공짜로 마실 수 있는 건강한 음료수였다.

우리가 자주 약수를 마시러 갔던 그 천년고찰은 야트막한 산에 자리 잡고 있었다. 그리고 우리는 그 약수가 내려오는 바로 그 산에서 놀기 좋아했다. 그 산 옆에는 인왕산과 북악산이 연이어 있었는데 그들 산보다는 낮았다. 동네 어른들은 그 산을 무악산(毋岳山)이라 불렀다. 어른들에게 듣기론 무악산과 인왕산 사이가 예전에 험난하기로 유명했던 고개인 무악재라는 곳인데 이곳에 인왕산 호랑이가 자주 출몰했다고 하였다. 그리고 친구는 그 호랑이가 아직도 무악산 어딘가에 서식한다고 말해주었다. 나는 산에 올라간 등산객 누군가가 살찐 들고양이를 보고 놀라 호랑이로 오인한 게 아니겠냐 했지만 친구는 말 같지도 않은 소리를 하지 말라며 오히려 핀잔이었다.

어느 무더운 여름 초입, 장마가 한창이던 날이었다. 그날은 장마가 소강 상태였고 나와 친구, 그리고 고등학생이었던 친구 형과 함께 소문으로만 전해 듣던 그 호랑이를 보러 무악산에 오르기로 했다. 절에 도착하여 얼음장같이 차가운 약수로 갈증을 해소한 우리들의 눈에 연못이 보였다. 친구 형이 먼저 그곳으로 달려갔다. 뒤따라간 나와 친구는 어느새 형의 손에 작은 돌멩이 하나가 들려 있는 것을 보았다. 그리고 물수제비를 보여준다며 돌을 던졌지만, 연못 위 연꽃 때문에 돌이 물 위에서 제대로 튀지 못하였다. 나와 친구도 각각 돌을 잡아 연못을 향해 날렸다. 풍덩풍덩 시원스럽고도 경쾌한 물수제비 소리가 간간이 울어대는 매미 울음소리와 뒤섞여 더위를 식혀주었다. 이제 장마가 완전히 물러나면 저 매미 소리가 더욱 시끄러워질 터였다. 한참을 잘되지도 않는 물수제비를 한다고 우리가 열심히 연못 위로 돌을 던지고 있던 그때 등 뒤에서 불호령이 떨어졌다.

"야, 이놈들! 거기 물고기가 안 보이느냐? 이런 고얀 녀석들!"

수염이 덥수룩하게 난 스님 한 분이 그렇게 고함을 치며 우리에게 달려오는 게 보였다. 친구 형은 어느새 등산로가 아닌 험한 산길로 도망치기 시작했다. 나와 친구도 덩달아 형을 따라 내달렸다. 그러자 우리 등 뒤에서 그 스님의 다급한 목소리가 들려왔다.

"이 녀석들아! 그리로 올라가면 안 돼! 어서 다시 내려와!"

스님의 경고하는 외침을 듣자 친구 형은 우리가 들으라는 듯이 퉁명스레 말했다.

"돌았냐? 우리가 내려가게. 뭔 중이 저리 수염은 지저분하게 나가지고선. 머리 미는 건 필수고 수염은 선택인 건가?"

나와 친구는 형의 조롱 섞인 말에 깔깔거리며 웃었다. 한참을 오를수록 산길은 무척 험해졌다. 그리고 친구 형에게 이 길이 아닌 것 같다고 말했다.

"아니긴 뭐가 아냐 인마! 너흰 그냥 나만 따라오면 돼! 어차피 호랑이 보러 온 거잖아. 저 반대쪽으론 사람들이 주로 오르내리는 곳이라 호랑이 보기 힘들어. 호랑이는 사람 있는 곳엔 잘 안 가. 호랑이가 많이 없어진 것도 예전 수렵꾼 때문이야. 호랑이가 자기 죽이러는 사람들을 피해 이곳에서 사는 거라고. 아까 그 중도 그렇고 사람들이 이곳으로 못 올라가게 하는 이유가 다 호랑이 때문이야."

친구 형의 말은 은근히 설득력이 있었다. 그렇게 나무가 우거진 산 중턱을 기다시피 하며 오르고 또 올랐다. 비가 온 뒤라 그런지 땅바닥에 떨어진 나뭇잎이 젖어 밟을 때마다 미끄러지길 여러 번이었다. 그렇게 습한 더위와 싸워가며 드디어 우리는 산 정상에 올랐다. 땀에 흠뻑 젖은 옷이 시원한 산바람을 맞자 우리들의 겉옷에선 김이 모락모락 새어 나오기 시작했다.

산 아래로는 금방이라도 손에 잡힐 듯 수많은 집들이 옹기종기 한눈에 들어왔다. 날만 흐리지 않았더라면 한강까지도 보일 기세였다. 나와 친구는 그렇게 산 아래 펼쳐진 장관에 한참 넋이 나가 있었다. 그런데 친구 형은 아까부터 어느 한 곳을 멍하니 바라보며 서 있었다. 우리가 형에게 다가가니 그는 말없이 한 손으로 어딘가를 가리켰다. 그의 손끝을 따라가 보니 봉긋이 올라온 것 하나가 저 멀리 보였다. 우리 셋은 무언가에 이끌리듯 그리로 갔다. 그리고 그곳에서 우리가 본 건 하나의 거대한 무덤이었다. 일반 개인의 무덤치고는 결코 작아 보이지 않았다.

"와, 이거 뭐냐? 이 산이 무슨 개인 소유도 아니고. 정상에 이런 무덤이 있을 줄은 상상도 못 했다."

친구 형은 놀란 듯 말하면서도 분함을 감추지 않았다. 무덤이 있는 자리는 너무나도 훌륭한 명당 자리로 보였다. 양지바른 곳이었던 데다가 산 아래 그림같이 펼쳐진 조망이 매우 좋은 장소였기에 누군지 몰라도 죽은 자는 죽어서도 호화를 누리는 것처럼 보인다며 형은 투덜거렸다. 하지만 무덤가에 비석이 전혀 세워져 있지 않았기에 우리는 그 무덤 안에 누워 있는 자가 누구인지 전혀 알 수 없었다. 더구나 봉분은 벌초를 언제 한 건지 모를 정도로 잡초로 뒤덮여 있었다.

"근데, 참 기괴하다. 여기다 묏자리를 쓰려고 생각한 사람도 그렇지만 그 무거운 관을 저 아래 산 밑에서부터 어떻게 여기까지 들고 왔을까? 이거 혹시 가묘(假墓) 아냐?"

형의 말에 나와 친구는 아무런 대답도 할 수 없었다. 그런데 그 순간 내가 왜 그런 짓을 했는지 지금도 모르겠다. 나는 뭔가에 홀리기라도 한 듯 갑자기 그 무덤 위로 폴짝 하고 뛰어 올라갔다. 그리고 봉분 위에서 무당이 작두를 타듯 방방거리며 신나게 뛰기 시작했다.

"나도 상식적으로 잘 이해가 안 돼. 형 말대로 어떻게 여기까지 그 무거운 관을 들고 올라올 수 있겠어? 이 아래 시신이 있으면 후손들은 매번 성묘하기도 힘들겠다."

주인 없는 가묘로 확신해버린 나는 그렇게 폭신한 봉분 위에서 더욱 방방 뛰었다. 한껏 더 높아진 곳에서 산 아래를 내려다보는 재미가 쏠쏠했다. 친구와 그의 형은 묘에 사람이 매장되어 있다고 믿었는지 아니면 가묘라도 내가 예의에 어긋나는 행동을 하는 것이 보기가 안 좋았던지 빨리 내려오라며 야단이었다. 하지만 나는 그들의 성화에 오히려 더 신이 나 무당이 굿을 하듯 잡귀야 물러가라 소리치며 봉분 위에서 칼춤을 추었다. 심지어 무덤을 한번 파보자고까지 했다. 한참을 봉분 위에서 굿판 아닌 굿판을 벌인 나는 기운이 떨어질 대로 떨어진 다음에야 다시 봉분 아래로 내려와 너른 풀밭에 그대로 벌러덩 누웠다. 친구와 그의 형도 덩달아 내 곁에 누웠다. 바람이 이는데 그렇게 시원하게 불어오는 산들바람은 정말로 처음 맞아보았다. 아직도 눅눅한 장마철이었으나 내 몸엔 어느새 한기가 느껴질 정도가 되어버렸다. 그렇게 얼마를 누워 있었을까? 한기가 극에 달하여 얼음처럼 차가운 공기가 순식간에 나의 온몸을 얼려버릴 것 같은 기세로 몰아닥쳤다. 바람 또한 거세고 매서웠다. 감았던 눈을 떠보니 주변은 어느새 어두워져 있었다. 나도 모르게 깜박하고 잠이 들었던 것 같았다. 한여름이었지만 산 정상의 밤은 기온이 크게 떨어져 원래 이렇게 추운 건지 헷갈렸다. 더구나 주변에 같이 누워 있던 친구와 그의 형이 사라져 보이질 않았다. 처음엔 그들이 나를 겁주려고 숨어서 장난치는 줄로만 알았다. 그들의 이름을 여러 번 불렀지만, 주변은 고요했다. 아무래도 날 버려두고 둘이 먼저 산에서 내려간 게 아닌가 싶었다. 이상하리만치 산 아랫마을의 불빛은 전혀 보이지 않았다. 바로 손에 잡힐 듯이 하늘에 무수히 박힌 별빛만이 지금 내가 있는 곳이 무악산 정상인 걸 말해주는 듯했다. 친구 이름을 다시 한번 불렀지만, 여전히 대답이 없었다. 별빛에 반사되는 거대한 무덤의 봉분이 어둠 속에서 더욱 거대하게 보였다. 그제야 나는 아까 낮에 보왔던 산 아래 풍경을 떠올릴 수 있었다. 주인 없는 무덤가에서 낮잠을 즐겼던 것까진 기억이 났다. 그리고 깨어나 보니 어느새 밤이 되었고 나 혼자라는 사실이 여전히 믿어지지 않았다. 친구가 나를 두고 산에서 내려갔다면 필경 장난이 심한 그의 형 꼬임에 빠졌을 것이라 나는 믿었다. 내려가는 산길도 잘 모르겠는데 이제 어떻게 해야 할지 조금씩 겁이 나기 시작했다. 그런데 그 순간이었다. 산기슭에서부터 여러 사람이 웅성거리는 소리가 들려왔다. 그 소리는 점점 또렷이 들리기 시작했다. 그런데 그건 곡소리였다. '아이고, 아이고, 아이고' 흐느껴 울었지만, 감정이 전혀 실리지 않은 이상한 곡소리였다. 그 소리는 점점 더 가깝게 들려왔다. 그런 찰나에 언덕을 막 올라오는 상여꾼들이 보이기 시작했다. 해 떨어지고 나서 장례를 하는 것에 의아했다. 하관(下棺)을 위한 광중(壙中)도 보이질 않았다. 하지만 나 홀로 남겨졌다는 상황이 무서웠는데 비록 장례 행렬일지라도 사람들이 우르르 산으로 올라오는 소리가 들리자 조금은 안심이 됐다. 그들이 산에서 내려갈 때 그들의 뒤를 따라가면 되겠거니 싶었다. 상복을 입은 상여꾼들 맨 앞의 선소리꾼인 요령잡이가 '땡그랑' 하고 종을 치면서 구슬픈 가락의 곡조를 내자 나머지 상여꾼들이 따라 했다. 순간 아까 낮에 친구 형이 이곳까지 관을 어떻게 운반했겠냐는 말이 떠올랐다. 궁금증에 그 장례 행렬을 더욱 자세히 보고 싶어졌다. 그래서 그들에게 가까이 다가가려는데 순간 너무 놀라 뒷걸음질 치다가 그만 뒤로 나자빠지고 말았다. 뭔가에 걸려 넘어진 게 아니었다. 내가 또렷이 본 그것에 너

무 놀라 몸의 중심을 제대로 가눌 수가 없어 넘어졌던 거였다. 정
신을 차려보니 상여꾼들은 온데간데없고 한 마리의 거대한 짐승이
별빛에 반짝이는 매서운 눈빛으로 나를 노려보고 있었다. 우리가
그토록 보려 했고 또 말로만 전해 듣던 바로 그 호랑이였다. 호랑이
가 포효하는데 아가리가 벌어지면서 날카로운 송곳니로 내 눈을
찌르려 했다. 놈이 천천히 나에게 다가오고 있었다. 아가리에선 끈
적한 침이 뚝뚝 떨어졌다. 굳어버린 내 몸은 여전히 말을 듣질 않
았다. 거대한 놈의 아가리가 나를 한입에 집어삼킬 것만 같았다. 거
리가 점차 좁혀졌다. 하지만 아무리 몸부림쳐도 몸이 마음대로 움
직여지지 않는 거였다. 그런데 갑자기 내 몸이 좌우로 마구 흔들거
렸다. 그러자 뻣뻣이 굳었던 몸이 신기하게도 한순간에 풀어졌다.

"야, 어서 일어나! 비 오기 시작한다. 빨리 여기서 내려가야 해."

풀밭에서 낮잠을 자다가 잠시 가위에 눌린 듯싶었다. 방금 꾼 무
서운 꿈 얘기를 친구에게 말해주고 싶었으나 그럴 시간이 없었다.
먹구름 짙게 깔린 하늘은 또다시 한차례 장맛비를 쏟아낼 기세로
굵은 빗방울을 여기저기 뚝뚝 토해내고 있었다. 친구 형은 어느새
잰걸음을 하며 산 아래로 내려가고 있었다.

"형! 거기 아냐. 우리 아까 그쪽에서 안 올라왔어!"

친구의 다급한 외침에 친구 형은 반대 방향으로 내려가자고 했
다. 우리가 올라왔던 그 길은 정식 산행로가 아니라 입산 금지 팻
말이 붙은 곳이었었다. 물론 중간에 길을 돌아 산행길로 접어들 수
도 있었지만, 친구의 형은 무악산 호랑이가 서식한다는 입산 금지

구역을 고수했다. 비록 호랑이는 만나볼 수 없었지만, 그 덕에 훨씬 전망이 좋은 정상을 발견할 수 있었다. 그리고 하산할 땐 친구의 형은 좀 더 안전한 길로 내려가길 원했다. 한참을 빠르게 내려가고 있었는데 내려갈수록 산길이 무척 험했다. 등산객이 오르내린 흔적도 전혀 보이질 않았다. 더구나 아까부터 누군가 자꾸만 우리 뒤를 따라 내려오고 있는 것 같은 이상한 기분을 느꼈다. 나는 친구 형에게 계속 누군가 우리 뒤를 따라오는 것 같다고 말했다. 친구 형이 멈춰 서서는 뒤를 돌아보았지만, 비탈에 선 무성한 나무들만이 보일 뿐이었다. 그 순간이었다. 눈앞에 번쩍 하고 섬광이 터졌다. 그리고 동시에 귀청을 찢는 천둥이 일었다. 간격이 매우 짧았다. 그건 우레가 아주 가까운 곳에서 발생했다는 거다. 그리고 잠시 후 앞서 내려가던 친구의 비명을 들었다. 그가 발을 헛디딘 모양이었다. 넘어진 채로 그가 헛구역질하며 고통에 겨운 듯소리를 질러댔다. 놀란 형은 한걸음에 달려가 그의 동생을 엎드리게 한 후 구토하게 했다. 친구가 억지로 구토하려 했지만 제대로 게워내지 못하는 듯 보였다. 후드득 하고 나뭇잎에 굵은 빗방울이 빠르게 떨어졌다. 친구는 그의 형 등에 업혀서 내려가야만 했다. 친구는 힘없는 목소리로 계속 무언가를 중얼거렸다.

"형…. 누가 우릴 계속 따라와. 누가 자꾸만 뒤에서 우릴 따라온다고."

"거봐, 형. 얘도 분명히 본 거 같아. 내가 아까 잘못 본 게 아니라니까!"

친구 형은 멈칫하고 뒤를 돌아보았지만, 여전히 아무도 없었다. 대신 비탈에 선 나무들이 더욱 세찬 바람에 흔들거리며 아까처럼 어서 다시 올라오라고 손짓하고 있었다.

어느새 빗방울은 빗줄기로 변하여 금방이라도 산을 집어삼킬 듯 쏟아지기 시작했다. 또 한 번 우레가 산비탈을 뛰어 내려가는 우리 등 뒤에서 요동치자 덩달아 나의 심장도 빠르게 요동쳤다. 머리로 떨어지는 빗방울이 따가웠다. 얼굴과 살갗을 세찬 빗물이 할퀴고 갔다. 쓰라릴 정도였다. 아직 저녁이 오려면 한참인 거 같은데 주변은 이미 어두워졌다. 비를 피할 만한 곳이 도무지 보이질 않았다. 친구를 등에 업은 형은 얼마 가지 못해 나무 밑에 그냥 주저앉아버렸다. 너무 힘이 들어 동생을 업고 더는 내려가지 못하겠다고 했다. 그렇게 우린 세차게 내리는 비가 조금이라도 잠잠해지기를 기다렸다. 비가 약해진 후로도 우리는 제대로 된 길을 찾지 못하고 어둠이 내린 산길을 수 시간 헤매었다. 우리가 사찰의 불빛을 발견한 건 그로부터도 한참 후였다. 친구는 자기 형 등에 업혀 완전히 의식을 잃은 채 미동도 하지 않았다. 열이 심하게 났다. 친구의 형은 제발 도와달라며 절간이 떠나가라 소리를 질렀다. 요사(寮舍)에 있던 스님 몇 분이 놀라 뛰쳐나왔다. 친구는 스님들에 의해 방에 눕혀졌다. 나중에 안 사실이지만 그곳은 스님들이 단체로 정진하며 대중공양을 하는 대중방이란 곳이었다. 스님이 건넨 찬 물수건으로 친구의 얼굴을 닦았다. 그의 이마는 불덩이처럼 뜨거웠다. 선풍기가 세차게 돌아갔지만 땀은 식을 줄 몰랐다. 그때 방문이 벌컥 열리며 한 스님이 들어왔다. 낮에 보았던, 수염이 덥수룩하게 난 바로 그 스님이었다. 스님은 고열을 앓고 신음하며 누워 있는 친구의 동태를 살피더니 나와 친구 형을 매섭게 쏘아보았다. 친구의 형은 스님을 조롱했던 일이 계속 마음에 걸렸던지 스님과 눈을 제대로 못 마주치고 있었다.

"이런 고얀 것들! 내가 그쪽으로는 절대 올라가지 말라고 그리 외쳤건만!"

나와 친구 형은 고개를 푹 숙인 채 아무 말도 할 수 없었다. 하지만 입산 금지 구역으로 올라갔다 온 게 지금 상황과 어떻게 연관되는 건지 나는 전혀 알 수 없었다. 스님의 배려로 친구 형은 집에 전화 연락을 할 수 있었다. 수염이 덥수룩한 스님이 전화를 넘겨받곤 친구의 아버지에게 산에 잘못 올라가 귀신에 씌어 왔노라고 말해주었다. 난 놀라지 않을 수 없었다. 스님 말에 의하면 무악산은 한국전쟁 중에 인민군과 국군이 치열하게 격전을 치른 장소라는 것이었다. 수많은 젊은이의 죽음을 앗아간 산인데 특히 우리가 올라간 그곳은 음기가 매우 강한 곳이라 하였다. 그래서 절에서는 입산 금지 구역 푯말을 임의로 만들어놓은 상태였다. 그리고 구청에다가도 정식으로 입산 금지 구역으로 지정해달라고 오래전부터 민원을 넣었다고 했다. 친구 형은 우리가 정상에서 본 비석 없는 큰 무덤을 이야기했으나 스님은 전혀 아는 바가 없다고 하였다. 그야말로 귀신이 곡할 노릇이었다. 택시를 타고 친구 아버지와 할머니가 급하게 오셨다. 고령이신 할머니는 막내 손자가 귀신 들려

절에 있다는 말에 귀신 때려잡는 건 주님이 전문가라면서 당신 기도가 필요하다고 말씀하셨다. 그러면서 행여나 절에서 작은손자에게 무슨 이상한 퇴마의식이라도 행할까 봐 불편한 몸을 이끌고 부랴부랴 오신 거였다. 할머니는 작은 불상이 봉안된 방 안에서 고열을 앓으며 누워 있는 작은손자를 보자마자 그의 이마에 손을 얹고 소리 내어 안수기도를 하기 시작했다. 부처님이 계신 곳에서 예수님을 찾는 상황이 너무 황당해 웃음이 나오려는 걸 간신히 참았다. 스님들도 하나같이 어리둥절한 표정들이었다. 난감해진 친구 아버지는 기도보다 빨리 근처 대학병원 응급실에 데리고 가봐야 할 거 같다고 말을 했다. 그런데 수염이 덥수룩한 스님이 그래봐야 소용없을 거라는 말을 하였다. 친구가 앓는 건 병이 아니기에 의사들도 못 고칠 것이라는 거다. 그러면서 할머니를 지긋이 바라보고는 손자를 위해 하나님께 기도 많이 해주시라며 합장하며 우리를 배웅했다.

친구는 그날 응급실에서 링거액을 수 시간 맞은 끝에야 비로소 정신을 차릴 수 있었다. 그리고 스님 말처럼 고열의 원인을 의사들도 밝혀내지 못하였다. 친구는 그날 이후 할머니의 집중 기도 대상이 되어 매일 수시로 할머니의 안수기도를 받아야 했다. 친구는 다시 건강한 모습으로 돌아오긴 했으나 그의 눈에 귀신이 보인다고 하고 또 신기가 생겨 학교 안팎에서 안광 법사로 이름을 널리 알리기 시작한 건 바로 그 무렵부터였다.

나는 그가 시도 때도 없이 귀신이 보여 너무 괴롭다고 말할 때마다 내가 그날 그 알 수 없는 무덤의 봉분 위를 무당이 작두 타듯 뛰었던 게 화근이 아니었나 싶어 알게 모르게 괴로웠다. 물론 그런 이유로 무덤 주인의 원한을 받으면 내가 받아야 할 터인데 친구가 귀신에 씌었다는 게 도무지 이해되지 않았다.

우리가 고등학생이었을 때 친구는 나에게 자기 친할아버지가 며칠 내로 곧 돌아가실 거 같다고 침울하게 말했다. 여전히 정정하신 분이라 난 믿을 수 없었다. 그리고 며칠 후 친구 집에 있던 어느 날 저녁 무렵, 나와 친구는 방 밖에서 친구 고모의 찢어지는 듯한 목소리를 들었다. 그녀는 할아버지를 심하게 타박하고 있었다. 친구 어머니와 할머니는 놀라서 뛰쳐나오셨고 대청마루에 우두커니 서 있는 할아버지를 에워싸고 욕실로 데리고 가셨다. 할아버지가 그만 대소변을 바지에 지리셨던 거였다. 할아버지가 말씀을 전혀 못 하셨으니 화장실을 가시려다 그랬는지는 알 수 없었다. 그리고 바로 다음 날 나는 친구의 집에 조등(弔燈)이 걸리고 안마당에는 동사무소에서 대여해 온 대형 야외 천막이 처져 있는 걸 보았다. 온종일 누워만 계시던 할아버지의 숨소리가 점차 이상해지는 걸 할머니가 감지하셨다고 했다. 그렇게 친구네는 유가족이 되어 황망히 조문객들을 맞이했다. 나의 어머니는 상이 진행되는 내내 그 집에서 부엌일을 도우셨다.

조부모님 방에 그의 할아버지 빈소가 마련됐다.

"할아버지 돌아가실 줄 어떻게 안 거야?"

"얼마 전부터 할아버지 곁에 누군가 보였어. 전설의 고향에서 흔히 보던, 그런 갓을 쓴 저승사자는 아니었어. 정말이지 뭐라 표현하기 힘들어. 어떤 형체이긴 한데 그가 할아버지를 데려갈 것만 같았어."

이런 친구의 기이한 신기(神氣)가 시나브로 사라진 건 그가 대학에 입학하고 난 뒤 할머니의 바람과 유언대로 그가 교회에 열심히 나가면서부터였다.

그즈음 우리가 살던 동네에 재개발 움직임이 있었다. 그리고 우리 가족은 이사를 했다. 아버지가 일찍 돌아가셨고 홀로된 어머니마저 이젠 건강이 그다지 좋지 못하시다. 그래도 여전히 혼자서 생활하고 계시지만 어머니를 내가 돌볼 여력이 없기에 요양원을 알아보고 있다. 현대판 고려장이다 뭐다 말들이 많지만 그나마 그런 곳에도 못 가고 여생을 마무리하는 노인들에 비한다면 훨씬 나은 거라며 자식으로서 자기 위안을 삼아보기도 한다. 하지만 요양원에 따라 매달 내야 하는 금액이 달랐고 노인네 여생의 척도가 그간 쌓아둔 재산과 자식의 재산에 따라 달라질 걸 생각하니 현대판 고려장이란 찝찝한 마음보다 불편함이 훨씬 더하다. 친구의 가족도 별반 다르지 않다. 대가족으로 함께 모여 살던 가족은 그렇게 그의 조부모님이 차례대로 돌아가시고 난 후 재개발로 인하여 보상을 받고 그곳에서 쫓겨나듯 이사를 해야만 했다. 원주민 대부분이 재개발된 그곳에 그대로 살지 못하고 그렇게 얼마의 보상금을 받고는 뿔뿔이 흩어졌다. 친구의 누나는 결혼 후 해외로 이민을 떠났고 그의 형과 친구는 결혼하면서 자연스레 분가하였다. 친구 어머니가 얼마 전 돌아가셨다. 그의 아버지는 아내가 먼저 세상을 뜬 후 급작스럽게 늙어버렸다. 항상 머리를 염색했던 친구 아버지는 이제 더 이상 염색이 의미 없을 정도로 머리가 다 빠지고 그나마 남은 몇 가닥은 백발이 된 상태였다. 여기저기 아픈 곳도 많다고 하시지만 그렇다고 해서 자식들에게 연락을 먼저 하는 편도 아니었다. 아프면 의사를 찾아야지 왜 자식을 찾냐는 부친의 말에 친구는 자녀에게 짐이 되는 걸 부담스러워하는 아버지의 마음이 읽혀 우울하다고 했다. 결혼은 끝내 안 하고 홀로 산 그의 고모는 일중독이라 할 정도로 자기 일을 열심히 하였지만, 가족들이 흩어져 살게 된 후 어떻게 지냈는지 잘 모른다. 다만 내가 군에 있을 때 단칸방 집에서 숨진 채 발견되었다고 친구에게 들었던 기억이 난다. 사망 원인은 아마 과로사였을 것이다. 친구 어머니가 홀로 사는 친구 고모에게 자주 연락하지 않았다면 아마도 시신 발견이 더 늦어졌을 거라고 친구는 덧붙였다.

*   *   *

    귀신 나온다는 그 집에서 하룻밤 자볼 수 없겠냐고 공인중개사에게 부탁해보았다. 그 중개사는 임대인에게 물어보았고 임대인은 그렇게 해보라며 선뜻 허락했다. 하지만 임대인이 이미 자신의 가

흐린 날엔 바로크 그리고 사이폰 커피

구 일체를 모두 빼가고 이주한 상태인데 그런 텅 빈 곳에서 어떻게 잠을 잘 수 있겠냐고 중개사가 물었을 때 나는 아무 문제 없다고 말을 해주었다. 날이 그리 춥지 않은 것이 그나마 다행이었다. 문제는 정말 귀신이 있냐 하는 것이었다. 친구는 이미 오래전에 신기가 사라졌다고 했다. 더는 귀신 보는 걸로 고통받지 않는다고도 했다. 나는 이미 이런 사실을 잘 알고 있었다. 그런데도 친구에게 연락한 건 혹시나 하는 마음에서였다. 우리의 학창 시절 그가 나에게 보여주었던 그 신기는 아무리 생각해도 놀라웠고 지금까지도 내 머릿속에서 떠나질 않는다. 나는 여전히 그가 신기를 지니고 있다고 믿고 싶었는지도 모르겠다.

"이보시게, 안광 법사! 아니, 안 집사! 친구 좋다는 게 뭔가. 오랜만에 우리 예전처럼 함께 찰싹 붙어 하룻밤 자보자고."

"이런 미친!"

죽마고우에게서나 들을 수 있는 거친 말 한 사발이 수화기 너머로 날아왔다.

"이봐, 난 말이야. 귀신이 나온다는 집이라는 한정된 공간보다는 그 공간에 살았던 임대인처럼 다 늙어서 아무도 찾아오는 이 없이 홀로 지내야만 하는 나의 그런 노후가 더욱 겁이 나."

친구의 말에 나는 대꾸할 수 없었다. 순간적으로 무수한 생각들이 내 머릿속을 정신없이 할퀴고 지나갔기 때문이었다.

"오래전 여러 식구가 모여 살 때 가족들이 다 외출하고 집에 없는데 그 큰 한옥에서 할머니 혼자 집을 지키고 계셨던 적 있었지.

더는 싸울 영감도 없어서 마냥 편하실 걸로 생각한 내가 잘못이었어. 늦은 시간 제일 먼저 귀가한 나를 할머니가 어찌 그리 반기시던지. 아무도 없는 집에서 무서웠다고 하더라고. 내가 주님이 안 지켜줬냐 물으니 우리 할머니 왈, '네가 나 안 무섭게 기도 좀 해주라' 하시더라고. 어린 시절 숱하게 받아봤던 할머니의 그 안수기도를 내가 해주었어. 처음 해본 건데 이상하게 잘도 되더라고."

나는 이 친구가 지금 무슨 소릴 하는 건지 의아했다.

"내 곁에 지금 아무도 없다는 게 가장 큰 두려움이야. 귀신조차 나오지 않는 그런 집이 가장 무서운 집이라고. 평생을 믿었던 주님조차 부정하게 만드는 게 혼자 남겨진 두려움이란 걸 난 그날 우리 할머니를 보며 알게 됐지."

"뭔 얘길 하는 거야?"

내 퉁명스러운 말에 그는 귀신보다도 우리 노후가 더 무서운 게 아니겠냐 했다. 그리고 그 임대인처럼 전세보증금을 나중에 받기로 할 만큼 목돈이라도 풍족해야 실버타운에 입주라도 할 텐데 앞으로 자신의 신세가 그리될 수 있을지는 모르겠다며 귀신보다 돈을 더 무서워하는 그런 자신의 현실에 더 겁이 난다고도 했다.

"이보게! 오늘 밤 그 집에서 혼자 자면서 정동우(鄭東祐)가 한번 돼봐!"

또다시 알아듣기 어려운 말을 하는 그에게 그건 또 무슨 말인지 되물었다.

"장화홍련전 몰라? 귀신 나온다는 곳에 직접 자원해서 들어간

담 큰 원님 말이야. 누가 알아? 정말 귀신이 있는데, 그런 자네의 도움이 절실한 어여쁜 처녀 귀신일지!"

수화기 너머로 친구의 웃음소리가 들렸다. 전화를 끊고 나서도 그의 웃음이 내 머릿속에서 한동안 떠나질 않았다.

예전부터 객사(客死)를 가장 좋지 않은 죽음으로 여긴다지만 혼자 있는 집에서 나와 죽기라도 하면 나를 발견해줄 누군가는 반드시 있을 것이기에 이제는 결코 나쁜 죽음이라고 할 수만도 없다. 객사를 안 좋게 보는 것도 결국 예전에 많은 가족이 함께 모여 살던 때의 기준일 따름이다. 혼자된 삶은 유배 떠나야 했던 죄인에게나 해당했던 형벌 아니었던가? 하지만 지금 우린 굳이 그런 형벌을 받아야 할 죄인이 아니어도 누구도 예외 없이 조만간 그 유배의 길로 가야만 할 것이다. 그리고 결국 아무도 없는 그 길 끝에 서 있게 될 것이다.

이제 나 홀로 오늘 밤 그곳에 미리 가 있으면서 두려움의 대상을 바꾸어야 할지 말지 고민이 자꾸만 깊어진다.

산중 노숙(Biwak)

❖

독고(獨孤) 영감이 이른 아침부터 분주하다.

그가 다용도실로 쓰는 방 붙박이장에 깊숙이 처박아둔 등산용 장비를 꺼내는 건 참 오랜만이다.

하나씩 꺼내놓고 나니 한 번도 쓴 적 없는 등산용 침낭이 보였다.

작년에 사 놓은 것이다. 그리고 몇 차례 사용하려 꺼냈던 적 있지만, 그때마다 장 깊숙이 다시 처박아두어야 했던 건 순전히 아내의 잔소리 때문이었다. 더구나 그의 아내는 수시로 등산 장비를 새 것으로 바꾸는 독고 영감에게 불만이 많았다.

"네 아빠 하는 짓이 영 미덥지 않다."

언젠가 집에 온 딸아이를 붙잡고 아내는 독고 영감 앞에서 그의 신경을 긁었다.

"또 애 앞에서 뭔 소릴 하려고!"

독고 영감이 볼멘소리를 해보았지만 아내는 들은 척도 안 했다.

"등산한답시고 쓰던 장비 놔두고 새 걸로 사다 젖히는 통에 아주 그냥 미치겠다. 한두 번 쓰다 버리면 다행이지."

"아, 이런! 버리긴 왜 버려. 저게 얼마나 비싼 건데."

이번엔 벌컥 하고 화도 내보았지만, 그의 아내는 여전히 들은 체만 체였다.

"저 나이에 하루가 멀다고 등산 가는 노인네가 어딨겠냐. 얼마 전엔 웬 침낭까지 샀더라. 산엘 가는데 침낭은 다 뭐야?"

"그만해. 넌 이 서방하고 결혼식은 언제 할 건데?"

독고 영감이 갑자기 화제를 돌리자 딸아이는 얼굴을 찌푸리며 그 얘긴 하지 말라고 했다.

"뭘 하지 마, 하지 말긴! 곧 서른 중반인데 언제까지 동거만 할 거야! 끽해야 이삼 년 하겠거니 해서 허락했는데 벌써 칠 년이나 됐잖아!"

이번엔 아내의 타박이 이어지자 딸아이는 "아빠! 비박도 해?"라며 다시 독고 영감에게로 화제를 돌리려 했다.

독고 영감은 딸아이가 뭔가 아는 듯한 반응을 보이자 반색하며 비박 정도는 해줘야 어디 가서 등산 좀 한다는 소릴 듣는다고 말했다.

"비박? 그게 뭐냐?"

그의 아내가 둘의 대화를 알아듣지 못했는지 딸에게 되물었다. 그러자 딸아이는 곧바로 "산에서 자는 거잖아. 아빠가 침낭을 그래서 샀구나" 했다.

"그냥 노숙이구먼. 멀쩡한 집 놔두고 뭔 고생을 하려고."

"아빠, 아직 팔팔하네. 백 살 넘게도 사시겠어."

"됐다 그래라. 저 나이에 저러는 건 노망이라도 난 게지."

"그니깐 엄마도 아빠랑 취미 생활을 맞춰봐."

"네 엄마가 잘도 그러겠다. 그놈의 드라마하고 화분만 끼고 살지 말고 나랑 같이 산에 가면 좀 좋으련만."

아내가 입을 열기도 전에 독고 영감이 말을 가로챘다. 그러자 아내도 지지 않았다.

"산엘 내가 어째 가. 다리가 아파 근처도 못 돌아다니겠구먼. 평생 누구 뒷바라지하느라 다리가 다 망가졌는데!"

독고 영감은 톡 쏘는 아내의 말에 다리가 불편한 게 뒷바라지한 거랑 뭔 상관이냐고 쏘아대고 싶었지만, 괜히 맞불을 놓을 필요 없다고 생각했는지 그냥 입을 다물었다.

* * *

독고 영감은 다용도실 붙박이장 깊은 곳에서 침낭을 꺼내서 거

　　　　　　　흐린 날엔 바로크 그리고 사이폰 커피

실로 나왔다. 당일치기 산행 대신 일 박을 하려는데 장비를 모두 담기엔 배낭이 조금 작아 보였다.

지난 봄이었다.

그날도 아침 일찍 등산 가려고 분주하게 준비하는 독고 영감 등 뒤에서 그의 아내가 매섭게 쏘아붙였다.

"등산 가서 노숙까지 하고 올 체력 있으면 내 다리나 좀 주물러 주쇼!"

"발 마사지 기계도 사줬구먼. 잔소리는…"

독고 영감이 말끝에 혼자 구시렁대며 침낭을 만지작만지작하자 그의 아내가 등 뒤에서 다시 한번 더 쏘아댔다.

"그거 갖고 어디 갈 생각 마시오. 객사한 영감 송장 치우게만 해 봐!"

"이런, 할멈, 말본새하곤…"

독고 영감은 꺼내놓은 침낭을 슬그머니 장 깊숙이 다시 집어넣었다.

그날 그렇게 독고 영감은 꿈에 그리던 비박을 다시 다음 기회로 넘겨야만 했다.

당일치기 산행을 마치고 저녁 무렵 집에 들어오니 집 안 곳곳이 어둑어둑했다. 현관에 들어서자마자 집 안 기운이 참으로 묘했다. 이때쯤에 부엌에서부터 찌개와 반찬 내음이 가득하며 독고 영감 아내가 분주하게 저녁 준비를 하고 있어야 했지만, '위이잉, 위이잉' 하는 미세한 기계음 소리만이 규칙적으로 들려올 뿐이었다. 집 안에 불을 켜니 아내가 없다. 거실 소파 바로 아래에서 자신이 아내를 위해 사준 발 마사지 기계만이 적막을 깨며 열심히 작동하고 있었다. 기계의 전원을 내렸다. 집 안이 순식간에 이상하리만치 고요해졌다. 그리고 욕실 바닥에 쓰러져 있는 아내를 그가 발견해낸 건 그리 오래지 않아서였다. 아내의 손이 차갑게 식어 있었다. 맥을 잡아보니 뛰지 않았다. 독고 영감은 아내가 숨을 거두었다고 생각했다. 그는 아내를 들어 소파에 눕혔다. 이상하리만치 당황스럽지 않다. 그냥 잠자는 아내를 보는 듯했다. 언제부터 깨어날 수 없는 깊은 잠에 빠진 건지 알 수 없었다. 심폐소생술을 실시하지 않았다. 어느 날 갑자기 둘 중 누구 하나라도 숨이 멎고 그걸 곁에서 지켜보았다면 절대 응급처치를 하지 말자고 아내가 먼저 제안했었다. 아내는 인위적 처치를 따르지 않고 하나님의 부르심을 그대로 받기를 원했다. 아내가 몇 시간 전에 쓰러져 숨을 멈춘 건지 독고 영감으로선 알 길이 없었다. 그가 아침에 집을 나서기 전까지 비박을 하지 못하도록 그날따라 유난히 그의 곁에서 잔소리가 심했던 아내였다. 아마도 자신이 떠나가는 길을 곁에서 지켜봐주진 못해도 즉각적으로 시신 처리는 해주어야 하지 않겠냐는 아내의 마지막 바람이었던 것 같아 마음이 편치 못했다. 아내의 말을 무시하고 그날 자신이 원했던 대로 산 정상에서 비박을 했더라면 아마 아내의 시신은 그렇게 긴 시간 홀로 방치되어 있어야 했을 것이다. 쓰러질 때 곁에 있어주지 못해서 고독사한 아내에게 미안했다. 고독사가 어디 꼭 홀로 사는 노인에게만 발생하란 법은 없는 거였다.

함께 살아도 그렇게 홀로 죽음을 맞이했다면 그게 고독사가 아니 겠는가 싶었다. 독고 영감은 다시는 잠에서 깨어나지 못할 아내의 얼굴을 한참 바라보았다.

"뭐가 그리 급하다고 벌써 가버리노…. 참 이렇게 여러모로 서로 안 맞았던 부부도 세상에 없을 게요. 잘 가시게."

아내의 온기가 사라진 손을 꼭 잡았다. 이제 몇 년만 더 같이 살 면 반백 년을 사는 거였다. 아내를 먼저 떠나보내고 독고 영감이 오래도록 산엘 오르지 않은 이유가 있었다. 염을 끝내고 입관하던 날 딸아이의 곡소리가 독고 영감의 가슴을 찔렀기 때문이다.

"엄마, 얼마나 외로웠어. 우리 불쌍한 엄마 곁에 아무도 없어서 얼마나 외로웠어."

아침까지 기세등등하던 네 엄마가 저리 급하게 갈지 상상조차 못 했다는 독고 영감의 말에 딸아이는 더욱더 소리 내어 울었다. 그러면서 그놈의 산이 뭐가 그리 좋다고 제 엄마와 함께 있어주지 못하고 혼자 산엘 갔느냐며 더욱 서럽게 울었다. 아빠가 곁에 있었 으면 심장마비로 쓰러진 순간 엄마를 살릴 기회가 있었지 않았겠 냐는 딸아이의 말에 그는 아무 말도 할 수 없었다. 독고 영감은 생 전 아내가 했던 말을 차마 딸아이에게 말해줄 수 없었다. 멎어버린 심장을 애써 살리지 말자는 아내의 유언에 대해 그는 심각하게 한 번도 생각해본 적 없었다. 별생각 없이 아내와 그냥 지나가는 말로 서로 주고받은 말이었기 때문이다. 더구나 죽음은 서서히 오는 것 이지 그렇게 급작스럽게 올 일 없을 거라는 안이한 생각이 지배적이었다.

　장례식 후 며칠 지나 아내의 유품을 정리하고자 독고 영감의 딸아이가 집에 왔다. 아내가 첫아이를 유산하고 십 년 만에 얻은 귀한 늦둥이였는데 그런 딸에게 엄마를 너무 일찍 잃게 만든 장본인이 그 자신인 것 같아 마음이 여간 편치 못했다. 엄마의 손길이 끊긴 집 안을 보자마자 딸아이는 독고 영감에게 잔소리를 해댔다.

　"저 먼지 좀 봐. 혹시 엄마가 이 집 청소한 게 마지막 아냐?"

　독고 영감이 멋쩍은 웃음을 지었다.

　"부엌은 또 왜 저래? 먹은 건 제발 바로바로 좀 치워요. 저 봐! 날파리 꼬이잖아. 설거지 바로 안 할 것 같으면 음식 찌꺼기 굳지 않게 물에 바로 담가두어야지. 이러면 설거지 힘들어져."

　듣고만 있던 독고 영감이 "됐다, 내 알아서 한다"라며 퉁명스럽게 한마디 했다. 하지만 딸아이는 베란다의 너저분한 화분들을 보자 또 한 번 기겁했다.

　"여긴 그냥 공포 영화 세트장이네! 웬일이야, 얘네들 다 죽었잖아."

　"그거… 저절로 그리되더라."

　"뭐가 저절로야. 아빠가 물을 안 주고 가꾸질 않으니 당연히 얘들이 다 죽어버리지. 얘네들을 엄마가 얼마나 아꼈는데."

　한두 개도 아니고 베란다를 가득 채운 화분들을 매일 관리한다는 건 자신에게 가능하지 않은 일이라고 독고 영감은 말하고 싶었으나 그냥 입을 다물었다. 아무 말 못 하자 딸아이가 온종일 집에서 뭐 하는지 물었다. 독고 영감은 고개를 절레절레 흔들고는 대답 대신 자기 턱을 삐죽 내밀어 응접 테이블 위를 가리켰다. 그곳엔 등산 전문 잡지가 수북이 쌓여 있었다.

"아빠, 요샌 등산 안 해?"

독고 영감은 직접 등산하는 대신 등산 관련 전문 잡지를 보거나 온라인 비디오 플랫폼에 백패커들이 등산하며 찍어 올려놓은 영상 들을 즐겨 보는 것으로 대리만족하고 있던 터였다. 독고 영감은 딸 아이가 장례식장에서 곡하던 게 늘 마음에 걸렸다. 딸아이에게 자 기는 심근경색으로 쓰러진 아내를 놔두고 태평하게 산행을 즐기던 이기적인 아빠일 뿐이었다. 서럽고 분노에 가득 찬 그 곡소리가 아 직도 독고 영감의 가슴 한구석을 아프게 할퀴고 있었다.

"집에만 있지 말고 건강 생각해서 아빠 좋아하는 등산도 좀 하 고 그래. 비박이 꿈이라며. 엄마도 없는데 이제 눈치 볼 사람도 없 잖아."

"비박하다 얼어 죽으면 누가 날 거두냐?"

"지금이 겨울이야?"

"싫다! 여기서 죽어야 네가 거둘 게 아니냐. 네 엄마 그리되고 나 니 혼자 있는 게 걱정스럽긴 하다."

"이젠 그런 것도 문제네. 내가 여기 같이 사는 것도 아니고…"

딸아이가 그렇게 말해놓고 조용하다. 한참 후에 "아빠! 내가 수 시로 볼 수 있게 거실에 CCTV 설치할까?"라고 조심스럽게 물어왔 다. 그것만 있으면 지구촌 어디에서건 아빠 상태를 지켜볼 수 있다는 거였다.

"됐다. 별 쓸데없는!"

"뭐가 쓸데없어. 나 외국 나가서 살면 이제 아빠한테 자주 못 오는데…."

"외국 나간다고? 이 서방하고 같이? 언제?"

"지금 당장은 아니고…."

딸아이가 말끝을 흐렸다.

"너희 결혼하는 걸 네 엄마가 그리 보고 싶어 했는데. 손주 녀석은커녕 아직 식도 못 올렸으니. 네 엄마가 한이 됐겠다."

딸아이는 결혼 얘기만 하면 신경이 날카로워졌다. 독고 영감도 그러한 것을 알고 있으니 더 이상 말을 하지 않았다. 딸아이가 돌아가려고 일어섰다. 독고 영감이 현관문을 열고 나서는 딸의 등에 대고 이 서방은 아직도 등산 동호회 꾸준히 나가는지 물었다.

"그 인간? 뭐… 아마도…."

딸아이는 심드렁하면서도 모호하게 대답했다. 쿵 하고 닫히는 현관문 소리가 왠지 모를 슬픔을 담아 가슴을 더 세게 때렸다.

다시 텅 빈 집이 됐다.

그의 가슴에 또다시 휑한 집 안 공기가 불어닥쳤다.

* * *

독고 영감의 등산용 장비가 침낭 곁에 마구 어질러져 있었다. 주머니가 많이 달린 등산 조끼, 바람막이 재킷, 비옷, 등산모자, 모직 양말, 장갑, 아이젠, 나침반 겸용 손목시계, 3단 등산지팡이, 수통, 자외선 차단 선글라스, 헤드랜턴, 다용도 칼, 스테인리스 컵, 조난 신호에 유용한 호루라기, 가스 랜턴, 코펠과 식사 도구, 버너와 연료통 그리고 버너 바람막이. 독고 영감은 일일이 장비 이름을 불러가며 나열해놓았다. 그러면서 뭘 빠트린 게 없는지 생각해본다. 일회용 간편 식량이 안 보였다. 그런데 가지고 있는 30리터짜리 배낭으로 비박하기 위한 장비들을 모두 챙겨가기엔 작아 보였다. 아무래도 50~60리터짜리 배낭은 되어야만 할 것 같았다.

독고 영감은 무언가 생각난 듯 휴대폰을 집어 들고 이 서방에게 연락하려 했다. 오랜만이다. 아내가 살아 있었을 땐 종종 함께 외식도 하곤 했다. 하지만 딸아이가 이 서방과 함께 자신에게 인사하러 온 지도 꽤 됐다. 예비 사위는 장례식장에 단 한 번도 나타나지 않았다. 딸아이 말로는 바쁘다는 게 이유였다. 그래도 명색이 예비 사위인데 장모상을 지키지 못한 사위가 서운했다. 딸아이가 동거하겠다며 데려온 그를 처음 보았을 때 등산이라는 같은 취미를 가진 사위를 얻게 되어 좋았다. 당일 산행 말고 언제 함께 백패커가 되어 장기간 여행도 해보자고 제안했던 예비 사위였다. 하지만 그런 약속은 7년이 넘도록 지켜지지 못했고 당일 산행조차 같이해본 적이 없었다. 거리감이 느껴졌다. 독고 영감은 사실혼 관계에 있는 딸아이와 예비 사위의 관계가 오래전부터 못마땅했다. 살아보고 결혼한다는 동거를 도대체 몇 년을 해보아야 서로를 제대로 알게 되는 건지 독고 영감은 당최 이해가 안 됐다. 결혼을 결정 못 한다는 건 아직도 서로를 더 탐색하는 일이 남은 건지 모를 일이었지만 딸아이는 결혼 관련해서 이야기하는 것을 꽤 탐탁지 않아 하는 눈치였다. 독고 영감은 이러한 점이 불만이었지만 겉으로 내색하진 않았다. 알아서 잘하겠지 하는 믿음으로 지금까지 온 것이다. 독고 영감은 이 서방과 통화하면서 등산으로 이야기를 시작하고는 은근슬쩍 결혼으로 이야기를 돌려보려는 심산이었다.

딸아이는 독고 영감을 고루하게 여겼다. 그는 딸아이에게 결혼식은 선택으로 남겨두더라도 혼인신고만큼은 필수로 하라고 신신당부하곤 했다. 그렇게 말할 때마다 딸아이는 그럴 거라면 동거를 왜 하겠냐고 거칠게 반응하곤 했다. 결혼을 전제로 함께 살아보는 동거가 필요하다는 말을 딸아이가 오래전 꺼냈을 때 독고 영감은 심히 우려스러웠다. 사회적 합의인 기존 제도의 틀을 벗어나 살아가려는 모습이 위험해 보였기 때문이었다. 일시적 동거를 유지하기 위해선 자식이 없어야만 했다. 자식이 생기는 순간 제도권에 들어와 사회적 합의를 따라야만 할 것이었다. 딸아이 역시 이것을 잘 알고 있기라도 한 듯 독고 영감에게 손주를 여태 안겨주지 못하고 있었다.

신호음이 한참 가는데도 예비 사위 이 서방은 전화를 받지 않고 있었다. 이 서방에게 연락해달라는 짧은 문자를 보내놓고는 거실 한가운데 가지런히 놓여 있는 등산 장비들을 바라보았다. 그가 등산을 시작한 이유는 단순했다. 종일 집에 있다 보니 아내와의 말다툼이 잦았기 때문이었다. 둘이 붙어 있으면 다투는 게 습관이 될 정도였다. 독고 영감이 아내와의 잦은 충돌을 피해 홀로 시간 보낼 소일거리를 생각하다가 등산을 해본 것이다. 딸아이가 7년 전 남자친구와의 동거를 선언하고 나간 그 시점이었다.

*　*　*

독고 영감이 집을 나와 산행길에 오른 건 정오를 넘겨서였다.

오전 내내 비박을 할까 말까 고민만 했다. 결국 꺼내놓은 장비들을 다시 주섬주섬 창고에 넣으며 비박은 다음 기회로 넘겼다. 다 늙어서 쓸모없다는 소리는 듣기 싫은 독고 영감이었다. 비박도 결국 자신이 건재하다는 걸 과시하려는 거였지만 아내 앞에서 괜한 허세를 부려본 건 아니었나 하는 생각을 했다. 아내가 살아 있을 때와는 달리 비박에 대한 열의가 식었다는 걸 독고 영감 자신도 느낄 수 있었다. 그의 아내가 비박을 말렸던 건 어쩌면 객사한 남편의 송장을 진심으로 거두기 싫어서였을지도 모른다고 그는 생각했다. 다 늙어빠진 남편이 젊은 사람처럼 객기 부리다 잘못되지나 않을까 하는 염려보다는 그냥 누군가에 의해 영안실로 옮겨져 보호자 확인해야 하는 그 현실이 아내에겐 싫었던 것인지도 모를 일이라고 그는 생각했다.

버스가 등산로 입구 종착역에 도착했다.

평일에도 배낭을 짊어진 등산객들 몇 명이 한꺼번에 우르르 내리곤 했는데 이날따라 버스 종점에서 하차한 승객은 독고 영감뿐이었다. 한낮에 산을 오르는 등산객이 없을 뿐이라 여기며 등산로 입구로 망설임 없이 발걸음을 내디뎠다. 아내가 떠나고 난 뒤론 처음 하는 산행이었다.

독고 영감이 오르려는 산은 아내와 처음이자 마지막으로 오르내린 산이기도 했다.

"역시 등산은 나하곤 안 맞아."

아내가 힘들게 산을 오르다 말고는 정상까지 가보지도 못하고 결국 중도 하산하며 내뱉은 말이었다.

"이렇게 끈기가 없어서야 원…!"

아내의 성화에 못 이겨 하산하면서 독고 영감은 투덜거렸다. 그의 아내는 의사로부터 꾸준한 유산소 운동을 권유받았다. 하지만 아내는 좀처럼 몸을 움직이려 하지 않았다. 아내의 유일한 취미는 소파에 편히 앉아 온종일 드라마를 보는 일이었다. 그렇지 않으면 성경 필사(筆寫)를 했다. 뭐가 됐든 독고 영감에겐 지루하기는 매한가지로 보였다.

'그래도 자기가 좋아하는 드라마 실컷 보다 집에서 죽기라도 했으니 원 없이 살다 갔지. 그럼 됐지, 뭘 더 바라겠나.'

독고 영감이 속으로 혼잣말하며 등산로 입구에 막 도달할 즈음에 휴대폰이 울렸다.

이 서방이었다. 수화기 너머 기운 빠진 목소리로 오전에 전화 못 받아 죄송하다고 말을 건네 왔다.

"언제 한번 같이 등산이나 하세. 근데 장례식에도 못 올 정도로 그리 바빴는가?"

독고 영감의 말에 잠시 침묵이 흘렀다. 이 서방이 조심스러운 목소리로 무슨 장례식을 말씀하시냐고 되물어왔다. 독고 영감은 되레 당황했지만, 지난봄 급작스럽게 일어난 일을 상기시켜주었다. 그러자 몹시 당황해하는 이 서방의 목소리가 들려왔다.

"아버님께 말씀을 안 드린 거 같네요. 그 당시 저흰 별거 중이었습니다. 말을 안 해주었으니 제가 당연히 알 수가 없었습니다."

그가 죄송하다는 말을 건넸다. 독고 영감은 귀에 대고 있던 휴대폰을 떼었다. 갑자기 한순간에 손에서 힘이 빠져나가는 듯했기 때문이었다. 그가 이번엔 반대쪽 손으로 휴대폰을 들었다. 곧이어 수화기 너머로 면목이 없다는 말과 함께 다시 결합하기 어려울 것 같다는 말이 조심스레 흘러나왔다. 그러자 이내 담담함과 당황스러운 감정이 동시에 불쑥 그의 가슴으로 치고 들어왔다.

"그간 무슨 일이 있었던 건가?"

"전화로 길게 말씀드리기가…. 다 제 잘못이 크긴 합니다. 재작년에 제가 잠시 다른 여자를 만났습니다. 어쨌든 제가 잘못한 일이니, 진심으로 사과도 하고 그랬지만 그 이후 우리 관계가 예전만 못했습니다. 맞바람 피우겠다고 저에게 공언하더니 진짜 그러더라고요."

"그건 또 무슨 소린가? 우리 애가 맞바람을 피웠다고?"

"혹시 외국 나갈 거란 말을 안 하던가요?"

독고 영감은 그제야 딸아이가 외국 운운하던 것이 떠올랐다.

"언젠가 걔가 그런 말을 하긴 했네. 난 자네와 나가는 줄 알았는데…."

"사귄 지 3년에 동거 7년이었는데도 많이 외로웠습니다. 결혼이 어려웠던 건 돈 때문이었어요. 언젠가부터 서로 다투는 날이 많아졌습니다. 그러다 반항심으로 제가 다른 여자를 잠시 만나면서 예전 연애 감정을 메꾸려 한 것 같아요. 그런데 그 일이 없었어도 결과는 지금과 같았을 거예요. 그동안 워낙 많이 서로 다투었기에…."

둘 사이 다툼의 주된 원인은 돈 문제라고 했다. 그러면서 그녀가 돈에 너무 집착하는 것 같다고 말했다. 독고 영감은 그 말이 귀에 너무나도 거슬렸다. 딸아이가 학창 시절부터 돈이 최고라고 입버릇처럼 말해왔음을 그는 알고 있었다. 그래서 딸아이가 결혼할 때 돈 많은 남자를 자기 앞에 데려와 소개해줄 줄 알았다. 그런데 예비 사위 이 서방은 독고 영감이 보아도 그다지 신통치 않아 보였다. 자기네들끼리 노력해서 잘살아보겠노라고 자신만만해하며 독립한 딸아이였다. 그런데 열악한 주거 환경 속에서 지내는 딸아이를 보고 난 뒤 독고 영감은 안쓰러워 노후 자금을 털어서 둘이 살 집을 마련해주었다. 예비 시댁의 지원을 전혀 받지 못한 딸아이가 이 서방에게 동거 기간을 통해 기회를 준 것인가 싶었다. 결혼해줄 테니 돈을 많이 벌어보라고 했나? 그런데 세월이 가도 불가능해 보였나? 예전 같지 않은 딸아이의 태도에 많이 외로워진 이 서방이 바람을 피우니 기회는 이때다 싶어 맞바람을 피워 저리 쫓아내버린 건가? 정리되지 않는 생각으로 독고 영감의 머릿속이 복잡해지기 시작할 무렵 잠잠하던 수화기 너머에서 이 서방의 목소리가 다시 들려왔다.

"저는 관계를 계속 지속하고 싶었는데, 거절당했어요. 배신감을 말하기엔 사실 저도 딱히 할 말은 없으니까요."

수년간 예비 사위로 알고 지냈던 이 서방은 그렇게 한순간 이씨(氏)가 되어 앞으로는 서로 통화할 일이 없게 되어버렸다.

* * *

산을 오르기 시작한 지 얼마 되지도 않았는데 갑자기 다리 힘이 풀리기 시작했다. 오랜만에 산행을 했기 때문만은 아닐 것이라고 그는 생각했다. 오르기를 멈추고 그 자리에 털썩 주저앉았다. 휴대폰을 꺼내어 딸아이에게 전화하려 했다. 하지만 잠시 망설였다. 몇 분 동안 휴대폰을 만지작거리길 여러 번 했다.

'돈이 최고라고 했으면 네가 능력껏 돈을 잘 벌든, 아니면 돈 잘 버는 남자를 신랑으로 맞이해야 했을 것 아니었느냐'라고 딸에게 따지듯 묻고 싶었다. 하지만 한편으론 그렇게 딸아이를 궁지에 몰아세워놓고 말하기는 싫었다. 딸아이와 통화하게 되면 결국 배신감에 따른 갈라짐을 가지고 꼰대가 되어 훈수하게 될 게 뻔하였다.

'이 녀석아, 배신이 문제라면 아빠 수백 번도 더 네 엄마에게 욕 먹고 쫓겨났을 거다.'

독고 영감이 딸아이에게 해주고 싶은 말이었지만 그랬다간 곧바로 무슨 말을 들을지 짐작이 갔다.

'아빠가 그랬으니 엄마가 오래 못 산 거야!'

딸아이의 음성이 환청이 되어 온 산을 쩌렁쩌렁 울리며 메아리 쳤다. 곧이어 그것은 죽은 아내마저 소환시키려 했다. 언젠가 두 모녀가 안방에서 은밀히 대화하는 걸 독고 영감이 거실에서 우연히 엿들은 적 있다.

"엄마가 속에 화를 그대로 묻어두고 사니 심장이 좋을 리 있겠어?"

독고 영감의 아내는 가만히 듣고만 있는지 대답이 없었다.

"엄마는 왜 맨날 아빠랑 싸우면서 이혼 안 해? 황혼 이혼도 요새 많이 하잖아."

"그런 생각을 왜 안 했겠니. 그런데 기도해보니 하나님이 하지 말란다. 나 없으면 네 아빠 절대 못 산다고 말이야.”

“그게 뭔 말 같지도 않은 소리야! 그러면서 왜 맨날 나만 보면 죽겠다는 거야.”

“원래 그렇게 사는 게 부부인 거야.”

“난 엄마가 도무지 이해가 안 돼.”

“그건 네가 아직 결혼을 안 해봐서 그래. 그러니 동거 그만하고 빨리 결혼해.”

“아유, 답답해! 엄마처럼 되기 싫어 그러는 건데. 이런 얘기 이제 그만할래!”

“부부지간이건 뭐건 간에 인간관계는 실망의 연속인 거여. 완벽하면 신(神)이지, 그게 어디 사람이더냐.”

＊　＊　＊

독고 영감이 산을 오르려고 다시 일어섰다.

긴 한숨이 훅 하고 터져 나왔다. 그 순간 거센 바람이 불어왔다가 독고 영감이 쓰고 있던 등산 모자를 건드리고 획 지나갔다. 그가 손으로 모자를 부여잡았다. 등산지팡이에 의지하여 한 걸음씩 보폭을 넓혀가며 산을 계속 올랐다. 그런데 이상하리만치 올라가고 내려오는 등산객이 단 한 명도 보이질 않았다.

독고 영감은 그날 딸아이가 돌아가고 난 뒤 아내에게 안방에서 두 모녀가 무슨 얘길 그리 소곤소곤했는지 은근슬쩍 물어보았다.

"당신 욕한 거, 그게 그리 듣고 싶소?"

독고 영감은 기다렸다는 듯이 "욕은 됐고. 그런 거 말고 이혼 어쩌고 하던데, 이혼해줄까?"라고 했다.

"맘에도 없는 말은 하지도 마쇼. 당신이 나 없이 살 수 있을 것 같아? 당신은 나보다 오래 살지 않는 게 복이요."

독고 영감은 땅바닥을 보며 오르다가 애꿎은 돌멩이 하나를 등산화로 냅다 걷어찼다. 아내 말대로라면 지금 자신의 처지는 복받은 인생이 아니라 저주받은 인생인 거냐며 헛웃음을 지었다.

휙휙 하는 거친 바람 소리에 잡생각이 한순간 달아났다. 바람 소리가 그토록 무섭게 느껴진 건 그에게 처음이었다. 그동안 산행 중에 맞아본 바람과는 사뭇 달랐다. 이번 바람은 아까보다 더 거센 바람이었다. 독고 영감은 그의 모자가 날아갈세라 잽싸게 움켜잡았다.

"당신은 하나님이 왜 남자 여자를 같이 살게 만들었는지 알아?"

"내가 그걸 어떻게 알아!"

독고 영감은 아내의 뜬금없는 질문에 퉁명스럽게 대답했다.

그의 아내가 그럴 줄 알았다며 이내 "서로 도우라고!" 하며 짧게 한마디 했다.

"그게 다야? 성경에 그리 나오던가?"

신앙심이 깊었던 독고 영감의 아내가 그렇다고 했다. 그러자 그는 갑자기 할 말을 잊었다. 뭐 아는 게 있어야만 반박하든지 말든지 할 텐데 성경에 그리 기록돼 있다니 그가 더는 할 말이 없었다.

"내 다리가 불편하지만, 참아가며 밥은 내가 해줄 테니 말씀을 접했으면 오늘은 당신이 설거지도 하고, 빨래도 하며 널어도 보고, 다 마른 건 예쁘게 한번 개어도 보슈."

"어허, 이런…."

"그러니 당신은 나 없으면 안 된다는 거야. 뭐 할 줄 아는 게 있어야지. 당신이 못하니 내가 돕는 거야."

"그럼 계속 도와. 잘하는 당신이! 뭘 그리 생색이야. 그런 걸 갖고!"

"어이구, 정말이지 나보다 오래 살진 마쇼. 당신에겐 그게 축복일 거요."

또 한 번 거센 바람이 휙 하고 일며 주변의 나무들을 거칠게 때리고 지나갔다.

그런데 이번 바람은 정말이지 심상치 않아 보였다. 한번 스쳐 지나가는 바람이 아니었다. 독고 영감이 잠시 걸음을 멈추고 그제야 산 정상으로 고개를 들어보았다.

"아니, 이거 왜 이러지?"

독고 영감은 순간 겁이 덜컥 났다. 그의 눈앞에 가득 보인 건 산을 온통 뒤덮은 하얀 구름뿐이었기 때문이다. 그런데 자세히 바라보니 그것은 구름이 아니라 짙게 깔린 뿌연 안개였던 거다. 온 산을 서서히 집어삼키고 있던 자욱한 안개를 보기 전까지 그는 땅만 보며 걸어 올라갔던 것이다.

아내와의 대화를 떠올리며 문득문득 자신이 지금 축복받지 못한 여생을 보내는 게 아닌가 하는 생각이 들었다. 아내 말대로라면 분명 그랬다. 딸아이가 혼자 집안 살림을 어떻게 하고 있는지 물어보았을 때 독고 영감은 자신이 안 해서 그럴 뿐이지 하면 잘한다고 대답해주었다. 딸아이가 부엌에서 가스레인지 불은 켤 줄이나 아냐고 물었다. 세탁기가 있는 베란다에 빨래 몇 조각 널려 있는 걸 바라보며 일주일에 한 번 빨래할까 말까 하는 게 아니냐며 정곡을 찌르는 말을 했을 때 그는 아무 말도 못 했다. 할 줄은 알지만 단지 귀찮을 따름이란 걸 굳이 말하고 싶진 않았다. 밥도 하고 청소와 세탁을 도와주는 도우미 아줌마를 연결해주겠다는 딸아이의 제안을 그는 거절했다. 독고 영감은 아내의 손길이 아직 머물러 있는 공간에 다른 누군가의 손길이 닿는 게 왠지 불편했다. 아내가 덮었던 이불도 아직 그대로 덮고 잔다. 아내가 정리해놓은 가재도구하며 집 안 곳곳 모든 물품에 아직도 아내의 손길과 온기가 고스란히 남아 있는 것 같기만 하다. 하지만 다른 누군가의 돕는 손길 없이 이대로 계속 언제까지 혼자 지낼 수 있을지 사실 걱정은 됐다. 자신의 앞날은 독고 영감 자신이 더 궁금한 노릇이었다. 이대로 쭉 건강하다면 모를까, 그렇지 않다면 어찌해야 할지 그저 막막할 따름이었다.

* * *

안개는 여전했다. 산 정상까지는 그리 멀지 않아 보였다. 왠지 그 런 느낌이었다. 독고 영감이 여러 번 와 본 곳이지만 이날따라 왠 지 처음 온 곳마냥 모든 게 낯설었다. 짙은 안개는 더욱더 거세게 그리고 거침없이 자꾸만 밑으로, 밑으로 내려오고 있었다. 어찌해 야만 할지 순간적인 판단이 잘 서질 않았다. 위급한 상황에 판단 이 흐려지는 걸 스스로도 느끼자 이제 산에 오르는 일도 위험한 듯싶었다. 몇 년 전까지만 해도 맥주 한두 잔 마시고도 거뜬히 운 전한 그였다. 그때 딸아이 내외와 저녁 식사하러 다 함께 독고 영 감이 운전하는 차를 타고 인근 식당에 갔을 때였다. 운전대를 잡으 려는 독고 영감을 본 이 서방이 놀라며 자신도 술을 마셔 운전 못 하니 대리기사를 부르자고 했지만 독고 영감은 맥주 한 잔이 뭐 어 떻겠냐며 들은 체도 하지 않았다. 독고 영감의 아내는 남편의 고집 을 익히 알고 있다는 듯 입 아프게 말하지 말고 그냥 운명에 맡기 라며 안전벨트나 단단히 매고 있으라고 이 서방에게 말했다. 그 일 이 바로 몇 년 전이었다. 일흔을 훌쩍 넘긴 그였지만 아직도 운전 면허증을 자진 반납하고 싶진 않았다. 그러나 그때와 달리 자기 판단력이 흐려진 걸 느꼈고 그건 마치 자신의 뇌가 급속히 퇴화했 다는 직접적 증거인 것 같아서 그는 괜히 우울했다. 누군가에겐 늙은이의 아집처럼 보였던 그의 무모한 고집은 난 아직 늙지 않았다는 자신감의 표현이었다. 하지만 이젠 자기 판단력이 갈피를 잡지 못하자 더 이상 무모한 고집을 피울 수 없게 됐음을 인정하지 않을 수 없었다. 잠시 오르던 발걸음을 멈추었다. 지금 이대로 하산하는 게 더 위험해 보였다. 짙은 안개는 곧 걷히겠거니 하고 생각했다. 그렇게 위안하면 조금이라도 안정이 될 듯싶었다.

'그래, 아직은 내 판단이 옳아. 나 아직 그리 많이 안 늙었어!'

독고 영감은 정상을 향해 남은 길을 따라 조심스럽게 한 걸음씩 발을 옮겼다. 이제 완전히 안갯속에 휩싸여버렸다. 거센 비는 아니었지만, 겉옷을 적시기에 모자라지 않은 비까지 내렸다. 손목시계를 보았다. 아직 해가 넘어가려면 멀었지만 짙은 안개는 좀처럼 해를 보여줄 기미가 없어 보였다. 등산로 표시가 안 보인 지는 이미 꽤 오래다. 그냥 바로 코앞에 길이 보이길래 이 길이 그 길이거니 하고 오를 뿐이었다. 하지만 어느 순간 등산로를 벗어난 게 아닌가 하는 생각도 들었다. 안개 속에 싸인 산길은 그 길이 그 길 같았다. 느낌상 분명히 정상 가까이 와 있어야 하는데 어느 순간부터 그냥 한없이 자꾸만 같은 자리를 빙빙 맴도는 기분이었다.

'이것이 말로만 듣던 링반데룽(Ringwanderung)이라는 건가?'

그렇게 불안한 생각이 들자 안개를 타고 순간적으로 그에게 공포심이 밀려왔다.

이런 안갯속 산행은 처음이다. 오래전 가족 여행으로 간 대관령에서 비 내리는 날 짙게 깔린 연무를 본 기억이 났다. 그때는 주변에 여행객들이 많았다. 그래서 아무리 짙은 안개 속에 있었을지라도 두려움을 몰랐다. 하지만 지금은 그때와 완전히 다르다. 그런데 가만히 생각해보니 오늘 일기예보를 놓친 것 같기도 하고 아닌 것 같기도 하고 잘 기억나질 않았다. 산에 오르기 전부터 날씨가 잔뜩 흐려 있긴 했다. 구름도 유난히 많았던 것 같았다. 독고 영감은 산행을 나서기 전날 항상 일기예보를 유심히 보았다. 그런데 이날의 산행은 어쩐지 그런 기억이 가물가물했다. 아침 일찍 등산 장비를 하나씩 꺼내 보았던 기억이 났다. 그러다 정오 무렵 결국 비박을 포기하고 반나절 일정의 산행 코스를 잡아 집을 나섰다. 독고 영감이 등산 조끼 주머니에서 휴대폰을 꺼내어 날씨 정보를 찾아보려 했다. 그런데 주머니 어디에도 있어야 할 휴대폰이 없었다. 순간 겁이 덜컥 났다. 아무리 뒤져도 휴대폰은 보이질 않았다. 마지막으로 그가 전화 통화했던 순간을 떠올려보았다. 이 서방과의 통화가 생각났고 딸아이에게 전화하려던 게 생각났다. 하지만 딸아이에게 자신이 전화를 걸었는지 어쨌는지 제대로 생각나지 않았다. 난감했다. 치매인가? 독고 영감은 순간 별의별 생각이 다 들었다. 올라오는 도중 어딘가에서 흘리거나 놓친 건지 아무런 기억조차 나질 않았다. 배낭을 꺼내어 모조리 뒤져보아도 보이질 않았다. 등산객 누구라도 만난다면 자신에게 전화를 해봐달라고 부탁을 해보겠지만 그가 산에 오르는 동안 단 한 명도 마주친 이가 없었다. 그래도 일말의 기대를 걸며 등산객이 나타나길 기다리면서 더 이상의 이동을 중지하고 그 자리에 그대로 머물기로 했다. 안개가 어느 정도 걷히면 곧장 하산할 생각이었다. 하지만 안개는 좀처럼 걷힐 기미를 보이지 않았다. 소리 없이 온 산을 적시는 가느다란 실비도 어느 때부터인지 모르게 계속 이어졌다.

한자리에 오래 머물러 앉아 있다 보니 조금씩 좀이 쑤시기 시작했다. 그래도 참으며 한참을 제자리에 앉아 기다렸지만 희뿌옇고 짙게 깔린 안개는 여전히 그를 덮치고 있었다. 이제 호흡마저 답답해졌다. 그렇다고 이대로 하산할 수도 없었다. 한 치 앞도 분간할 수 없었기에 자칫 잘못하다간 큰 사고로 이어질 게 뻔해 보였다. 날이 점점 어두워지는 건 차고 있던 손목시계로 알 수 있었다. 이제 안개가 완전히 걷힌다 해도 어두운 산길을 내려가는 건 불가능할 것이었다.

호주머니에서 등산 장비로 가져온 호루라기를 꺼내어 불어보았다. 조난 신호를 보내려 했지만 너무나도 불기 힘들었다. 산에 오르는 폐활량과 호루라기 부는 폐활량이 전혀 다른 건지 의심이 들 정도였다.

어느덧 어둠이 안개를 타고 조금씩 산중에 흘러내렸다.

차라리 안개 속일지라도 아까 서둘러 하산해야 했던 게 아니었는지 자신의 판단을 스스로 자책했다. 어둠과 안개가 쓰나미처럼 몰려와 독고 영감의 체온을 빠르게 앗아가기 시작했다. 그는 다시 한번 호루라기를 힘껏 여러 번 불어보았다. 그리고 기다렸다. 고요했다. 그는 무서움에 눈을 질끈 감았다. 만약 아내가 여태 살아 있었다면 아마도 경찰에 실종신고를 해줄 수도 있었지 않나 싶었다. 결국 완전히 어둠으로 뒤덮인 산속에서 독고 영감은 고립됐다. 자신은 이제 그 누구의 도움 없이 홀로 세상을 살아갈 수 없는 신세임을 처절하게 인정하지 않으려 해도 안 할 수가 없게 되었다. 그리고 몰려드는 무서움을 잊고자 여전히 눈을 감은 채 자신도 어이없단 듯 뇌까린다.

"제길! 비박을 여기서 이렇게 하게 되는구나."

길양이

❖

    Y는 고등학교를 졸업하자마자 보육원을 퇴소해야만 했다. 그녀
처럼 공적인 보호 기간이 끝나자마자 시설의 보호를 받던 아이들
은 소위 자립 준비 청년이라 불리며 정부가 주는 자립정착금을 받
고는 이제 홀로 살아가야만 한다. 그런 아이들이 매년 2,500여 명
이상에 달한다. 그렇게 홀로서기에 나서는 그 아이들 가운데 Y도
있었다. 그녀가 발을 디뎌야 할 황무지는 이미 예견되어 있었다.
누구에게나 그렇듯이 황무지엔 자신의 몫이 따로 없는 거다. 각자
도생하며 그 몫을 차지해야 한다. 그러나 황무지를 개척하는 과정
중에 다른 이들과의 치열한 경쟁은 피하려야 피할 수가 없다. 보육
원에서 퇴소하는 아이들은 그렇게 국가가 손에 쥐어주는 기백여만

원의 목돈을 받아 들고 부모의 지원을 받는 일반 가정의 아이들과 피 터지게 황무지 쟁탈전을 벌여야 하는 거다.

Y는 보육원을 퇴소하면서부터 생계 문제와 함께 당장 들어가 살 집을 걱정해야만 했다. 그녀가 지방 중소도시의 한 보육원을 나와서 찾아간 곳은 바닷가 근처 어느 작은 마을에 거주하는, 돌아가신 아빠 지인의 집이었다. 친고모는 아니었지만, 보육원 측은 Y에게 그렇게 알려주었다. 오래전 Y는 그 고모란 여자에 의해 보육원에 맡겨졌다.

"보육원에서 연락이 왔을 때 좀 망설이긴 했는데, 네 사정이 딱하니 어쩌겠니."

고모란 사람의 남편은 외항선원이었다. Y가 그곳을 방문했을 때는 그가 배를 타고 바다에 나간 지 꽤 되었다고 했다.

고모는 쉰을 갓 넘긴 여자였으나 삶의 고단함이 매우 단단히 느껴지는 인상이었다. Y는 일할 직장과 거처할 곳을 마련할 때까지 고모라는 여자의 집에서 신세 지기로 하였지만, 그녀 역시 자신이 얼마나 오래 머무르며 신세를 져야 할지 아직 잘 알지 못하였다.

"최대한 빨리 일할 곳을 구해볼게요."

"요새 젊은 사람들 직장 구하기 힘들어 다들 난리던데. 더구나 정착금 그걸로 어디 제대로 된 집을 구할 수나 있으련."

분명히 걱정해주는 말이었으나 Y는 자신이 괜히 죄인이 된 것마냥 고개를 숙였다.

그때 방문을 열고 중학생쯤 돼 보이는 사내 녀석이 얼굴을 빠끔히 내밀고 그녀들을 쳐다보고 있었다.

"그리 보고만 있지 말고 이리 나와서 누나한테 인사해봐. 얼른!"

고모는 아이를 다그쳤다.

그런데 이내 쾅 하고 방문이 다시 닫히는 소리가 요란하게 들렸다.

그러자 고모는 한숨 섞인 소리와 함께 자폐가 있는 외동아들이라고 말해주었다. 그리고는 Y에게 다용도실로 쓰던 방을 보여줬다.

"짐작이 많지만 어쩔 수가 없구나. 우리 집도 좁아터졌고 남는 방이 없어서…"

Y는 이미 이런 형편을 듣고 온지라 숙식을 당장 해결할 수 있는 것만으로도 다행이라 여기고 있었다. 고모는 부탁을 하나 했다. 그녀가 함께 지내는 동안 자폐가 있는 아이의 학업을 돌봐달라는 거였다. 중학교에 갓 입학한 아이는 특수 학교가 아닌 일반 학교에 다니고 있었다. 그녀는 매일 방죽길을 걸어 그 아이를 등교시켜준 후 PC방에 들어가 아이가 하교할 때까지 시간을 보내며 인터넷으로 일자리를 찾았다. 그리고 함께 집에 돌아와선 아이의 공부를 도와주었다. 그렇게 보내면서 첫 일요일을 맞이했는데 고모는 아이를 데리고 교회 갈 준비를 했다. 그러면서 소개해줄 사람이 있으니 Y에게도 함께 가자고 했다. Y는 내키지 않았지만 딱히 거절할 명분이 없었기에 함께 집을 나섰다. 작은 교회의 목사는 그 어촌마을에서 흔히 볼 수 있는, 나이 지긋한 아저씨들과 별반 다르지 않아 보였다. 또한 머리숱이 많이 없었으며 수더분한 인상을 줬다. 그날 예배가 끝난 후 고모가 Y를 목사에게 소개하자 그는 이미 그

흐린 날엔 바로크 그리고 사이폰 커피

녀를 안다는 듯 몰라보게 많이 컸다며 반가워했다. 그녀가 그를 어디서 보았는지 잠시 생각해보려는데 그 목사는 잠깐 이야기나 하자면서 Y를 자신의 집무실로 데리고 들어갔다.

"난 개인적으로 우리나라 말 중에서 가장 싫어하는 말이 고아라는 말이란다. 순우리말도 아니지. 한자로 외로울 '고(孤)'에 아이 '아(兒)' 자를 쓰거든. 외로운 아이."

그녀 역시 자신을 지칭하는 말이었지만 정작 별로 좋아했던 말은 아니었다. 그녀뿐만 아니라 보육원에 있던 다른 아이들도 그 말을 그다지 좋아하질 않았다. 학교 친구들에게나 다른 이에게 부모님은 뭐 하시는 분이냐는 질문을 받을 때마다 그녀는 무척이나 마음이 편치 않았다.

"이 세상에서 외롭지 않은 사람이 누가 있겠냐? 목사인 나도 때때로 외롭다고 느끼는 판인데 세상 사람들은 오죽하랴?"

"…"

"돈이 많은 재벌 부자도, 권력과 권세를 가진 정치인도, 대중들에게 환호와 사랑을 받는 화려한 연예인들도 겉으로 안 그런 척해도 사실 알고 보면 자신만의 외로움이 다들 있지. 심지어 그걸 못 견뎌 스스로 생을 마감하기도 하는 걸 봐도 알 수 있잖니?"

"…"

"부와 권력과 명예도 외로움 하나를 이기지 못해. 그렇다고 늙으면 뭐가 달라지려나? 아니야. 외로움은 나이 불문이야. 집 떠나면 그렇게 힘들고 외로운 거란다."

길양이   **197**

Y는 계속 듣고만 있었다. 무슨 얘기를 자신에게 하려는지 정확히 알 수 없었기 때문이었다.

"우린 모두 세상에 태어나는 순간 고아 같은 존재란다. 부모 곁에서 자란 아이들도 삶의 무게 앞에선 외로움을 느낄 수 있지. 고아는 이렇게 공통적인 말인데도 유독 너희 같은 아이들에게만 그런 이름을 붙여 부른다는 것이 나는 못마땅한 거란다."

그제야 Y는 목사의 말에 공감이 갔다.

"그럼 뭐라 불러야 해요?"

"길양이!"

Y가 길고양이냐고 묻자 목사는 웃으며 이내 '길 잃은 어린양'이라 말해주었다. 끝에 '이'는 지시대명사라고 했다. 어린이, 젊은이, 늙은이처럼 말이다.

"네 고모 등에 업혀서 나에게 온 거 기억 안 나겠지? 사별하고 홀로된 네 아빠가 너를 잠시 맡겨두고 일주일마다 널 보러 왔단다. 그런데 네 고모에게 안 좋은 소식이 온 거야. 네 아빠가 작업장에서 사고로 숨졌다는…. 나를 찾아와 어찌하면 좋겠냐고 하더구나. 곧 결혼도 해야 하는데, 그렇다고 입양할 처지도 안 되고. 그래서 네가 보육원으로 갈 수밖에 없었단다."

Y도 이미 들어 알고 있던 이야기였다. 그런데 목사가 하고 싶은 이야기는 사실 다른 데 있었다. 목사는 그 누구도 원망할 필요 없고 세상을 향해서도 분노를 두지 말라고 했다. 자신의 의지와는 전혀 상관없이 이미 결정나버린 것에 대해 원망하는 일처럼 어리석

은 일이 또 어디 있겠느냐고 반문했다.

"부모가 있어도 형편없이 자란 아이가 있기 마련이다. 그러니 편견을 갖고 너를 대하는 사람들에겐 항상 단호해지거라. 그러려면 이제부터 홀로 잘 서야만 한단다."

목사가 길양이는 살던 고향 집으로 돌아와야 한다고 했다. 그리고 그렇게 될 수 있도록 곁에서 기도해주고 조력자가 되어주는 역할을 해주는 자가 목사라고 하였다. 그러면서 외롭다고 느끼는 길양이들에게 결코 혼자가 아니란 사실을 깨닫게 해주고 싶다고 말했다. 그는 Y에게 책장에 있던 약간 낡은 책 한 권을 선물했다. 조지 뮬러라는 독일 태생 영국 목회자의 전기였다. 부제목으로 5만 번 이상의 기도에 응답받았고, 또 고아들의 아버지라고 쓰여 있었다. 목사는 Y가 고모 집에 있는 동안 주일마다 교회에 나오라 했다. 그리고 예배 후엔 자기와 함께 성경 공부도 하고 여러 봉사활동도 같이 하자고 제안했다. Y는 갑자기 가슴이 갑갑해져 오는 것을 느꼈다. 보육원 퇴소 전에는 홀로서기에 겁도 났지만, 규율과 규칙에서 해방되어 구속받지 않는 자유로운 삶을 기대했다. 그런데 목사의 말대로 하면 왠지 다시 보육원 시절로 되돌아갈 것만 같았다. 그다음 주 일요일 아침에 그녀는 체한 것 같다며 집에 있겠다고 거짓말을 했다. 그리고 또 그다음 주 일요일엔 어떤 거짓말을 해서 교회에 빠질까를 궁리하니 괜히 진짜 소화가 안 되는 느낌이었다. 하루라도 빨리 일자리와 숙소를 구해 고모 집을 벗어나고만 싶었다. 그녀가 어촌마을에 온 지 3주째 접어든 어느 날, 보육원 선배라는 한 여자로부터 연락을 받았다. 그 선배는 보육원 친구인 K에게 Y를 소개받았다고 말했다. 자신을 선배에게 소개한 그 친구를 그녀도 잘 안다. 하지만 그의 성격이 좋지 못해서 Y는 그와 그리 친하게 어울렸던 사이는 아니었다. 선배는 자신이 운영하는 회사에서 같이 일해보자는 제안을 했다. 그러면서 Y를 직접 한번 만나보고 싶다고 했다. 그다음 날 그녀의 선배라는 여인이 고급 승용차를 직접 몰고 그녀를 만나러 어촌마을까지 내려왔다. 사실상 면접 자리였다. 선배는 Y를 보고 매우 만족스러워했다.

"네 친구가 너를 적극적으로 소개해준 이유를 알겠다. 너 아주 맘에 든다. 그냥 오늘 나랑 같이 올라가자."

선배의 제안에 Y는 좀 더 생각할 시간을 달라고 했다. 하지만 그녀의 선배는 시간이 많지 않다며 그녀의 결단을 다그쳤다. 그리고는 주말까지 생각할 시간을 주었다. Y는 무슨 일이 자기 적성에 맞을지 몰랐다. 선배는 단순 사무직이라 말했지만, 그녀는 무언가 기술을 배우고 싶었고 대학에도 진학하고 싶었다. 하지만 돈을 모으는 게 더 급했다. 선배는 Y에게 숙식을 약속했다. 정착금으로 받은 돈을 보증금으로 받고, 관리비를 포함한 월세를 매달 월급에서 제하여 받겠다고 선배 언니가 말하였다. Y는 그리 나쁜 조건이 아니라고 생각했다.

주말이 가까워져오는 금요일 늦은 오후였다. 방죽길을 걸으며 몇 번의 고민 끝에 그녀는 결심했다. 선배의 제안을 받기로 한 것이다.

"언니! 나 결심했어요. 아직 올라가는 버스 있을 거예요. 지금 바로 올라갈게요."

"이왕 결심할 거면 내가 내려갔던 날 했으면 더 좋았잖아. 내 차
로 같이 올라올 수 있었는데…. 아무튼, 도착하면 바로 전화해. 내
가 우리 실장보고 마중 나가라고 할 테니. 그리고 숙소 보증금은
지금 바로 보내줘."

Y는 도회지에서 사업을 한다는 선배의 얘기를 고모에게 들려주
었다. 그녀가 얼마 되지 않는 짐을 챙겨 고속버스터미널로 가려는
데 아이 녀석이 Y에게 매달리고는 가지 말라고 했다. 어느새 정이
든 녀석을 어렵게 떼어놓았다. 그리고 자주 놀러 오겠다고 약속했
다. 버스에 오르기 직전 그녀는 자립정착금으로 받은 금액 전액을
근처 은행 ATM 기기에서 선배의 계좌로 송금하였다. 저 멀리에서
귀선(歸船)을 서두르는 듯한 뱃고동 소리와 통통배의 통통거리는
소리가 들려오다가 점차 사라졌다.

늦은 밤 도회지의 어지러운 불빛은 어촌마을의 차분했던 불빛과
는 대조적이었다. 그녀가 도착했을 때 약속 장소에는 선배 언니의
말대로 실장이란 자가 승합차를 갖고 와 그녀를 태울 준비를 하고
있었다. 앳돼 보이는 실장은 운전에만 열중한 채 좀처럼 말이 없었
다. 낯선 대도시의 늦은 밤이 그녀에게는 익숙하지 않았으나 이제
부터 익숙해져야만 한다는 것을 그녀 역시 잘 알고 있었다. 무거운
침묵이 불편했는지 Y가 먼저 입을 열었다.

"저… 언니가 하는 일이 정확히 뭔가요?"

"언니? 아, 소장님? 이제부터 소장님이라고 불러! 오해할 수도 있

잖아."

Y는 뭘 오해할 수 있다는 건지 의아했다. 그러면서 퉁명스러운 그의 말투가 더욱 불편했고 괜히 말을 꺼냈나 싶었다.

"뭐 하는지 얘기도 안 듣고 그냥 올라온 거야?"

"듣기는 들었는데… 인력 소개라고…."

실장은 무표정한 얼굴로 그저 고개만 끄덕였다.

"그래, 사람을 연결해주는 일이야. 국내와 해외 바이어들에게."

그녀가 선배 언니에게서 듣던 말과 크게 다르지 않았다. 고용된 직원들은 그저 브로커의 역할만을 할 뿐이며 의뢰인이 원하는 사람을 구해만 주면 된다는 것이었다.

"그럼, 거기에서 제가 하는 일이…?"

"야, 넌 대체 뭘 듣고 온 거야? 내가 너에게 말해줄 건 더 없어. 내일 소장님 만나서 이야기해보라고. 난 그냥 너를 데리러 왔…."

짜증 섞인 투로 말하다가 그가 갑자기 말을 끊었다. 그의 휴대폰이 요란스레 울렸기 때문이다. 그가 수신자를 확인하고 곧바로 통화 연결을 하자마자 어떤 여자의 목소리가 들려왔다.

"실장님, 어디야? 왜 이리 안 와요?"

"좀만 더 기다려, 거의 다 왔어. 어디 들러서 누굴 좀 데려오느라고 그래."

전화를 끊은 그가 가속 페달을 더욱 밟는지 차가 조금 전보다 빠르게 달리기 시작하였다. Y를 태운 차가 번화한 큰 도로를 벗어나 보행로와 차로 구분이 없는, 협소하고 번잡한 길로 들어서자 수

많은 네온사인이 밤거리를 흔들고 있었다. 자정이 가까워져 오는 밤이었지만 이곳은 전혀 딴 세상이었다. Y 또래로 보이는 수많은 젊은 남녀들이 흔들리는 휘황찬란한 네온사인에 섞여 어딘가에서 쏟아져 나오고 또 어딘가로 쏟아져 들어가고 있었다. Y가 타고 있던 검은색 승합차가 술에 취해 비틀거리는 젊은이들을 조심스레 헤집고 여자 몇몇이 모여 있는 곳으로 스르르 다가가더니 멈추었다. 노출이 심해 보이는 옷을 입은 여자들이 승합차 문을 열고 안으로 들어오려 했다. 두 명은 동남아 여자, 그리고 나머지 두 명은 금발의 서양 여자였다.

"야, 좀만 더 안으로 들어가!"

운전석에 앉아 있던 실장은 Y를 향해 여전히 퉁명스럽게 명령조로 말을 했다.

그녀들이 왜 이리 늦었냐며 각자 한마디씩 투덜거리며 차에 올랐다.

"뉴 페이스네. 이 언니는 누구?"

금발의 여자가 구석에 앉아 눈치를 보고 있던 Y에게 호기심을 보였다.

"우리랑 같이 일할 거야?"

또 한 여자의 물음에 "아니야!" 하며 실장은 그녀들에게도 퉁명스럽게 말했다. 그녀들에게는 이런 그의 응대가 일상이라 별 상관없다는 듯 그녀들은 아무런 말 없이 시트 깊숙이 몸을 파묻었다. 그리고 이내 자기네들끼리 자기 나라 말로 이야기를 주고받기 시작

길양이

했다. 간혹 가다 어눌한 쌍욕이 우리말로 튀어나오기도 했고, "미친 변태 새끼!"라고 거친 말을 하며 서로 깔깔대며 웃기도 했다.

승합차는 다시 번화한 큰 도로를 벗어나 어딘가로 질주하기 시작했다. Y는 살짝 불안함을 느꼈는지 실장에게 지금 숙소로 가는 것인지 조심스레 물었다.

"얘네들 다음 장소에 내려다준 다음에 숙소 들어갈 거야. 피곤하면 그냥 자. 숙소 도착하면 깨워줄 테니."

실장이란 자의 목소리가 한결 부드러워졌다.

어느덧 차는 한참을 달려 또다시 번화한 어느 곳에서 그녀들을 배설하듯 내보내고 있었다. 마지막으로 내리려던 한 서양 여자가 그녀의 가방 안에서 음료수 하나를 꺼내어 Y에게 건네주며 "이거 마셔" 하고는 미소 지었다.

그리고는 Y의 얼굴 가까이 바싹 다가오면서 "저 남자 조심해!"라고 나지막하게 귓속말하였는데 그녀의 표정을 보지 못한 Y는 그녀의 말이 진담인지 농담인지 구분하기 어려웠다.

마지막 그녀가 내리고 나자 곧바로 문이 쿵 하고 닫혔다. 처음 와본 낯선 도시의 화려한 밤은 잠들지 않고 그렇게 그녀를 계속 혼란스럽게 만들고 있었다.

"저, 저기요…"

"너도 그냥 날 실장님이라 불러!"

그의 퉁명스러운 명령조 말투에 Y는 조심스러운 목소리로 입을 열었다.

흐린 날엔 바로크 그리고 사이폰 커피

"네, 실장님. 그런데 좀 전에 내린 여자분들은 누군가요?"

"우리 상품."

"네?"

"해외에서 떼 온 우리 물건이라고! 중국, 동남아, 러시아, 남미, 유럽 등등 다양하지. 외국 여자가 필요한 곳이면 어디든지 우리가 납품해. 고객이 원하는 대로."

실장이 말한 그 고객이 누구인지 Y는 궁금하였지만, 왠지 물어보아도 퉁명스러운 대답만 듣게 될 것 같다는 생각에 그녀는 질문을 입안에서 삭이고만 있었다. Y가 말이 없자 실장이란 남자가 룸미러로 그녀를 힐끗 보며 말했다.

"너완 전혀 상관없어. 그래서 쟤들이 하는 얘긴 귀담아들을 필요도 없고. 하지만 쟤네 앞에선 항상 말조심해. 한국말을 엄청나게 잘하거든. 못 알아듣는 말이 없어."

차 안에는 다시 침묵이 흘렀다. 실장이란 남자가 그 여자들에 대해 구체적인 설명을 해주지는 않았지만 이미 두 군데의 화려한 밤거리 유흥주점 앞을 거쳐 온 Y는 그녀들이 어떤 일을 하는지 대강은 직감할 수 있었다.

한참을 전방만 주시하며 운전하던 실장은 다시 한번 룸미러를 힐끗 보고는 아직 잠들지 않은 Y를 보며 이번엔 부드러운 목소리로 물어왔다.

"듣기로는 엄마 아빠 없이 컸다던데…"

"…"

그녀가 대답이 없자 실장은 룸미러로 다시 한번 그녀를 힐끗 쳐다보았다.

"근데 넌 엄마 아빠 찾아볼 생각은 전혀 안 해봤나?"

"…"

여전히 말이 없는 그녀였다.

차가 좁은 길로 들어서는가 싶더니 어느 허름한 건물 앞에 멈추었다. 실장이 내리라는 말을 했고, Y가 자신의 키만 한 가방을 힘겹게 들고 차에서 내렸다. 그것을 보고 있던 실장이 말없이 가방을 낚아채며 건물 안으로 먼저 들어갔다.

많이 낡아 보이는 건물이었다. 엘리베이터도 없이 4층을 걸어서 올라갔다. 건물 안에 갇혀 있던 퀴퀴한 냄새마저 따라 올라오는 듯했다.

"왼쪽이 사무실이고, 오른쪽은 인력대기실이야. 네가 있을 곳은 옥탑방이야. 한 층만 더 올라가면 돼."

그의 안내를 받아 Y가 원룸형 옥탑방으로 들어갔다.

소장은 보통 오전 10시쯤 출근한다고 했다. 그래서 오전 9시까지 출근해서 사무실 청소를 해놓고 있으라는 당부를 했다. 그녀가 그러겠다고 대답하자마자 갑자기 그가 아주 가까이 다가왔다. 아까 차에서 마지막으로 내리던 외국인 여자가 음료수를 건넨 후 "저 남자 조심해!" 하며 귓속말로 나지막이 건넸던 말이 떠올랐다. 그리고 그녀가 건넨 말은 농담이 아니었을 거라는 생각이 불쑥 들었다.

Y가 한 걸음 뒤로 물러났다. 그러자 그도 다시 한 걸음 다가왔

다. 그리고 Y가 다시 한 걸음 뒤로 물러나자 그가 다시 한 걸음 또 다가왔다.

"왜, 왜요?"

Y가 당황해하자 그는 음흉한 미소를 지으며 말하였다.

"여기서 일하면 앞으로 나 자주 보게 될 거야. 내가 너희들 손발이나 마찬가지거든. 이제 난 또 다른 애들 데리러 가야겠다."

그는 실장 직함이 찍힌 명함 한 장을 그녀에게 건네주었다. 그리고 나가다 말고는 아까 차에서 질문한 말을 다시 하였다.

"너 정말 엄마 아빠 없이 자란 거 맞지?"

Y는 너무도 당연한 얘기를 왜 자꾸 하는지 모르겠다는 표정을 짓고 있는데 그는 그녀의 표정만으로도 원하는 답변을 들었다는 듯 곧바로 문을 열고 나가버렸다.

다음 날 Y는 실장이 지시한 대로 아침 일찍 사무실로 내려가 청소를 하며 직원들이 들어오기를 기다렸으나 들어오는 직원은 아무도 없었다. 좁은 사무실 안에 몇 안 되는 책상과 캐비닛이 놓여 있었고 소장실이라고 적힌 곳의 문은 굳게 잠겨 있었다. 그리고 오전 10시가 훨씬 넘어서 실장이 말한 대로 Y의 보육원 선배 언니인 소장이 출근하였다. 그녀는 Y를 반갑게 맞이하였고 자신의 방으로 그녀를 데리고 들어갔다.

"직원들은 대부분 외근직이라 사무실엔 너 혼자 있을 때가 많을 거야. 가끔 실장이 애들 데리러 가기 전에 잠시 있기도 해. 어젯밤에 잠깐 보아서 알겠지만, 여자들을 그렇게 유흥업소에 알선해주기도 하지만 그건 우리가 하는 주 업무가 아니야. 그냥 여러 일 중 일부일 뿐이지."

"제가 할 일은 그럼…."

"넌 그냥 오늘처럼 사무실 청소나 해주고 걸려 오는 전화 받고, 직원들이 가져오는 영수증 관리하고 등등, 뭐 그 정도. 쉽지?"

그렇게 얘기하는 가운데 사무실에 누군가 들어오는 듯 소란스러운 소리가 들리더니 소장실 문이 노크도 없이 벌컥 열렸다. 짙은 선글라스를 쓰고 헤어스프레이로 앞머리를 단단히 고정하여 멋을 낸 젊은 사내가 들어왔다. 그 뒤엔 검은 양복을 걸친, 덩치 좋은 남자 한 명이 보였다.

"어유, 회장님 오셨어요."

소장이 어느새 콧소리를 내며 친근하게 선글라스의 사내를 환대하였다.

"얘가 어제 말한 그 애야?"

Y의 선배는 그녀를 회장이란 자에게 소개했고 얼른 커피를 타오라고 하였다. 실내에서도 짙은 선글라스를 착용한 그 사내는 선글라스를 살짝 위로 젖혀 Y를 쳐다본 후 이내 다시 선글라스를 쓰고 소파에 깊숙이 등을 기대어 앉았다. 잠깐 본 눈이었지만 Y는 그의 눈매가 매우 매섭다고 느꼈다. Y가 소장실을 빠져나가려는데 회장이라는 자가 그녀를 불러 세웠다.

"너, 중국어 좀 하니?"

"아유, 쟤가 무슨 중국어를 해요. 이제 막 여기 와서 일 시작하는 앤데."

그녀의 선배가 말을 가로채어 대신 말했다.

"너, 키는 얼마니? 작아 보이네."

이번에는 그녀의 선배가 답변을 못 하고 망설이자 Y는 얼른 150 정도 된다고 들릴락 말락 대답하였다.

"뭐, 그 정도면 딱 적당하네. 중학생 키로. 근데 요새 중학생 애들보다 작은 거 아냐? 보육원에서 잘 못 먹어 그런가?"

"아유, 그건 아니에요. 요새는 얼마나 좋아졌는데요. 나 때보다 훨씬…."

"그래, 됐어. 저 정도면 딱 좋아."

Y가 커피 잔을 가지고 다시 소장실로 들어왔을 때도 그는 여전히 검은색 선글라스를 벗지 않고 있었다. Y가 커피 잔을 선글라스 사내 앞에 조심히 내려놓고 다시 나가려는데 그가 그녀를 불러 세웠다.

"우리가 중국 파트너하고 사업을 많이 하고 있거든. 너도 틈나는 대로 중국어 좀 배워둬. 비즈니스를 하려면 외국어를 할 줄 알아야지. '즈야오 류 워 탸오 밍 쥬싱(只要留我条命就行)' 이런 말은 기본적으로 잘 알아둬야 한다고."

그가 말끝에 호탕하게 웃었다. 그것은 장난기 가득한 웃음이었다. 그녀는 그가 엉터리 중국어로 웃겨보려고 했을 것으로 생각했다. 그녀는 그의 웃음소리가 잦아질 때까지 한동안 어정쩡한 자세로 서 있다가 표정 관리를 제대로 하지 못한 채 그녀의 자리로 돌아갔다.

"애한테 무슨 장난을 그리하세요."

Y가 방을 나가자마자 그녀의 선배는 선글라스 사내에게 눈을 흘겼다. 그는 다리를 꼬고 앉은 채로 연신 능글맞게 웃으며 말하였다.

"아까 한 말이 장난 같아 보여? 쟤한텐 진짜 중요한 말이라고!"

"무슨 말이었는데요?"

"무슨 말이긴 무슨 말이야. 제발 목숨만 살려달란 말이지. 그야말로 생존 중국어 아닌가?"

그가 다시 크게 웃었다.

"애 듣겠어요. 그만하세요!"

그가 찻잔에 담긴 커피를 한 모금 들이켰다.

"달달하네, 믹스커피. 침 뱉어 탔어도 전혀 눈치채지 못할 맛이야. 안 그래?"

선글라스 사내가 곁에 서 있는 덩치 좋은 또 다른 사내를 흘깃 보고는 다시 장난기 가득하게 웃었다. Y의 선배는 약간 못마땅하다는 듯 억지웃음을 짓고 있었다.

그날 이후로도 그 회장이라는 자는 Y가 있는 사무실을 몇 차례 더 방문하여 한참을 그녀의 선배와 대화를 나누고 갔다.

그리고 몇 주가 지난 어느 날이었다.

여전히 짙은 선글라스를 쓰고 자기 부하들을 대동하고 나타난 그가 이번엔 처음 보는 낯선 남자 두 명과 함께 사무실에 들어왔다. 그녀가 커피를 여러 잔 타서 소장실에 앉아 있는 손님들에게 가져갔을 때 회장이라는 자가 중국어로 그들과 대화를 나누고 있었다. 유창해 보이는 그의 중국어 실력에, Y는 그를 처음 대면했던 날 자신에게 지나가는 투로 던진 중국어가 그냥 웃기려고 한 엉터리 중국말이 아니었음을 알았다. 그러나 회장이라는 자가 그때 자기에게 무슨 말을 했었는지 전혀 기억이 나지 않았다. 그녀가 커피잔을 내려놓고 나가려는데 순간 회장이 그녀의 손목을 낚아채듯 잡으면서 그녀를 불러 세웠다. 그리고는 그 중국 손님들에게 소개해주었다. 중국인들은 연신 고개를 끄덕거렸지만 포커페이스였다.

회장의 일행과 손님들이 돌아가자 소장은 Y를 그녀의 방으로 불렀다.

"너 해외 근무도 가능하지?"

"해외 근무요…?"

"고민할 것 전혀 없어. 그런데 사실 넌 뭐 고민하고 자시고 할 것도 없잖아. 굳이 여기 있어야 할 이유도 딱히 없고. 중국 현지에 일이 너무 많아. 그래서 당장 사람이 필요해. 한 몇 개월만 해외 파견 나갔다 온다고 생각해."

"근데, 전 중국어도 전혀 못하고…."

"괜찮아! 그곳에 우리 직원들 많아. 그러니 하나도 걱정할 것 없어. 또 현지에 가면 자연스럽게 다 배우게 돼."

Y가 머뭇거리자 그녀의 선배는 전혀 문제없다며 그녀를 안심시켰다. 하지만 그녀는 외국에 나가 일한다는 것에 기대보다는 걱정이 더 앞섰다.

"저 말고는 갈 사람이 없나요?"

"여기 너 말고 또 누가 있니? 뭐가 걱정인데? 너 잘 생각해야 한다. 내가 보증금만 받은 상태에서 첫 달 월세까지 면해준 건 네 사정상 지금 당장 월세 낼 돈이 없다는 걸 잘 알기 때문이었어. 더구나 입을 옷하고 가재도구들도 내가 전부 장만해주었잖아. 너는 그걸 다 나에게 빚진 거야. 나는 이자까지 해서 나중에 그걸 너에게 전부 요구할 거고. 세상은 말이야, 공짜란 게 없는 거야. 너 여기에서 혼자 일하면서 나한테 얼마 받니? 그 정도 받으면서 나에게 진 빚 빨리 갚을 수나 있겠어? 중국만 갔다 오면 나에게 진 빚 금방 다 갚고도 돈이 남을 거다."

선배 언니의 말은 은근히 설득력이 있었다. Y는 더 이상 말을 이어가지 않았다.

그리고 그날 저녁 Y는 사무실에서 퇴근하지 않고 있었다. 어차피 옥상의 옥탑방으로 올라가봐야 딱히 할 일도 없었다. 그러다 보니 그녀는 PC 앞에서 늦게까지 게임에 몰두하는 일이 종종 있었다.

그날 저녁도 Y 혼자 사무실에 있는데 실장이 들어왔다.

"옥탑방에 없길래 여기로 와봤지."

그의 손엔 술병과 안줏거리가 한 아름이었다.

"언니들 데리러 가야 하잖아요. 근데 왜 술을…"

"괜찮아. 내일 아침 일찍 데리러 나가면 돼. 아직도 열 시간 넘게 남았는데, 지금 한잔 먹고 자고 나면 그땐 술 다 깨어 있을 거야."

그들 사이에 술잔이 몇 번 오갔고, 그녀가 그에게 중국에 가봤냐고 물어보았다.

"그렇지 않아도 너 중국 간다고 하길래 그래서 오늘 너하고 얘기하고 싶었던 거야."

"무슨 얘기를…?"

"나한테 너만 한 여동생이 있어. 부모란 작자들이 서로 각자의 새로운 삶을 살기 위해 떠나면서 나와 내 여동생을 보육원에 버리고 간 거야."

Y는 그의 얘기가 중국에 가는 일과 무슨 연관이 있는지 잘 몰랐으나 그가 하는 얘기를 끊지 않고 묵묵히 듣고만 있었다.

"내 여동생은 해외로 입양됐는데, 나하고 떨어지던 날 여동생이 어찌나 울던지. 조그마한 널 보면 볼수록 그때 내 여동생 모습이 자꾸만 떠올라."

그가 한동안 말이 없었다. 그리고 다시 조심스럽게 말을 이어갔다.

"진심으로 널 내 여동생처럼 생각해서 하는 얘긴데, 최대한 빨리 여기를 떠나!"

그녀의 눈이 휘둥그레졌고 왜 자신이 지금 이곳을 급히 떠나야 하는지를 물었다.

"소장이 일 시키려고 보내는 게 아니야. 넌 중국 가면 죽어."

그녀는 놀랐다. 그러나 아직도 실장이 자기에게 하는 말을 이해하기 어려웠다. 그냥 농담하는 것이 아닐까 하는 생각마저 들었다.

"소장이 모시고 있는 회장이란 자가 이 바닥에서 아주 유명한 해외 인신매매 업자야. 그자가 중국에 널 팔아넘기려 하고 있어."

"무슨 이유 때문에요?"

"중국에는 지역에 따라 매장을 금지하고 화장을 하도록 법으로 돼 있는 곳이 있는데, 중국 애들은 화장보다 매장을 더 선호해. 그래서 죽은 사람을 몰래 땅에 묻으려고 대신 화장당할 사람이 필요한 거야."

Y의 손발이 떨려오기 시작했다. 그리고 얼마 전 회장이란 자를 처음 대면했을 때 그가 중국 손님들에게 자신을 소개해주었던 일이 생각났다. 실장은 표정 하나 변하지 않고 계속 말을 이어갔다.

"그런데 생각해봐. 수요는 시도 때도 없이 넘치는데 공급이 제때제때 이루어지지 않는 거야."

"근데 하필 왜 나를…?"

"그걸 아직도 모르겠어? 넌 고아잖아. 네가 지금 당장 죽어도 널 위해 슬퍼하며 장례를 치러줄 수 있는 자들은 없어. 그건 나도 마찬가지야. 너나 나나 죽어버리면 장례식 한번 없이 곧바로 화장되어서 먼저 화장된 다른 무연고자들과 뼛가루가 뒤섞여버릴 운명인 거야. 아무도 너에게 관심 두는 자가 없다는 게 회장과 소장이 널 선택한 가장 큰 이유지. 지금 당장 없어져도 아무도 널 찾지 않을 테니까. 그자들은 돈이 된다면 뭐든 하는 인간들이야. 너를 내 친여동생처럼 생각해서 하는 말인데, 지금이라도 당장 여기에서 도망쳐. 저 인간들이 너를 전혀 찾을 수 없는 곳으로."

그녀는 참으로 난감했다. 지금 여기를 벗어나면 당장 갈 곳이 전혀 없었다.

그렇지만 실장의 얘기를 들은 이후 더는 이곳에 있을 용기가 나지 않았다. 그녀의 불안함을 실장도 느낄 수 있었다.

"소장 명령이 떨어지면 난 너를 중국 사람에게 돈 받고 넘겨야 해. 그런데 네가 살 수 있는 길이 전혀 없는 건 아니야. 한 가지 방법이 있긴 있어."

그녀의 동공이 커졌다. 그리고 그 방법이 무엇인지 말해달라고 재촉하였다.

"아주 간단해. 그냥 너도 시체를 바꿔치기하면 돼. 그러니까 너 대신 죽을 사람 하나를 찾는 거야."

"그럼, 여기서 죽인 다음에 데리고 가요?"

"말이 되는 소릴 해라! 사람 썩는 게 생각보다 많이 빨라. 시체를 어디다 보관해 갈 건데? 사실상 강제성 없는 납치야. 처리는 현지에서 알아서 하는 거야. 급하면 뭐 그냥 산 채로…. 중국 공안 당국에 적발되어 언론에도 보도된 내용인데 사람을 유괴해서 산 채로 관에 넣어서 화장했다는 거야."

Y가 믿지 못하겠다는 표정을 보이자 실장은 곧바로 자신의 휴대폰에서 인터넷 외신 기사 하나를 검색하여 보여주었다. 기사의 내용은 끔찍했다. 당국이 매장을 못 하게 하자 매장 선호 유족들이 죽은 자를 몰래 매장하고 화장한 것처럼 꾸민 계획이 발각됐다는 엽기적인 내용이었다. 대신 화장당할 시체를 당장 구하기 힘드니까 길 가던 멀쩡한 사람 아무나 유괴했다는 거였다. 심지어 제대로 죽이지도 못하고 그냥 산 채로 관에 넣은 후 그대로 화장을 해

버렸다. 실장이 한 말은 거짓이 아니었다. 그렇지만 그녀는 섣불리 도주하다가 소장과 회장에게 걸리기라도 하는 날엔 중국 가기도 전에 죽을 수도 있겠다는 불안함이 엄습하였다.

"내가 아닌 다른 사람으로 바뀐 걸 알 수도 있지 않을까요?"

"그런 건 전혀 염려 안 해도 돼. 너 대신 다른 사람으로 대체했다는 사실을 나 말고는 아무도 알 수가 없어. 너를 대신할 물건만 찾는다면 내가 그 물건을 너 대신 내 차에 싣고 항구로 가서 중국 바이어들에게 돈을 받고 넘길 거야. 너는 그전에 도주하면 돼. 항구에서 물건을 넘겨받은 중국 바이어들은 회장에게 잘 받았다고 연락할 거야. 그럼 그것으로 다 끝나. 선장과 이미 끈이 닿았기에 사람 하나 몰래 태워 밀항시키는 건 일도 아니지."

"그전에 도주하라는 건 어느 때를 말하는 거예요?"

"널 대신할 물건을 내 차에 싣고 나면."

Y의 머리가 복잡해졌다. 자신이 죽지 않으려면 대신 죽을 누군가를 최대한 빨리 찾아야만 했다. 하지만 누구를 선택해야 할지 도무지 알 수 없었다.

"아무리 생각해도 생각이 나지 않아요. 저를 대신할 수 있는 사람이…"

"네 목숨이 걸린 아주 급한 상황이야. 내가 팁을 하나 준다면, 상대적으로 관심을 덜 받는 물건을 잘 찾아봐. 너처럼 고아가 젤 만만해. 노숙자도 그리 나쁘지 않아. 무연고자도 좋지. 그런 사람들에게 접근해서 일자리를 준다거나 뭔가를 도와줄 것처럼 한 다음 내 차로 유인해 오기만 하면 돼."

Y는 말없이 듣고만 있었다. 그런 자들에게 어떻게 접근해야 할지 난감할 따름이었다.

"최대한 빨리 찾아내야 해. 너를 대신할 만한 물건을 찾으면 나에게 말만 해줘. 내가 너 도망갈 수 있게 끝까지 도와줄게."

실장의 말은 Y에게 위안이 되었다. 하지만 불안한 감정은 쉽게 가라앉지 않았다. 그리고 자신이 이곳에 오게 된 경위를 알게 된 이상 단 하루라도 더는 머물고 싶지 않았다. 당장 오늘 밤이라도 회장과 소장이 자신을 항구로 데리고 갈 것 같은 불안감이 급속도로 밀려와 마음을 불안케 하였다.

"나 대신할 누군가를 실장님께 넘긴다고 해도 그다음 나는 어디로 가야만 하는지 모르겠어요. 그냥 지금 우리 같이 경찰에 신고하면 안 될까요?"

"그건 절대 안 돼!"

실장이 갑자기 버럭 소리를 지르자 그녀가 깜짝 놀라 눈이 휘둥그레졌다.

"지금 네가 죽지 않고 살려고 이러는 건데, 진짜 그렇게 했다간 이 조직에 의해 잔인하게 살해될 거야. 만약 경찰에 이 조직이 행한 일들을 알리는 순간 그 즉시 회장과 소장이 곧바로 잡혀가는 게 아니야. 범죄 혐의만으로는 안 되는 거라고. 명백한 증거 없이는 회장과 소장을 잡아들일 수 없어."

"실장님이 나를 도와주려다가 피해를 볼까 염려돼요."

Y의 말에 실장이 입꼬리를 살짝 위로 올리며 비웃듯이 코웃음을 쳤다.

"야, 지금 이 상황에 누가 누굴 걱정하는 거야? 그리고 다시 말하지만, 우리 진술만으론 부족해. 행여 잘못되기라도 하면 우린 쥐도 새도 모르게 죽임을 당할 거야. 그러니 절대로 경찰에 신고할 생각은 꿈도 꾸지 마! 네가 살 수 있는 길은 그냥 널 대신할 물건을 구하는 것뿐이야!"

그날 밤새도록 Y는 옥탑방에서 잠을 이루지 못하였다. 잠깐씩 선잠을 잘 때도 회장과 소장이 도주하는 자신을 쫓는 꿈을 꾸다가 식은땀을 흘리며 깨어나기를 반복했다.

거의 뜬눈으로 밤을 새우다시피 한 다음 날 아침 다시 아래층 사무실로 정상 출근하여 여느 때와 마찬가지로 사무실 청소를 하였다. 지난밤에 실장이 소장 앞에서 절대 티를 내지 말고 평상시와 마찬가지로 자연스럽게 행동하라고 신신당부하였다. 하지만 출근한 소장을 맞닥트리자 분노가 치밀어 올랐다. 그러면서도 그녀가 어찌해볼 수 없는 조직의 실체 앞에 가슴을 졸일 수밖에 없었다.

"너 오늘 안색이 별로 안 좋아 보인다. 어디 아프니?"

소장의 말에 Y는 뜨끔하였다. 내색하지 않으려고 노력하면 할수록 얼굴에 티가 나는 것 같았다. 그녀는 더 불안해지기 시작했다.

"감기야? 내가 실장에게 약 사 오라고 할게. 아니다, 그냥 병원에 갈래?"

"아니, 괜찮아요. 그냥 약 사 먹을게요. 내가 직접 약국에 갈게요."

그녀는 약국을 핑계로 사무실을 빠져나왔다. 선배 언니의 실체를 알고 난 뒤에는 잠시라도 그녀와 함께 같은 공간에 있기가 겁이 났다.

그날 밤이었다.

시간은 흐르는데 생각은 좀처럼 정리되지 않아 머릿속이 복잡해져만 갔다. 너무 과도하게 신경을 썼는지 몸이 너무 피곤하여 초저녁부터 잠자리에 들었으나 잠은 쉽게 오지 않았다. 그러다 잠깐 눈이 감겼다. 얼마나 잤는지 모를 그때 방 안의 인기척을 느끼고는 외마디 소리를 질렀다. 침입자가 그녀의 입을 틀어막았다.

"조용히 해! 나야, 나!"

비몽사몽간에 그녀는 침입자의 얼굴을 인식하기도 전에 실장의 목소리를 듣고 이내 안도하였다.

"왜 이렇게 전화를 안 받은 거야?"

그제야 그녀가 휴대폰을 집어 들었다.

"조그마한 진동 소리에도 신경이 너무 날카로워져서, 소리를 모두 없앴어요."

"나는 곧 일하러 나가야 해. 일정이 생각보다 너무 앞당겨져서 그걸 알려주러 급하게 온 거야. 지금 바로 결정해야만 할 것 같아. 누구로 대신할지 물건은 선택했어?"

"언제 실행에 옮기나요? 그 중국 사람에게 넘긴다는 거…"

"내일모레 새벽."

Y는 놀라지 않을 수 없었다. 계획대로라면 무조건 내일 하루만

에 모든 것을 준비하고 끝내야만 했다.

"내일 단 하루밖에 시간이 없어. 그런데 정말 다행인 건 오늘 저녁에 소장이 지방에 내려갔어. 내일도 아마 온종일 지방에 있다가 저녁 늦게 올라올 것 같아. 그러니 내일 사무실엔 너 혼자만 있게 될 거야."

"나도 오늘 그 얘길 들었어요. 내일 자기가 사무실에 없을 거라고…"

"어떻게 할 거야? 이제 내가 뭘 도와줘야 하지?"

그녀는 실장에게 그동안 고민하며 생각해두었던 그 물건에 대해 말해주었다.

"좋아, 그럼 이렇게 하자. 오늘 새벽에 내가 일이 끝나는 대로 너를 데리러 올게. 준비 다 끝내고 있어. 내가 전화하면 그때 바로 내려오면 돼."

실장은 다시 황급히 그녀의 방을 나갔다. 그가 떠난 자리에 이내 적막감이 몰려왔다. 실장이 아니었더라면 그녀에게 닥칠 불행을 막아내지 못하고 아무것도 모른 채 이국땅에서 개죽음을 당했을 것이었다. 실장의 도움으로 살길이 생겼지만, 자기 대신 누군가를 죽음으로 몰아넣어야 한다는 생각에 마음이 편치 못했다. 도주하기 위해 무엇부터 가방에 챙겨야 할지 머릿속은 터져버릴 것만 같았다. 그녀는 당장 내일 실행에 옮길 동선을 머릿속에 그려보았다. 실장과 함께 자신이 생각해두었던 그 장소에서 그 물건을 기다릴 것이고, 그 물건을 실장의 차까지 유인할 것이다. 그리고 그 범행 장소를 되도록 멀리 벗어나 어느 한적한 도로에서 실장과 마지막 인사를 하고 헤어질 것이다. 그 장소가 어디가 될지는 그녀도 몰랐다.

'내가 내린 다음에 어디로 갈지 궁금하지 않으세요?'

'내가 그걸 알면 안 될 것 같아. 넌 이제 내일 이후부터 이 세상에 없는 사람이 되는 거야. 아무도 널 모르는 곳에서 다시 새롭게 시작해.'

조금 전에 실장과 나누었던 대화를 생각하자 Y는 그가 정말 고마웠다. 자신을 보호하고 지켜주는 사람이 곁에 있다는 사실이 든든했다. 실장이 친오빠처럼 자기를 위해주는 모습에 그와 더 오래 함께했으면 좋겠다고 생각했다. 그러나 현실이 그렇게 될 수 없음을 그녀도 잘 알았다. 두근거리는 불안한 마음으로 새벽까지 뜬눈으로 그날 그 악마 같은 소굴에서의 마지막 밤을 보냈다.

새벽 동이 트는 시간에 맞추어 실장으로부터 문자 메시지가 날아왔다.

'도착했다. 빨리 내려와!'

Y는 밤새 뜬눈으로 지새우며 가지고 갈 것들을 챙겼으나 입을 옷을 제외하고는 갖고 갈 것이 별로 없었다. 결국 보증금은 되돌려받지 못하게 됐으나 자신의 목숨이라도 건질 수 있게 된 이 상황에 오히려 더 감사해야 했다.

그녀는 부리나케 한걸음에 계단을 뛰어내려 건물 앞에 정차해 있던 검은색 승합차에 재빠르게 올라탔다. 승합차는 단 한 차례도

쉬지 않고 Y가 지목한 그 물건이 있다는 곳으로 갔다. Y의 눈꺼풀이 점점 무거워지고 있었다. 얼마 동안 곯아떨어졌는지도 모르게 차 안에서 단잠을 자고 있는데 실장이 그녀를 다급히 흔들었다. 동시에 뱃고동 소리와 통통배 소리도 들려왔다.

"야, 야, 일어나봐. 지금 애들이 막 쏟아져 나오고 있잖아."

Y는 정신을 차리고 교문을 주시하였다.

"내가 얼마간 아이의 등하교를 도와준 적 있어서 아이가 가는 동선을 잘 알아요. 아이 나오면 바로 따라가주세요. 죽방길 근처로 아이가 들어설 때면 그곳 주변에는 사람들이 별로 없을 거예요. 그때 내가 내려서 아이를 유인해서 데려올게요."

잠시 후 Y의 말대로 발달 장애가 있는 아이가 일반 아이들과 섞여서 나오고 있는 것을 실장도 쉽게 알아볼 수 있었다.

"야, 혹시 저기 나오는 쟤냐?"

"맞아요. 이제 눈치채지 못하게 천천히 저 아이의 뒤를 따라가세요."

승합차가 인도에 바짝 붙어서 아이의 뒤를 천천히 쫓고 있었다.

"너 정말 제대로 골랐구나. 사실상 친척 고모 아이도 아니라니 부담도 없고, 게다가 저 녀석 멀쩡하지 못하니 내가 지금 당장 내려서 후딱 데리고 와도 되겠는걸."

"그건 안 돼요!"

Y는 실장에게 손사래를 치면서 그러지 말라며 펄쩍 뛰었다.

"쟤 잘못 건들면 난리 나요. 바닥에 드러눕거나 여기저기 날뛰면서 발작을 일으키는데 그랬다간 일이 틀어질 수도 있으니 죽방길에 접어들면 그때 내가 얌전하게 데려올게요."

"그래. 너만 믿는다. 하긴 너 대신 갈 놈인데, 네가 마지막까지 잘 대해주어야겠지. 이따가 잘 모셔 와."

아이는 검은색 승합차가 뒤에서 따라오는 것을 아는지 모르는지 무언가 마냥 신이 난 듯 혼자서 중얼거리며 죽방길로 향하고 있었다.

점점 거리를 오가는 사람들의 모습이 줄어들고 있었다. 그리고 드디어 아이가 죽방길로 들어서는 순간 승합차가 멈추었다. 그 안에서 Y가 재빠르게 하차하였다. 그리고 이내 그 아이의 이름을 힘차게 불렀다. 자신의 이름을 들은 아이가 뒤돌아보았다. Y 누나임을 단번에 알아보고는 그녀에게로 달려왔다. Y가 그 아이를 끌어안았고 도로변에 있는 큰 승합차를 가리키면서 저 차 타고 집에 가자고 말했다. 아이가 검은색 승합차를 보더니 좋아하며 Y 품을 벗어나 뛰어가기 시작했다. 단숨에 승합차까지 달려온 아이가 문을 열 줄 몰라 어슬렁거리는데 이를 본 실장이 운전석에서 내려 얼른 문을 연 뒤에 아이를 차에 태웠다. 그리고 숨을 헐떡이며 달려온 Y가 재빠르게 그 아이의 뒤를 따라 들어갔고 실장이 곧바로 차 문을 닫았다. 그는 주변을 살핀 후 아무도 없음을 확인하고는 얼른 차에 올라 쏜살같이 그곳을 벗어나려 가속 페달을 힘껏 밟았다. 아이가 실장을 보고 낯을 가리는 듯 눈치를 보자 이내 Y가 누나의 오빠라며 안심시켰다. 이곳을 빨리 벗어나야만 했다. 되도록 멀리 벗어난 뒤 한적한 도로에서 Y는 내릴 것이었다. 그리고 실장은 아이를 데리고 그대로 항구의 접선 장소로 갈 것이다. 아마 그때 쯤이면 아이 엄마는 없어진 아이 때문에 경찰에 실종신고를 해놓았을 것이지만 그 시각에 그 아이는 이미 중국 사람들에게 넘겨지게 될 것이다. 그렇게 자신의 엄마와는 영원히 이별할 것이었다. Y가 차에서 내려야 할 장소는 처음부터 정해지지 않았다. 국도변을 달리다가 한적한 곳에 내리기로 처음부터 실장과 약속했었다. 그녀가 아직도 긴장했는지 숨을 헐떡이는 것을 본 실장이 조수석에 있던 음료수가 담긴 봉지를 뒤에 앉은 Y에게 건네주었다.

"목마르면 그 아이와 같이 하나씩 마셔."

Y는 아이와 함께 음료수를 급히 들이켰다. 긴장이 극에 달했다가 한순간에 풀어지면서 갈증을 엄청나게 느끼고 있던 상황이었다. 그렇게 아이와 음료수를 마시고 있는데 실장이 갑자기 손바닥으로 핸들을 연신 치면서 쌍욕을 해대기 시작했다.

"왜 그래요? 무슨 문제 있어요?"

"내가 아주 큰 실수를 했다. 내려올 때 미리 주유소에 들러야 했는데, 젠장! 차에 기름부터 넣어야 해. 너는 여기서 지금 내리면 위험할 수 있으니 차에 기름 넣고 좀 더 멀리 가다가 상황 봐서 그때 내려. 알았지?"

다행히 주유소는 그리 멀리 있지 않았다.

"좀만 가면 주유소야. 사람들이 많이 있을지도 모르니 기름 넣는 동안 최대한 저 녀석 차 밖으로 못 나가게 감시 잘해! 다행히 선팅이 짙어서 밖에선 차 안이 잘 안 보여. 저 녀석만 차 밖으로 안 나가면 아무 문제 없을 거야."

주유소에 진입했다. 셀프주유소였다. 실장이 얼른 차 문을 열고 나간 뒤 바로 닫아버렸다. 계산한 금액만큼 자동으로 기름이 들어가도록 주유기를 기름탱크에 고정해놓고 있던 그때, 휴대폰의 벨이 강하게 울렸다. 소장이었다. 실장이 주변의 상황을 잠시 살피더니 차에서 멀리 떨어진 한적한 곳으로 걸어가면서 전화를 받았다. 그때 차 안에서는 아이가 무언가를 계속 가리키며 보채었다. 편의점이었다. 편의점에서 간식거리를 사달라는 아이의 신호였다. 그녀는 잘 안다. 여기서 안 된다고 거절하는 순간 아이의 발작이 언제 일어날지 모르는 상황이란 것을.

"알았어. 누나가 맛있는 것 많이 사서 올 테니까 차 안에 얌전히 있어야 해. 알았지? 누나랑 약속하는 거다. 누나 올 때까지 얌전히 차 안에만 있어야 해!"

그녀는 아이와 새끼손가락을 걸고 나서 곧바로 차 밖으로 나와 편의점으로 달려갔다. 그때 저만치서 담배를 피우고 있는 듯한 실장을 발견했다. 그녀는 편의점으로 가다 말고 방향을 틀어 실장에게로 달려갔다. 마지막으로 그에게도 뭔가를 사주고 싶었다. 뭐라도 고마움의 표시를 해야만 할 것 같았다. 그녀는 그에게로 다가가 등 뒤에서 실장을 부르려다 말고 다시 입을 다물었다. 담배를 피우고 있는 것처럼 보였지만 사실 그는 등을 돌린 채 전화 통화 중이었다. 킥킥거리며 장난스럽게 웃을 때마다 그의 어깨가 눈에 거슬

길양이   225

릴 정도로 심하게 들썩였다.

"이제 접선 장소로 출발합니다. 그동안 완전 생 쇼를 했다니까요. 이게 될 줄이야."

Y의 표정이 점차 굳어졌다.

"진짜 인터넷 기사를 보여주니 잘 속아 넘어가더라고요."

실장은 말끝마다 킥킥거렸다.

"자기가 뭔 일을 저지른지도 모른다니까요. 아까 둘 다 수면제 섞은 음료수도 먹여놔서 이제 곧 잠들 겁니다. 이번 건은 일타 쌍피입니다. 새벽에 물건 넘길 거니까 끝난 후 제 몫은 확실히 챙겨주세요."

Y는 무언가로 뒤통수를 크게 얻어맞은 느낌이 들었다. 뒤로 천천히 소리 안 나게 물러났다. 그리고 이내 승합차가 있는 곳으로 쏜살같이 달렸다. Y가 차 문을 열고 다급히 아이에게 소리 질렀다.

"야, 빨리 나와! 빨리!"

하지만 금방이라도 곯아떨어지려는 듯 아이의 눈은 자꾸 감기고 있었고 아이는 계속 졸린다는 말만 되풀이해댔다. 그녀는 차 안으로 재빠르게 들어가 아이를 끌어안고 나왔다. 자기보다 덩치가 큰 아이를 차 밖으로 간신히 밀어냈다. 아이를 등에 업고 달릴 수는 없었지만, 다행히 아이는 연신 졸리다고 하면서도 Y에게 기대어 같이 걸어가주었다. 편의점으로 향하는 길이 너무나도 멀게만 느껴졌다. 뛰어서 몇 걸음이면 될 거리였지만 지금 그녀에겐 너무나도 멀었다. 그 사이 실장이 언제 왔는지 주유기를 빼고 차로 들어

흐린 날엔 바로크 그리고 사이폰 커피

가려 하는 모습이 보였다. Y는 아이를 편의점 안으로 밀쳐넣듯이 내동댕이치고는 편의점 주인에게 외쳐댔다.

"도와주세요! 저 남자 유괴범이에요! 이 애가 자기 엄마 전화번호를 알고 있어요!"

그때였다. 그녀의 등 뒤에서 실장이 외치는 소리가 들려왔다.

"야! 이리 안 와!"

조금이라도 지체했다간 실장에게 뒷덜미를 잡힐 것만 같았다. Y는 주유소 뒤 야산을 향해 달리기 시작했다. 실장이 그녀를 잡으러 달려가다가 잔뜩 놀란 편의점 주인과 눈이 마주쳤다. 상황이 안 좋다는 것을 느꼈는지 실장은 Y의 뒤를 쫓는 걸 포기하고 다시 차로 돌아갔다. 그리고 급하게 시동을 걸고는 쏜살같이 주유소를 빠져나갔다. Y는 가쁜 숨을 몰아쉬며 야산을 오르다 말고 뒤돌아보았다. 승합차가 더는 안 보였다. 그 순간 휴대폰 진동이 요란스럽게 울렸다. 실장이었다. Y는 전화기의 전원을 껐다. 소장의 일행과 아이 엄마의 얼굴이 떠오르면서 무서움과 미안함이 교차했다. 아까부터 터질 듯이 뛰던 심장은 좀처럼 멈출 줄 몰랐다.

그녀는 다시 야산을 오르기 시작했다. 젖은 나뭇잎들을 밟으며 미끄러지기를 여러 번 반복했다. 친고모는 아니었지만, 그래도 자기를 돌보아주었던 아이 엄마에게 미안했다. 자신의 죄는 절대로 용서받지 못할 거라는 자책을 여러 번 하며 미끄러운 산길을 필사적으로 오르고 있었다. Y가 산등성이를 따라 달리기 시작했을 무렵 먹구름이 드리운 야산에는 일찍 어둠이 내려오고 있었다. 그

주유소로부터 최대한 멀리 도망쳐야겠다는 생각뿐이었다. 태어나서 처음으로 오래 달려본 기분이다. 그녀는 지금 어디에 와 있는지 전혀 모른다. 가면 갈수록 나무들은 우거졌고 빛조차 들어오기 힘든 깊은 산속으로 들어서는 느낌이었다. 너무 숨이 차서 더는 달릴 수 없을 지경이었다. 땅거미가 깊은 산중까지 젖어 들고 있는지 주변이 어스레해졌다. Y는 다리에 힘이 풀렸고 그만 바닥에 주저앉았다. 기다시피 하며 근처 나무까지 기어가 몸을 기댔다. 아까부터 졸음이 쏟아지려는 걸 간신히 참으며 여기까지 달려왔다. 기억이 전혀 없는 엄마 그리고 아빠의 얼굴이 갑자기 그리워지려 하였다. 유달리 그날은 더욱 그러하였다. 참기 힘들 정도로 무거운 눈꺼풀이 자꾸만 온몸을 짓누르고 있었다. 어느새 스르륵 눈이 감겨버렸다. 얼마나 잤는지 알 수 없었고 다만 잠결에 어디선가 여러 마리의 개 짖는 소리가 아주 멀리서 들려오는 걸 들은 듯했다. 그리고 자신의 이름을 여럿이 부르는 소리도 들은 것 같았다. 하지만 그녀는 대답할 수 없었다. 희미하게 의식은 있는데 몸이 마치 가위에 눌린 듯 굳어 있었고 입은 도무지 열리지 않았다. 어둠이 주변을 감싸고 있었다. 잠에서 깨어나긴 했으나 현실 세계에 없는 느낌이었다. 그 순간 후드득 하며 빗방울이 무성한 나뭇잎에 떨어져 내리는 둔탁한 소리가 났다. 빗방울은 곧이어 Y의 머리 위로도 차갑게 떨어졌다. 그러나 여전히 눈꺼풀이 너무나도 무거웠고 그녀의 눈은 쉽사리 떠지지 않았다. 그렇게 얼마의 시간이 더 지나갔다. 강한 번개의 번쩍임과 그 후 귀청을 찢는 듯한 천둥소리에 놀라 그녀는 눈을 번쩍 떴다. 거센 비가 쏟아지기 시작했다. Y는 자기가 얼마나 잠을 잤는지 전혀 알 수 없었다. 퍼붓는 비를 맞으며 산에서 내려가려고 비탈진 길을 찾았다. 조심스럽게 내려가다가 그만 쌓인 나뭇잎과 낙엽들을 밟으면서 미끄러졌다. 몸이 앞으로 고꾸라지는가 싶더니 그대로 언덕을 굴렀다. 구르면서 박혀 있는 단단한 돌에 몸 여기저기가 찍혔다. 이대로 죽는다는 생각이 들었을 때 몸은 더 앞으로 구르지 않았다. 그녀가 몸을 일으켜 세우려 했지만 몸이 말을 듣지 않았다. 어깨와 등, 그리고 허리와 다리에 이르기까지 지금까지 느껴보지 못했던 엄청난 통증이 몸 전체에서 동시다발적으로 일어났다. 비는 계속해서 거세게 내렸다. 그 순간 비릿한 맛을 본 것 같았다. 이마가 깨졌는지 붉은 피가 빗물에 섞여 얼굴을 타고 그녀의 입으로 마구 흘러들어가고 있었다. 지혈하려고 머리에 손을 가져가려는데 어깨도 부러졌는지 손을 들자마자 찢어지는 듯한 고통이 온몸으로 퍼졌다. Y는 다시 한번 힘을 내어 일어섰다. 기다시피 하며 얼마를 더 걸어 내려오자 한참 아래에 텅 빈 도로가 보이기 시작했다. 지나가는 차들은 없었다. 거센 빗발은 여전히 Y의 얼굴을 따갑게 때리며 시야를 가리고 있었다. 빗물이 피와 섞여 자꾸 눈으로 들어가 앞을 제대로 볼 수 없을 정도였다. 어지러웠다. 이제는 실장을 멀리 따돌렸으니 안심하고 누군가의 도움을 받아야겠다고 생각했다. 휴대폰을 꺼내려 했다. 하지만 없다. 산에서 구르다가 아마도 주머니에서 빠져나간 모양이었다. 폭우가 쏟아지는 도로에는 오고 가는 차량이 단 한 대도 보이지 않았다. 이제는 몸이 떨려오고 오한(惡寒)이 들기 시작하는 것 같았다. 당장이라도 누군가의 도움을 받아 병원에 가야 할 것 같다. 하지만 지금 그녀가 도움을 요청할 만한 사람은 아무도 보이지 않았다. 이대로 빗속에 있다가 정신을 잃기라도 하면 아무도 모른 채 죽을 것 같다는 두려움이 불쑥 들었다. 다시 한번 비에 섞인 핏물을 걷어내려고 힘겹게 손을 눈가로 가져갔다. 그러자 그녀의 눈앞 도로 건너편에 뭔지 모를 건물의 형체가 보이기 시작했다. 그것이 무엇인지 Y는 알 수 없었다. 그래도 우선 세차게 내리는 비를 피하고 봐야 할 것 같았다. 지금은 그것 말고는 아무런 생각도 들지 않았다. 한 걸음 한 걸음 옮길 때마다 온몸의 통증이 심하게 느껴졌다. 그래도 이를 악물며 불이 모두 꺼져 있는 건물을 향해 다시 한번 힘을 내어 조심스레 잰걸음으로 산비탈을 마저 내려갔다. 도로변에 다다라 Y는 다시 한번 오가는 차들을 확인하려 했지만 비 내리는 도로는 텅 비어 있었다. 건물로 접근하기 위해서는 도로를 가로질러야만 했다. 그녀는 좌우를 한번 살피고는 도로 위를 건너 얼른 반대편 건물로 달려갔다. 달리는 순간 가슴에는 말도 못할 엄청난 통증이 또다시 몰려왔다. 불이 모두 꺼진 건물 내부로 들어가려 했지만 굵은 체인에 감긴 큰 자물쇠로 잠겨 있어서 다시 다른 입구를 찾아보아야 했다. 비는 그칠 줄 모른 채 더욱더 세차게 퍼붓고 있었다. 그녀는 건물 뒤편에서 철제문 하나를 발견했다. 다행히 잠겨 있진 않았다. 하지만 문은 가볍게 열리지 않았다. 힘을 주자 가슴에 다시 엄청난 통증이 밀려왔다. 간신히 실내로 들어오자 그제야 비를 피할 수 있었다. 오래도록 쓰이지 않은 것 같은 건물은 어둠 속에 갇힌 채 퀴퀴하고도 습한 공기를 가둬두고 있었다. 그녀가 들어온 곳은 식당으로 통하는 후문인 듯싶었다. 창가 쪽 벽에 몸을 기대었다. 세찬 바람과 함께 굵은 빗방울들이 유리창에 와닿는 소리가 심장을 멈추게 할 만큼 크게 들려왔다. 그리고 아주 드물게 한 대의 차량이 도로 위를 쏜살같이 지나가는 소리가 비바람을 갈랐다. 지금이라도 당장 밖으로 달려 나가 차가 지나갈 때까지 기다렸다가 도움을 요청하고 싶었다. 그러나 거세게 내리는 빗속에서 성치 못한 몸으로 언제 올지 모를 차를 마냥 기다리는 것은 그녀에게는 완전히 불가능한 일이었다. 머리에서 피를 얼마나 쏟았는지 심한 어지럼증과 구토가 몰려왔다. Y는 발목에도 이상이 있음을 느낄 수 있었다. 아마 산비탈을 구르면서 접질린 게 아닐까 싶었다. 열도 나면서 비에 젖은 몸이 심하게 떨려오기 시작했다. 머리의 피는 계속해서 멈추지 않았다. 지혈할 힘도 없었다. 어지러웠다. 그대로 기절하듯 눈이 감겼다. 이대로 잠을 자면 영원히 깨어나지 못할 것 같았다. 대머리 목사님에게 선물 받은 조지 뮬러 전기가 떠올랐다. 오만 번 이상의 기도 응답은 바라지도 않고 Y는 그저 지금 단 한 번만이라도 기도가 이루어졌으면 좋겠다고 생각했다. 기도하는 방법은 몰랐지만 자기 대신 아이를 죽게 만들려 했던 자신의 죄를 용서해달라고 기도했다. 그리고 할 수만 있다면 꿈에서라도 진짜 엄마 아빠를 만났으면 좋겠다고 기도했다. 목사의 조언처럼 단지 홀로서기를 잘하고 싶었을 뿐이었는데 어디서부터 어긋난 건지 헷갈릴 따름이었다. 그때 번개가 치자 식당 안이 한순간 대낮처럼 밝아졌다. Y는 한순간 어떤 형체를 본 것 같았다. 실장이 자신을 뒤따라온 게 아닌가 하고 놀랐다. 하지만 다시 어둠에 갇혔을 땐 그 형체도 사라졌다. 그리고 이젠 어둠 속에서 실장이 자기를 찾는 목소리가 들리는 듯했다. 아주 가까운 곳에서 천둥이 일자 유리창이 흔들렸다. 실장의 목소리도 사라졌다. Y가 더는 길양이가 되고 싶지 않다고 중얼거렸다. 점점 의식이 사라지는 느낌이었다.

새벽녘이 돼서야 폭우가 그쳤다. 이날 밤새도록 내린 엄청난 폭우는 Y가 도주해서 달려온 야산 일부를 한참이나 갉아냈다. 그리고 결국 도로를 넘어 폐휴게소 건물 근처까지 엄청난 토사를 쏟아냈다. 아침 일찍 긴급히 도로를 정비하러 중장비 복구 차량이 동원됐고 사람들이 몰려왔다. 작업자들이 쏟아져 내린 흙 속에서 숨진 한 여자를 발견했다. Y였다. 폭우가 쏟아지던 지난밤 그녀가 아픈 몸을 이끌고 왜 폐휴게소를 나와 다시 도로 한가운데를 가로질러 야산으로 가려 했는지는 오직 그녀만이 알 수 있을 것이다.

고유권한

❖

　그녀가 사내 심리상담실 문을 열고 나왔을 때 그녀는 심한 현기증과 함께 갑자기 토악질을 하고 싶어졌다. 부리나케 화장실로 냅다 뛰었다. 다행히 화장실엔 아무도 없었다. 변기통을 부여잡고 누구 눈치 볼 것 없이 시원스레 "왹, 왹" 했으나 아무것도 게워내지 못하였다. 평상시 먹지 않았던 아침을 그날따라 먹은 게 잘못된 것이 아니라 조금 전 상담이 잘못된 거였을 수도 있겠다는 생각이 불현듯 그녀의 머릿속을 어지럽히고 지나갔다. 그녀가 몇 날 며칠을 망설이다가 사내 심리상담실장과 상담 날짜를 잡은 건 바로 며칠 전 일이었다. 대부분 비밀스럽고 개인적인 문제들을 가지고 찾아오는 이들을 일부러 배려라도 해주는 듯 심리상담실은 지하층 깊숙이 외진 곳에 처박혀 있었다. 그곳은 회사가 직원들의 정신 건강을 위해 수년 전 개소한 일종의 직원 복지 시설인 셈이었다. 회사가 그만큼 직원의 정신 건강을 챙겨준다는 좋은 인상을 심어주면서 회사 이미지 제고 효과도 얻으려는 심산이었다. 심리상담실은 회사 인사부서에 속했다. 대표이사 직속 기구가 아니라 인사부서의 하위조직기구였다. 회사는 직원들에게 직장이나 가정에서 여러 가지 고민거리가 있으면 언제든지 편하게 상담실을 찾으라고 말해왔다. 하지만 이런 순수한 의도와는 달리 직원들은 대부분 회사와 연결된 문제를 갖고 찾아오니 사실상 회사가 병 주고 약 주는 셈인 것이었다. 그녀 역시 정작 그녀 자신이 그곳에 가리라고는 상상조차 하지 못했다. 그녀에게는 지금 자신을 도울 우군(友軍)이 절실히 필요했다.

"지금까지 하신 말씀을 들어보니 주임님께서는 이미 답을 가지고 저를 찾아오셨네요. 정말이지 저를 잘 찾아오셨어요."

"네, 실장님. 그러니까 저를 도와주세요. 실장님도 결국 인사부서 소속이신 거잖아요. 저의 사정을 다시 한번 임원에게 설명해주시고, 그리고…."

"잠깐만요."

상담실장이 그녀가 무슨 말을 하려는지 알아들었다는 듯 그녀의 말을 급하게 끊었다.

"주임님, 그래서 저를 정말 잘 찾아오셨다는 거예요. 혼자서 인사부서 임원 만나려고 했으면 진짜 큰일 날 뻔했어요."

그녀는 무슨 말인지 모겠다는 눈빛으로 자신보다 열 살 정도 위로 보이는 상담실장의 무테안경 속 반짝이는 검은 눈동자를 바라보았다.

"주임님이 만약 이 일을 공론화하기 시작한다면 회사는 그때부터 가만히 있지 않을 겁니다."

"…?"

"단도직입적으로 말씀드릴게요. 회사가 주임님을 제거하려고 본격적으로 움직일 거란 말입니다. 제가 인사부 소속인 건 맞지만, 또 직원들 간의 상담 기록을 정기적으로 인사부서에 보고하는 것도 맞지만 디테일하게 보고는 안 합니다. 상담자들과 나눈 비밀스러운 얘기까지 시시콜콜 제가 다 인사부서에 보고하지 않는다는 겁니다. 그러니 저를 믿어도 좋으세요."

"그러니 제 말은 실장님이 저를 도와달라는 겁니다. 오히려 반대로 제 문제를 디테일하게 인사부서에 보고해달라는 거예요."

그녀는 일관되게 말했다. 상담실장은 자기 안경을 추켜세우고 말을 이어갔다.

"주임님! 그럼 지금 당장 회사 떠나서서 다른 곳으로 이직할 수 있으세요? 주임님도 아까 말씀하셨지만 절대 이직은 하지 않을 거라고 하셨잖아요. 지금 대기발령 상태이지만 회사는 주임님을 내보낼 그 어떠한 권한도 행사할 수 없는 상태예요."

"하지만 윤 팀장은 저에게 사실상 권고사직을…."

"그건 그냥 권고일 뿐이지 주임님을 내보낼 그 어떠한 물리적 작

흐린 날엔 바로크 그리고 사이폰 커피

용도 하지 못합니다. 그런데 만약 주임님이 이 일을 공론화하기 시작하는 순간부터 회사는 분명 돌변할 거예요. 그때는 권고사직이 아니라 주임님이 사직할 수밖에 없도록 만들 거예요. 그래서 제가 주임님을 도와드리는 건, 인사부서에 이 일을 상세히 보고하는 게 아니라 주임님이 인사부서에 보고 못 하도록 오히려 말리는 겁니다."

그녀가 깊은 한숨을 내쉬었다. 한참을 아무 말도 하지 않았다. 상담실장이 타 준 뜨거운 녹차가 어느새 식어버렸는지 모락모락 나던 김이 보이지 않는다. 그녀가 긴 침묵 끝에 조심스레 입을 열었다.

"실장님! 그럼 지금으로서 제가 할 수 있는 최선은 무엇인가요?"

"지금 정신적으로 아주 불안정한 상태는 아니세요. 제가 다 놀랄 정도로 위기 극복하려는 마음이 상당히 강하신 것 같아요. 심한 분들은 정신과에서 신경안정제 처방받도록 권하기도 하는데 주임님은 그 정도까지는 아니신 것 같네요. 조금만 더 잘 참으시다가 정말 정말 못 참으시겠다면 나중에 회사 나갈 때 그때 터트리세요."

하지만 그때 되면 너무 늦지 않을까 생각됐다. 그러면서 상담실을 막 나오는데 순간적으로 속이 메슥거렸다. 결국은 일개 직원이 회사를 상대로 절대 싸움을 걸 수 없으며, 가해자들을 지금 당장 어찌할 수는 없다는 결론에 도달하자 속이 울렁거렸다. 상담실장은 예전 다른 직장에서 상담실장으로 있었을 때 그녀보다 더 심한 사례를 상담한 적이 있었다고 말해주었다.

"그분의 사례는 주임님처럼 단순히 성희롱 정도가 아니었어요. 빈번한 성추행으로 도가 심했고 피해자가 공론화하니 회사는 아무도 책임지려 하지 않았어요. 입증할 방법이 부족했어요. 고소하면 될 거라 쉽게 생각했지만, 과정도 쉽지 않았고 결과는 더 안 좋았어요. 부정적인 말씀 드려서 죄송한데 이게 현실이에요."

회사에서 나대지 말고 현실을 직시하라는 말처럼 들려왔다. 개미 주제에 코끼리에게 대들지 말라는 겁박처럼 들려왔다. 정 견디기 어려우면 지금 말고 나중에 이직할 때 그때 공론화해도 늦지 않다는 실장의 말을 수긍하기가 그녀로서는 도무지 쉽지 않았다. 화장실 변기에 앉았다가 일어나는데 순간 현기증이 밀려왔다.

'지난해 업무 능력이 현저히 떨어졌기 때문에 그래. 그러니 잠깐 대기하고 있으면서 네가 갈 부서를 생각해봐. 그런데 그게 생각만 해서 될 일인가 모르겠다. 내가 알기론 너하고 일하고 싶어 하는 부서가 하나도 없거든.'

지난해 말 팀장이 인사평가 내용을 알려주면서 그녀에게 한 말이 귀에 따갑게 맴돌았다. 그리고 상담실장과 일정을 잡기 전날 인사부서에서는 그녀에게 이메일로 빨간색 경고장을 보내왔다. 저성과자로 낙인찍힌 그녀는 무엇이 문제인지도 모른 채 그저 뼛속 깊이 반성하라는 회사의 명령과 함께 그나마 얼마 되지도 않는 그녀의 피 같은 월급이 상당수 깎이고 말았다. 그녀는 억울했다. 부서 내에서 일어난 자신에 대한 성희롱을 양 팀장에게 문제 삼자 양 팀장은 연말 인사고과에서 최하 등급을 자신에게 내린 것이었다. 물론 증거는 없다. 그렇게 합리적 의심만 있을 뿐이다. 이미 지난해 인사평가는 종료된 상태라 더 이상의 문제 제기는 어려워 보였다. 처음엔 자신이 너무 민감하게 생각한 건 아니었나 했다. 더구나 회사가 보낸 경고장의 표현대로 스스로 철저히 반성해야 하는 게 아닌가 싶기도 했다. 하지만 그럴수록 회사가 자기를 가스라이팅하는 것처럼 느껴졌다. 그녀는 답답한 뱃속의 찌꺼기를 그대로 간직한 채 생각해본다.

'그래, 고소(告訴)하면 고소해질까?'

그렇지만 이내 상담실장의 조언이 그녀가 바라는 고소함의 소망을 할퀴고 지나가는 것만 같았다. 다시금 울렁거리는 속을 진정시켜보려는 듯 그녀는 미간을 잔뜩 찌푸린 채 가슴을 여러 차례 쳐본다.

'탁, 탁, 탁, 탁.' 텅 빈 화장실 안에 답답한 메아리가 퍼졌다가 달아났다.

* * *

그녀는 본사 근무 정직원으로 채용되고 나서 2년 뒤에 지방의 지사로 파견 근무를 떠났다가 2년간의 지사 근무를 끝내고 1년 전에 본사로 다시 복귀했다. 지사보다 본사의 근무 분위기가 더 경직

되긴 하였어도 새로운 부서에서의 적응은 그녀에게 그리 어려운 일은 아니었다. 지사 근무 인원을 점진적으로 축소하다가 완전히 철수해버리겠다는 본사의 방침은 이미 여러 달 전부터 계속 흘러나오고 있었다. 그렇지만 본사에 자리가 충분히 남아도는 상황도 아니었기에 지방의 지사 근무자들은 스스로 결단해야만 했다. 계약직 직원들의 연장 계약은 더는 이루어지지 않았고 신규 직원 채용은 당연히 멈추었다. 회사는 기존 정규직원조차도 버거워하는 듯한 인상이었다. 그녀의 기억으로 입사하고 얼마 되지 않아 회사에 해고의 찬바람이 한차례 불어온 적 있었다. 그때 회사는 임직원을 대상으로 구조조정을 단행했다. 그것은 공식적으로 이루어지지 못하고 마치 무슨 비밀작전이라도 수행하듯 이루어졌다. 회사는 내보낼 직원들을 미리 선정해놓았다. 계약직 가운데에선 여직원이 우선이었으며 그다음으로 정규직 가운데에선 인사고과가 낮은 자가 그 대상이었다. 인사부서는 대상자들을 은밀히 불러 퇴사를 권고했다. 그들이 회사의 권고를 거절하고 버티기에 들어가자 인사팀장은 각 부서 팀장들에게 그들이 속해 있는 팀에서 권고사직 대상자들을 따돌릴 것을 지시했다. 인사팀장은 구체적인 방법까지 정해주었다. 그들이 회사에 출근하면 새로운 일을 전혀 맡기지 말고 혼자 멍하니 책상에 앉아 있는 시간을 최대한 많이 만들게 하라는 팁을 주었다. 그리고 간단한 일을 주더라도 그들의 성과를 피드백할 때 무조건 부정적으로 평가하라는 거였다. 그런 식으로 다른 직원들과 상대적으로 비교하여 업무 성과가 현저히 떨

흐린 날엔 바로크 그리고 사이폰 커피

어진다는 걸 인지시키라고 귀띔해주었다. 이러한 방식이 일차적 지시사항이었고 그다음으로 팀 내에서 그들을 철저하게 외톨이로 만들어놓으라는 것이 이차적 지시사항이었다. 그것은 각종 회의와 팀 회식 등에서 실수를 가장한 의도적 제외로 이루어졌다. 이 정도만 해도 회사에서 내보내야 할 자들은 자연스럽게 심리적 압박을 받게 되어 결국 얼마 못 가 스스로 퇴사를 결단하게 될 거라는 것이 인사팀장이 내다보는 계획이었다. 줄 돈만 주고 불용자원을 빨리 내보내서 회사의 인건비를 줄이는 게 우선이었으나 문제는 그래도 나가지 않고 꿋꿋이 버티는 직원들이 여전히 많다는 게 회사의 고민이었다. 정말 회사 경영 상황이 악화일로에 있다면 자구책 노력을 다해본 뒤 마지막에 살생부를 공표해서 노골적으로 내보내는 걸 택하는 것이 순서일 것이다. 회사가 살아남아 건전성을 회복하여 다시 고용 창출로 이어지기 위해선 먼저 기존 노동자를 자유롭게 자를 수도 있어야만 하는 것이었다. 하지만 그녀뿐만 아니라 많은 직원이 그 당시 정말 진정으로 회사의 경영 상태가 어려웠나 되물어본다면 직원 모두 고개를 갸우뚱하며 이에 동조하기 힘들 것이었다. 더구나 회사의 경영 악화를 직원이 만들지도 않았는데 덮어놓고 직원이 책임지듯 퇴사해야 한다는 건 받아들이기 힘든 논리였다. 그래서 인사팀은 직원들 몰래 비밀리에 은근슬쩍 구조조정을 감행했는지도 모를 일이었다. 그런데 이런 비밀스러운 계획이 어느 팀장의 양심고백으로 팀원들에게 전해지는 바람에 회사의 파렴치한 지시가 만천하에 드러났다. 그리고 대다수의 팀장은 양

심고백까진 못해도 자신들의 팀원인 구조조정 대상자들을 의도적으로 따돌리거나 업무 성과를 의도적으로 저평가하는 일을 인간적으로 행하길 꺼렸다. 인사권자로서 철저히 비인간적인 면모를 보여주어야 했지만, 그들은 그저 방관자적 태도를 보이는 것으로 회사의 지시에 불응하고 있었다. 그런 가운데 회사의 지시를 적극적으로 행한 팀장이 있었다. 바로 그녀가 속해 있던 팀의 조 팀장이었다. 그는 팀 내 회식이나 전체 회의가 있을 때마다 그 구조조정 대상 직원을 빼고 공지를 돌리는 등 의도적으로 그를 따돌렸다. 영문을 몰랐던 팀원들은 홀로 남겨진 그를 뒤늦게 불러들이곤 했다. 그리고 이 방법이 빠른 효과를 보이지 않자 조 팀장은 그를 자신의 자리로 불러들인 후 회사의 지시라며 노골적으로 퇴사를 강요하기 시작하였다. 더는 회사에서 같이 일할 수 있는 분위기가 아닌데 계속 버텨봐야 서로 좋을 게 뭐가 있냐는 게 조 팀장의 논리였다. 그것이 주요했을까, 그는 결국 더 오래 버티지 못하고 회사를 떠나고야 말았다. 회사는 이런 조 팀장을 주목했다. 회사가 원하는 걸 해준 조 팀장은 당당하게 성과를 보여준 셈이었다. 이 일은 그를 부서장의 자리로 고속승진시킨 기회가 됐다. 계약직 여직원들은 회사가 큰 수고를 할 것도 없이 쉽게 내보낼 수 있었다. 직원들은 동료들이 갑자기 회사를 떠나는 상황 속에서 그저 열심히 일한 죄밖에 없는데 왜 자신들이 구조조정의 대상이 되어야만 하는지 불만만 가질 따름이었다. 회사가 정당하게 구조조정을 단행했는지에 관해 그들은 잘 몰랐다. 회사가 직원을 자르면 그저 자르나

보다 할 따름이었지, 문제를 제기하는 직원들은 찾아보기 힘들었다. 그들은 같이 고생했던 동료가 한순간 잘려 나가는 걸 두 눈 뜨고 그대로 보고 있었으며, 그 대상이 그저 자신이 아닌 것만을 천만다행으로 여기고 있는 것 같았다. 그 가운데 그녀도 있었다. 그렇게 처음부터 은밀하게 벌어진 구조조정을 직원들이 알아차리자 회사는 원하던 인원 감축 효과를 제대로 볼 수 없게 되었다. 그리고 회사는 마치 화풀이라도 하듯 일부 인원을 내보내지 못할 바에야 그럼 전체 인원의 임금을 일괄적으로 삭감하겠다는 전략으로 회사의 목적을 관철해버렸다. 직원들은 일하는 강도가 줄어들지 않았는데도 임금이 줄고 성과급이 사라진 것에 아무도 반기를 들지 못하였다. 결코 작지 않은 회사였으나 노조는 없었다. 그래서 근무 환경 좋은 회사라는 외부 인식이 있었을지 모르나 실상은 그렇지 못했다. 이른바 반골 기질의 사람들이 나서서 사측의 불합리한 결정과 방침들에 대한 문제를 제기해야 했는데 그 누구도 회사를 상대로 목소리를 높일 줄 몰랐다. 오히려 권한 있는 자에 빌붙어 자기만 살려고 하는 사내 정치가 만연할 정도였다. 그녀는 이런 무기력한 상황이 회사가 직원을 함부로 대하는 체질로 만들어버린 게 아닌가 하는 느낌을 받았다.

* * *

　파견 형식으로 지방 지사에 업무 지원을 나갔던 그녀가 그곳 팀원들의 강력한 요청으로 원래 예정되어 있던 근무 일수를 넘겨 장기간 있게 되었다. 본사 근무 때보다 오히려 급여를 좀 더 많이 받게 되어 그녀도 그리 나쁘게 생각하지 않았다. 하지만 본사로부터 들려오는 회사의 경영 악화는 지난번 은밀하게 이루어진 구조조정 상황과는 근본적으로 달라 보였다. 지사 인원을 먼저 단계적으로 축소하는 절차가 진행됐다. 모든 계약직은 더 이상의 연장 계약 없이 자연스레 정리되었으며 정규직들은 대부분 본사로 들어가야 했지만, 문제는 그때부터 벌어졌다. 본인이 원하던 부서로의 배치가 이루어지지 못하면 무한정 대기 발령자로 있어야만 했다. 본사의 조직장들은 지사에서 근무하던 정규직원들을 면담하면서 자신들이 데리고 일할 수 있는 자들인지 아닌지 검토에 들어갔다. 양 팀장이 면담을 이유로 그녀를 찾아온 것도 바로 그 이유 때문이었다.

　"이번에 복귀하면서 우리 부서에 지원했는데, 조 부서장님이랑은 전에 같이 근무했었지?"

　"네. 그런데 조 부서장님은 지난번 임원인사에서 또다시 탈락하신 것 같던데…."

　"내가 볼 때 그 양반은 곧 정년이고 나이도 많아 임원 되긴 글렀어. 본부장이 저리 감싸고 도니. 역시 회사 생활은 줄 잘 서는 게 장땡이지."

양 팀장은 조 부서장 밑에서 일하는 게 만만치 않을 거라며 연신 그를 욕하고 있었다. 그녀는 그런 양 팀장을 이해하기 어려웠다. 자신의 기억 속엔 조 부서장이 그다지 나쁜 이미지로 각인되어 있지 않았기 때문이었다.

그녀가 본사로 처음 출근하던 날 그녀를 잘 아는 직원들이 그녀를 반겼다. 그리고 그날 외부 일정으로 늦은 아침에 출근한 조 부서장을 보자마자 그녀는 자리에서 벌떡 일어나 그에게 인사를 하였다. 오래간만의 만남이었지만 밝게 웃으며 인사를 건넸던 그녀와 달리 조 부서장은 웃음기 하나 없는 무표정으로 고개만 끄덕일 뿐이었다. 그동안 어떻게 지냈냐는 말이나 지사에서의 근무가 어땠었냐는 등 안부를 묻는 말은 전혀 없었다. 그의 퉁명스러움에 그녀가 살짝 당황했다. 그리고 뻘쭘함을 뒤로하고 조심히 자신의 자리로 가는 순간 조 부서장은 양 팀장에게 배 차장과 함께 자신의 자리로 와보라며 까칠하게 명령했다. 그가 책상 위에 신경질적으로 내던진 서류철 속에서 종이 한 장이 펄럭이며 바닥으로 떨어졌다. 그것을 본 그녀가 얼른 자리에서 일어나 종이를 주워 공손하게 조 부서장의 책상에 얹어놓았다.

"짜증 나게 아침부터 또 공포 분위기 조성 시작이네."

이런 일이 매우 익숙하다는 듯 직원들 몇몇이 조 부서장 자리로 가고 있는 양 팀장과 배 차장을 보면서 수군거렸다. 조 부서장은 배 차장이 진행하고 있던 업무를 가지고 한참을 야단이었다. 그런데 아직 업무 파악을 제대로 못 한 그녀가 상황을 미루어 짐작해 보더라도 조 부서장이 무언가 계속 트집을 잡는 것처럼 보였다. 그렇게 오전부터 조 부서장에게 여러 쓴소리를 들어야 했던 배 차장은 그날 법정 근무 시간을 넘겨 혼자 야근했다. 그의 모니터 가득 채워진 엑셀 장표에 어지러운 숫자들이 뛰어다니는 게 그녀 눈에 보였다. 그리고 그의 뒤를 스쳐 퇴근하는 그녀의 뒤통수가 따끔했다. 다음 날 그녀가 출근하니 배 차장은 어제의 복장 그대로 기름진 부스스한 머리에 생기 없는 얼굴빛으로 출근하는 직원들을 맞이하고 있었다. 그가 철야를 하다가 집에 못 들어가고 그냥 회사에서 밤을 지새웠다는 말을 다른 직원에게 듣고 그녀는 놀랄 수밖에 없었다. 그녀 역시 지금의 회사로 이직해 오기 전에 전 직장에서 납품 기일을 지키려고 야근과 철야를 경험해보긴 했다. 새벽 3시가 넘도록 책상에 앉아 시간에 쫓기듯 업무를 처리할 때는 눈이 너무 아파 견디기 힘들었다. 자정이 넘어가면서 장시간 착용하던 콘택트렌즈를 빼지 못하고 있던 터였다. 다른 직원들이 아직 퇴근 전인데 혼자 먼저 퇴근하겠다는 말이 차마 입에서 떨어지지 않았다. 콘택트렌즈를 빼고 안경을 써야 했지만 안경은 회사에 없었다. 그녀가 이직을 결심하게 된 가장 큰 이유가 바로 그런 초과근무가 너무 잦았기 때문이었다. 당연히 지급되어야 할 초과근무수당은 없었다. 그러다 보니 야근과 철야는 늘 법정 근무 시간 내에 일을 제대로 처리하지 못한 직원에게 내려지는 회사의 체벌처럼 느껴졌다.

흐린 날엔 바로크 그리고 사이폰 커피

그녀가 공인노무사를 찾은 건 사내 상담실장과 은밀히 상담하고 난 뒤였다.

　　"양 팀장이 술자리에서 첫 경험에 대해 강제로 말하게 했다면 성희롱으로 인정될 수 있습니다. 그런데 인사평가 무효확인 소송을 벌인다면 다툼이 있어 보입니다."

　　"인사평가 방식 자체에 문제가 있다고 말씀드렸잖아요. 평가자가 너무 주관적으로…"

　　"그게 바로 사용자 측인 인사권자의 고유권한이라는 겁니다."

　　고유권한이라는 말 앞에 그녀의 입은 굳어질 수밖에 없었다.

　　그녀는 자리를 뜨기 전에 상담실장이 말했던 그 내용이 맞는지 노무사에게 다시 한번 확인하고 싶었다.

　　"성희롱 건에 대해 회사에 문제를 제기하자 납득하기 힘든 인사평가가 이루어졌어요. 인사평가 무효를 주장하면서 재평가를 요청하고 싶은데 이러면 회사는 저를 퇴사시키려고 할까요?"

　　"네! 얼마든지 그럴 수 있습니다."

　　노무사의 답변에는 조금의 주저함이나 망설임도 없었다. 이제 그녀에겐 양자택일만 남았다. 고유권한을 행사한 자들에 대항하여 싸울 것인지, 아니면 그들의 절대 권한을 인정하고 조용히 무릎을 꿇을 것인지. 그녀의 마음은 후자가 아닌 전자로 많이 기울어지고 있었다. 그렇기에 노무사가 말했던 다툼의 여지가 보인다는 말이 그래서 더 화가 났다. 자신이 보기에 다툴 여지가 전혀 없어 보였기 때문이었다. 여직원 혼자 있던 회식 자리에서, 그것도 술에 잔뜩 취한 팀장이 직원들에게 성적인 질문을 한 것은 남녀의 성을 떠나 부당한 행동이라 여겼다. 더군다나 일 년마다 고과를 어떻게 받느냐가 그다음 해 연봉과 승진에 직접적인 영향을 주기 때문에 인사권을 가진 조직장의 인사평가는 주관적이어서는 안 되고 최대한 객관성을 유지하며 평가가 이루어져야만 한다는 것이 그녀가 갖고 있던 일반적 상식이었다. 그녀는 회식이 있던 다음 날 술자리에서 이루어진 부적절한 대화에 관해 양 팀장에게 문제를 제기했다. 더군다나 조 부서장에게까지 이메일을 보내어 재발 방지 대책을 요구했다. 양 팀장과의 면담이 이루어진 건 그 때문이었다.

"의외로 사람이 아주 고지식하네. 그건 그냥 농담이었지, 농담! 술자리에서 그 정도도 얘기 못 하나? 더구나 그건 성희롱이 아니라 직원들 모두에 대한 공통적인 질문이었잖아?"

"아무튼 회식 자리에서 결코 적절치 못한 대화였습니다. 전 그렇게 느꼈습니다."

"회식 자리에서 그럼 뭔 얘길 해야 하는데? 난 그저 분위기 좋게 하려고, 그래서 웃자고 한 얘기일 뿐이었어. 이렇게 사소한 걸로 예민하게 나오면 어느 부서든 여자랑 함께 일하고들 싫어 하지 않을 거야."

그녀는 양 팀장이 그런 식으로 말하는 것조차 남녀를 구별하는 성차별적 발언이고 그렇게 사소하게 여기는 것이 성희롱으로까지 이어지는 거라고 거침없이 말하였다. 그리고 도가 지나치면 성추행과 성폭행으로까지 번지는 것이 아니겠느냐 했다.

"어휴, 이거 무서워서 내가 뭔 말을 못 하겠군."

양 팀장은 한숨을 내쉬고 답답하다는 표정과 함께 그녀와 더 이상의 대화를 이어가는 걸 주저하였다. 그 면담 이후 양 팀장뿐만 아니라 주변의 팀원들도 자기를 대하는 게 조심스러워졌다는 것을 그녀는 느낄 수 있었다. 남자 직원들이 일부러 자기를 피한다는 것이 느껴졌다. 그녀는 그것이 불편했다.

어느 날 아침 조 부서장이 출근하자마자 그녀를 그의 자리로 불렀다. 그녀는 외주업체에 대금을 지급하는 업무를 맡고 있었다. 양 팀장의 결재를 받아 조 부서장에게 결재서류를 올렸는데 그가 금액이 적정한지에 대해 그녀에게 이것저것을 물어보기 시작했다. 그녀는 외주업체에 지급하는 금액이 어떤 경위에서 나오게 되었는지 그간의 자료들을 갖고 금액 산정 근거를 설명해주었다. 일부 주관적 판단으로 금액 산정이 될 수 있는 항목을 그가 문제 삼은 것이었지만 업체와의 협의를 거쳐 적정선으로 합의를 보았다고 그녀가 부연 설명했다. 그것이 부정확하거나 잘못되었다면 어떤 근거를 가지고 다시 선정할지를 그가 가르쳐주면 될 일이었다. 하지만 조 부서장은 지급 금액을 재검토해보라면서 결재서류를 반려시켜버렸다. 그녀는 결재서류에 조 부서장의 사인을 단번에 받지는 못할 거라고 이미 예상했었다. 이것은 흔한 일이었다. 그냥 하루 이틀 더 서류를 묵혀두었다가 재상신하면 그가 은근슬쩍 마지못해 사인할 것이었다. 왜 그러는지는 아무도 몰랐다. 그가 부하직원들의 업무 결과물을 단번에 승인해버리면 상사로서의 권위가 제대로 서지 않는다고 여기는 것이 아니겠냐며 직원들은 그저 뒤에서 수군덕거릴 뿐이었다.

결재서류를 가슴에 안은 그녀가 자리를 뜨지 않고 조 부서장을 바라보았다. 사실 그녀가 더 듣고 싶은 말은 따로 있었다. 지난번 회식 자리 성희롱 건에 관해 조 부서장에게 이메일을 보냈지만 아직 그로부터 특별한 회신을 받지 못한 터였다. 그녀가 머뭇거리자 조 부서장은 뭐 더 할 말 있냐 물어보았고 그녀가 아직 이메일에 대한 회신을 못 받았다고 조심스레 말하였다.

"아, 그때 그거. 내가 이미 양 팀장에게 말했는데. 따로 면담을 해보라고."

그녀는 조 부서장에게서 더 이상의 말을 듣지 못하고 자리를 벗어나야 했다. 그리고 성희롱 건은 흐지부지 시간이 지나면서 공론화하기 애매한 상태가 되어버렸다. 그녀가 보기에 다른 직원들은 그날 그 일이 심각한 성희롱 사례에 해당할 거라고는 아무도 생각하지 않는 것 같았다.

                              *   *   *

　다가오는 새해를 맞아 연말에 조직개편이 단행됐다.

　양 팀장은 그녀를 자신의 부서에서 내보냈다. 회사의 인사팀은
그녀를 대기발령 상태로 만들면서 모든 업무에서 손을 떼게 하였
다. 그녀는 새해부터 자신이 왜 업무에서 배제되어야만 하는지 그
이유를 알 수 없었다. 양 팀장은 조용히 그녀를 회의실로 불렀다.

　"부서마다 지사에서 본사로 넘어온 직원 가운데 누구누구는 받
지 않겠다고 서로 난리였다."

　면담 초반부터 양 팀장은 그녀 역시 그 가운데 있었다며 그녀가
받은 저평가의 정당성을 확보하려는 인상을 보였다.

　"그래서 저는 이번 인사평가가 잘못됐다고 봅니다. 구체적으로
도대체 뭐가 부족했고 뭘 잘못한 건지 그동안 사전 고지가 전혀
없었잖아요. 무언가 제게 문제가 있었다면 미리 알려주고 개선의
기회가 있을 수 있도록 해야 했던 것 아니었나요?"

　그녀가 매우 억울하다는 듯 양 팀장에게 따져 물었다.

　"평가에 대해선 왈가왈부하지 마. 그건 조직장에게 주어진 고유
권한이니까."

　"아무리 고유권한이라 해도 받아들이는 사람으로선 객관적 평가
가 이루어졌는지 알아야 할 것 아닌가요? 혹시 지난번 제가 성희
롱 건으로 팀장님을 곤란케 해서 저를 저평가하신 건가요?"

고유권한   **251**

"그건 나에게 너무 충격적인 말이다. 내가 그런 일로 보복 차원에서 부하직원을 함부로 평가한다고 생각하는 건가?"

"합리적 의심을 말씀드리는 것이고, 그래서 대기발령은 절대 인정할 수 없습니다."

양 팀장이 그녀의 말에 한숨을 크게 내쉬었다. 그리고 한번 내려진 평가는 두 번 다시 되돌릴 수 없다고 못을 박았다. 대기발령 상태에서 차분하게 회사의 조치를 기다려보라 했지만 온종일 아무 할 일 없이 회사 출근하는 것도 힘들 테니 이른 시일 내로 더 적성에 맞는 일자리를 구해보라고 충고를 해주었다.

"지금 저에게 권고사직을 말씀하신 건가요?"

"나는 그저 조언을 해줄 뿐이야. 어디로 보낼 부서가 있으면 다행인데, 그렇지 못해. 아무도 당신하고 일하고 싶어 하질 않아. 그러니 적합한 다른 회사를 찾아보는 게 더 좋을 것 같아."

양 팀장의 말을 듣다 보니 그녀는 이미 자신의 퇴사가 결정되어 버린 것 같았다.

그녀에겐 이대로 물러서면 안 될 것 같다는 생각이 지배적이었지만 그날 양 팀장 앞에선 아무 말도 할 수 없었다. 퇴사 결심을 자발적으로 하는 게 아니라 회사가 자신을 밀어내는 것 같다는 불쾌한 기분에 더 반감이 들었다. 하지만 그녀로서는 지금 아무것도 할 수 없는 공황 상태로 빠져들어가는 기분이었다.

사내 심리상담실장이 자기편이 되어주리란 믿음은 그녀의 착오였다. 상담실장은 잘못된 인사평가를 그녀가 공론화시키는 것에 동조하지 않았다. 그것이 오히려 그녀를 더욱 궁지와 위험으로 몰아갈 수 있기 때문이라는 이유에서였다. 노무사와의 상담에서도 마찬가지였다. 회사가 잘못했다는 식의 문제를 제기하는 순간 회사의 권고사직은 더욱 노골화될 수 있다는 말에 그녀는 이러지도 못하고 저러지도 못하는 상태가 되었다. 그녀는 자신에게 내려진 대기발령의 끝이 보이지 않을 것 같았다.

그녀는 결국 변호사와 마주 앉았다. 자신을 도와줄 사람이 주변에 아무도 없다는 판단이 서자 조금씩 겁이 나기 시작했다. 회사의 인사 조처가 매우 부당하다고 생각됐지만 무엇을 어떻게 입증해야 할지 그저 막막했다. 그녀는 그동안 입사해서 매년 받은 인사평가 서류를 가지고 노동쟁의 전문 변호사를 찾았다. 그녀는 징계 한 번 없이 매년 우수한 인사평가를 받아왔다. 그래서 무난하게 곧 진급도 이루어질 상황이었다. 저평가된 것은 양 팀장의 성희롱을 문제 삼은 그해 단 한 번뿐이었다. 변호사는 그녀가 하는 이야기를 중간중간 필기하면서 귀담아듣고 있었다. 이야기가 거듭될수록 그녀의 감정도 고조되는 듯 숨이 가빠지며 또다시 알 수 없는 울렁거림이 배에서부터 목구멍으로 올라오고 있었다. 그녀의 흔들리는 목소리를 눈치챈 변호사가 그녀 앞에 놓인 식은 찻잔을 권했다. 그녀가 목을 축이고 말을 이어가는데 변호사는 마치 자기일인 양 공감하며 고개를 끄덕여주고 있었다. 그가 그녀의 지난 인사평가 서류들을 살펴보았다. 매우 우수했다. 다만 양 팀장과 조부서장의 인사평가가 그간의 평가 결과와 달리 현저히 눈에 띄게 차이가 났다.

"나쁜 사람들."

서류를 뒤척이던 변호사가 그렇게 혼잣말하듯 중얼거렸다. 그녀는 순간 울음을 터뜨리고 말았다. 자신의 문제를 가지고 공감을 표해주면서 자신이 하고 싶은 말을 대신해주는 것에 그녀 자신도 모르게 울음이 터져 나와버렸다. 어린 시절 학교에서 친구들과 문제가 생기면 엄마 아빠에게 쪼르르 달려가 고자질하면 엄마 아빠는 언제나 그녀의 편이 돼주었다. 사춘기 시절엔 또래들과 비슷한 고민을 하고 있을 때 곁의 친구가 언제나 그녀의 편이 돼주었다. 하지만 어른이 되고 사회생활이란 것을 하면서부터 그녀의 고민을 들어주는 사람은 주변에 그리 많지 않았다. 어떤 문제든 자기편이 돼주었던 부모님에겐 언제부턴가 별문제 없다는 거짓말이 일상이 되어버렸다. 부모님이 예전처럼 자기편이 되어서 자기 문제를 해결해주지는 못한다는 것을 이제 잘 알기 때문이다. 그리고 무엇보다도 자신의 근심으로 걱정스러워하는 엄마 아빠의 수심 가득한 얼굴을 대하기가 싫었다. 친구에게 자신의 문제를 털어놓는 것 또한 싫었다. 자신이 친구들보다 잘 살지 못한다는 걸 보여주는 것 같아서 자존심이 상했고, 행여 자기 한탄이나 하는 한심스러운 여자로 비칠까 봐 조심스러웠다. 그녀 주변에 자기의 고민을 들어주고 공감해주면서 문제를 해결해주려는 자가 아무도 없었는데 변호사가 자신의 편이 되어줄 것 같은 이 상황에서 그녀는 감정을 주체하지 못했다. 변호사가 말없이 그녀에게 티슈를 건네주었다. 그녀가 눈

흐린 날엔 바로크 그리고 사이폰 커피

물을 닦으며 소를 제기하면 승소 가능성이 얼마나 될지 물었다. 변호사가 잠시 주저하였다.

"솔직히 백 퍼센트 장담은 못 드리겠습니다. 인사평가와 발령은 인사권자의 고유권한입니다. 하지만 그 고유권한이 정당하게 쓰였는지는 따져봐야 할 중요한 문제입니다. 지금까지 받아온 인사평가가 전혀 나쁘지 않았고, 단지 지난해 양 팀장과 조 부서장으로부터 받은 인사평가만이 문제였기에 이것의 정당성을 사측(社側)이 입증해야 할 것입니다."

'고유권한'이란 말을 듣자 그녀는 양 팀장이 그녀에게 했던 말을 떠올렸다. 평가는 조직장의 고유권한이라는 말이었고, 그녀는 그 말을 들었을 때 그것은 곧 그 누구도 자신이 내린 평가에 절대 왈가왈부할 수 없다는 걸 의미한다고 역설하는 것같이 느껴졌다. 변호사가 그녀의 불안한 눈빛을 의식했는지 한마디 더 덧붙였다.

"원칙을 말씀드린 것뿐입니다. 회사가 인사에 대한 상당한 재량권을 갖고 있으나 합리적 기준에 따라 객관적이면서 공정한 심사가 이루어져야만 할 것입니다. 해고 수단 등으로 악이용되어선 안 되는데 그것이 보인다는 것입니다. 더구나 지금 하신 진술로 미루어 보면 절차상 문제가 많고, 두 조직장이 작당 모의하여 고유권한을 남용한 일탈로도 보입니다. 이제부터 회사에서 면담 있으면 매 순간 녹음하세요."

변호사는 그녀에게 회사 대표 앞으로 내용증명을 보내라고 조언해주었다. 그녀는 변호사 말대로 이행했지만 회사로부터 아무런 회신도 받지 못했다. 그녀는 법원에 양 팀장과 조 부서장을 성희롱 및 성희롱 방조죄로 고소함과 동시에 인사평가 무효확인 소송을 제기했다. 그러자 아무런 반응도 없던 회사가 움직이기 시작했다. 어마어마한 수임료를 자랑하는 대형 로펌 소속의 변호사 여러 명을 선임하여 소송전을 치를 준비를 하였다. 그녀의 변호사는 1심 소송 기간을 일 년 정도로 예측했다. 국내에서 유일하게 빨리빨리 문화가 통용되지 않는 분야가 소송이다. 장기간 받아야 할 스트레스는 피하기 어려웠다. 더구나 패소하기라도 하면 그녀는 소송비용을 회사 측에 물어줘야 하는, 엄청난 경제적 손실도 불가피했다. 그녀가 선임한 변호사는 자신을 선택해준 의뢰인을 위해 최선을 다할 것이다. 그건 회사 측이 선임한, 엄청난 수임료를 자랑하는 변호사들도 마찬가지일 터였다. 억울한 사람을 변호해준다는 변호사 역시 누구의 편에 서서 변호해주냐에 따라 억울함에서 해방시켜주기도 하고, 한편으로 억울한 사람을 더 억울하게 만드는 역할을 하기도 한다. 그녀의 변호사는 자신의 오랜 경험상 회사가 우리 측의 변론을 철저히 부정하면서 자신들의 변론에 정당성을 확보하려고 할 것이라 했다. 회사 측 변호사들이 그 역할을 더 정교하게 할 것이라는 거다. 그러다 보면 회사 사람보다 회사가 선임한 변호사들이 더 얄미울 수도 있을 거라고도 했다. 하지만 그에 개의치 말고 미리 마음의 준비를 단단히 하며 의연해질 걸 조언하였다. 소송이 시작되자마자 회사의 인사팀은 그녀를 대기발령에서 빼내어 다른 부서로 인사이동을 시켰다. 그녀가 생각하기에도 소송 과정

중에 회사가 불이익을 피하려는 의도가 다분히 있어 보이는 인사 조처였다. 하지만 그녀는 새로 배치된 부서에서의 근무 첫날부터 제대로 업무에 집중할 수가 없었다. 회사는 마음만 먹으면 얼마든지 고유권한이라는 칼날을 휘두를 것이었다. 그리고 이것을 소송 과정 중에 이용할 공산이 크다는 걸 그녀는 잘 알고 있었다. 평가가 절대로 잘못되지 않았음을 재판장에게 입증하고자 회사가 다시 한번 자신을 난도질하리라 생각하자 그녀는 견디기 어려웠다. 회사를 그만둔 상태에서 소송을 이어가야 할지, 아니면 이대로 계속 진행할지 판단해야 했다. 그러자 사내 심리상담실장이 던졌던 말이 또다시 떠올랐다.

"지금 당장 회사 떠나서서 다른 곳으로 이직하는 것이 가능하세요?"

너무나도 현실적인 질문이었다. 그런데 이런 말은 변호사가 그녀에게 하지 못한 질문이기도 했다.

그즈음 삼일절 대통령 특별사면을 받게 될 명단이 언론에 오르내렸다. 그 가운데 정치인 한 명이 문제가 됐다. 그의 사면이 과연 옳으냐 그르냐로 나라가 시끄러웠다.

이런 대응에 대통령 대변인실은 불쾌감을 감추지 않았다. 그리고 사면은 어디까지나 대통령 고유권한에 속하는 일이라는 것으로 모든 논란을 종식하려는 인상을 남겼다.

그녀가 회사에 문제를 제기했을 때 회사의 반응도 이와 다르지 않았다. 고유권한은 권력을 잡은 자의 권위를 세워주는, 일종의 장치(裝置) 같은 것이다. 그러니 문제가 있어도 그 위세(威勢)에 짓눌려 누구도 고개를 빳빳이 세우고 항의하려 하지 않는다. 대통령이 행사한 고유권한에 문제가 있다고 소송을 걸 사람이 과연 몇이나 될지 생각하니 자조 섞인 허탈한 웃음만 터져 나왔다. 그런데도 기름통을 끌어안고 거대한 불구덩이 속으로 달려가는 자기 모습을 보았다. 그 불구덩이 안에서 자신이 어떻게 될지는 자명할 따름이었다. 그러면서 자신에게 주어진 고유권한은 무엇이 있는지 물음을 던졌다. 누군가의 목숨을 그리고 밥줄을 좌지우지할 만한 그런 책임을 행사할 권한은 자기에게 없지만 적어도 일탈(逸脫)로 인한 잘못된 고유권한에 대항할 권한은 자신에게 주어져 있음을 믿었다. 그렇게 생각하자 그녀를 오랫동안 괴롭혔던, 메스꺼운 울렁거림이 점차 조금씩 잦아들고 있는 느낌이었다.